デュラララ!!×8

プロローグ『表裏一体@IKEBUKURO』

プロローグ　表

7月　都内某所《ぼうしょ》

ダラーズは変わった。

喫茶店《きっさてん》の片隅《かたすみ》で、誰かがそう呟《つぶや》いた。

少し前までは気軽なサークルのようなものだったのに、今では本当にカラーギャングのようになってしまったと。

きっかけは、5月の連休に起こった一つの抗争《こうそう》事件。

僅《わず》か数日で収束したその事件だが——

二ヶ月以上経《た》った現在に至るまで癒《い》える事のない、深い深い爪痕《つめあと》を残していた。

「ようオッサン、俺《おれ》達はゆとりで日本語とかよく分かんねーからよ、手短《てみじか》にいこうぜ」

夜の帳《とばり》が下りた東京《とうきょう》。

池袋《いけぶくろ》の都心からやや離れた路地裏で、チャラついた服を纏《まと》う若者達が、一人のサラリーマンを囲んでいる。

突然そんな若者達に囲まれた四十前後のサラリーマンは、状況が掴《つか》めぬまま、ほろ酔《よ》い気分から地獄《じごく》の底へと突き落とされていた。

「なんッ……なんだね、君達は。ひ、人違いじゃ……。私が何か失礼をした……しましたか」

自分の息子《むすこ》ほどの齢《とし》の若者に怯《おび》えるサラリーマンは、鞄《かばん》を胸に抱《かか》えて身を守ろうとしているが、四人に囲まれている状態では何とも心許《こころもと》ない防具だった。

「だ・か・ら、手短《てみじか》にいこうっつってんべ？　おぁ？　俺《おれ》達さ、ほら、ダラーズって聞いた事ない？　ちょっとさー、募金《ぼきん》活動やってるんですわぁ。御協力願えませんかぁ？　サイフの中身全部ぐらいでいいんでぇー」

わざとらしい物言いをしながら、サラリーマンの頬《ほお》をペシペシと叩《たた》く若人《わこうど》に、酔いの覚めたサラリーマンは愛想《あいそ》笑いを浮かべながら呟《つぶや》いた。

「え……は、はは、ダラーズなら、知ってるよ。私も、そうなんだ」

「ああ？」

「ほ、ほら、ネットで……」

そう言いながら携帯電話を取り出そうとしたサラリーマンの手をガシリと掴む若者は、笑いながらその手を強く捻《ひね》り上げた。サラリーマンの手から電話がこぼれ落ち、地面の上に乾いた音を立てて転がった。

「あいッ……あいッ！　たッ……がッ……」

腕《うで》を捻られて呻《うめ》く男の耳元に口を近づけ、若者は下卑《げび》た調子の声を吐《は》き出した。

「いやいや、だったら、同じダラーズのお友達にお小遣《こづか》いくんないといけないじゃん？　年上なんだからさ」

それに合わせ、周囲にいた若者達もはやし立てるように声をあげる。

「ニッポンのお父《とう》さん、僕たちのためにお疲れ様っす！」

「僕たちチョー親孝行《こうこう》したい気分なんすわぁ」

馴《な》れ馴れしく肩《かた》に手を回してくる若者達だが、その軽さがサラリーマンにとって逆に恐ろしかった。切羽《せっぱ》詰《つ》まった形相《ぎょうそう》で『金を出せ！』と言われた方がマシだったかもしれないとすら思える。素直に金を渡した所で、無事に通して貰《もら》える光景が頭の中に浮かんでこないのだ。

一か八《ばち》か逃げようかと背後に目をやったサラリーマンは——

その先の道を若者達が塞《ふさ》いでいるのを見て、心が完全に絶望の闇《やみ》に閉ざされた。

だが——道を塞ぐ若者達を見て表情を曇らせたのは、カツアゲ青年達も同様だった。

「……？　なんだてめえら？」

「見せもんじゃねえぞ、散れ！　散れ！」

脅《おど》すような声をあげるカツアゲ青年達だったが——道をふさぐ若者達の異様さからか、徐々《じょじょ》に緊張《きんちょう》と敵意《てきい》を増幅《ぞうふく》させていく。

何しろ、道をふさぐ若者達は、体格こそ様々だったものの、皆一様に同じマスクを被《かぶ》っていたからだ。

マスクといっても、布製の簡易《かんい》的な目出し帽《ぼう》のようなものだった。頭をグルリと取り囲むようにサメの牙《きば》のような模様が縫《ぬ》い付けられ、どこか不気味《ぶきみ》な雰囲気《ふんいき》を醸《かも》し出している。

異様。

人を驚かす事が目的の集団とは思えない。酔《よ》っ払《ぱら》い達の悪戯《いたずら》や、斬新《ざんしん》なアートを志す集団や自警団といったようにも感じられない。

カツアゲしていた若者達がまず最初に思い浮かべたのは——数ヶ月前に起こった、『Ｔｏ羅《とらま》丸《る》』と呼ばれる埼玉《さいたま》の暴走族との抗争《こうそう》だ。

そのような暴走族が、また自分達を襲《おそ》う為《ため》に顔を隠《かく》しているのではないか？　そんな不安と緊張が走る。

不気味な沈黙《ちんもく》が数秒続いた後、目出し帽の若者が楽しそうな声をあげた。

「俺《おれ》らもダラーズなんすよ。お手伝いさせてもらっていいっすかね？」

「あ？」

「……ッ！」

眉《まゆ》を顰《ひそ》めるカツアゲ青年達と、声もなく怯《おび》えるサラリーマン。

「おいおい、なんだってそんな分け前減るような真似《まね》しなきゃいけねーんだよ。散れこら！」

相手もダラーズと解《わか》り、強気で言葉を返すカツアゲ青年。

だが、そんな彼らに対し、目出し帽の若者達は互いに顔を見合わせ、手を否定的な形で振りながら言った。

「ああ、いやいや、ちゃいますって」

「あん？」

「そのサラリーマンのオジサン、に言ってるんですよ」

「は？　てめえら何言って……」

相手の言葉の意味が解らず、再度問いかけようとするカツアゲ青年達の背中から、ガコリ、と何か鈍《にぶ》い音がした。

何事かと振り返ると——そこでは、同じように目出し帽を被った若者がバットを手に佇《たたず》んでおり、その足元に、カツアゲをしていた青年達の一人が転がっている。

「て、テメエ！　……!?」

そのバットを持った若者の背後にも、同じように目出し帽を被った数人の男達がおり、カツアゲ青年達は、やっと自分達の状況を理解した。

通行人の姿も殆《ほとん》ど無い、この細い路地の中で、自分達が完全に囲まれてしまっているという状況を。

そんな彼らに、目出《めだ》し帽《ぼう》の若者の一人が言った。

「まあ、あんたらの携帯をちょいと借りて、ダラーズのサイトから退会手続きさせてもらいまさぁね」

ケラケラと笑いながら、不気味《ぶきみ》な目出し帽の首を傾け、関節の音をコキリと鳴らす。

「あんたらみたいなのがダラーズにいると困るらしいんすわ」

「それを排除《はいじょ》するのが、うちらのリーダーのお望みなんでね」


ダラーズは変わった。

街の路地裏で、誰かがそう呟《つぶや》いた。

もう、このチームには――だらだらする自由など残されていないのだと。

プロローグ　裏

池袋《いけぶくろ》　首都高速上

「どうやら、随分《ずいぶん》と困った事になっているようですな、社長」

黒塗りの高級車の後部座席で、白いガスマスクを被《かぶ》った奇人が同情するように呟いた。

「困ってはいないさ。随分な事にはなっているがね」

間に一人分の距離を置いて、反対側の席に座る男が答えを返す。

齢《とし》は50代後半から60代前半といった所だろうか。

白髪《しらが》交《ま》じりの髪《かみ》をポマードで整えた男は、ガスマスクの男――岸谷森厳《きしたにしんげん》を睨《にら》み付けながら、
イヤミの込められた言葉を口にした。

「その随分な目に遭《あ》わせてくれたのは、君達ネブラだろう」

「やれやれ、まだ御自覚が無いようですなあ。矢霧《やぎり》社長」

「他人行儀《ぎょうぎ》な口調《くちょう》はやめろ。イヤミにしか聞こえん」

森巌《しんげん》は首をゆっくりと左右に振り、ガスマスクの奥から苦笑を漏《も》らす。

「社長の座は守っているとはいえ、その会社自体がネブラの傘下《さんか》に入った瞬間《しゅんかん》から、矢霧清太郎《やぎりせいたろう》という男はネブラの人間だ。それを忘れて貰《もら》っては困る」

フランクな口ぶりになった森巌に、白髪《しらが》の男は無表情のまま言葉を返した。

「人間が人間に対して『本当に恐ろしいのは人間だ』という事もあるだろう。私が子供の頃から使われてる王道的な言葉だがね」

「この世に恐ろしくないものなど何一つあるまい。あらゆる食物には発がん性があり、あらゆる生物が他種の絶滅の原因となり得るようにね。まあ、そんな皮肉の応酬《おうしゅう》に興《きょう》じる為《ため》に君をドライブ誘《さそ》ったわけではないのだがね」

「ならば、なんの話だと言うんだ？　ネブラが『首』にそこまで執着《しゅうちゃく》しているとは思えんが」

淡々と『首』という単語を口にする矢霧清太郎に、森巌はガスマスクの奥から淡々と声を吐《は》き出し続けた。

「なに、正直な話、ネブラの社員としてではない。古い友人として話がしたいと思ってね。話というよりも、忠告、というべきかな」

「忠告？」

まるで心当たりが無いという調子でこちらに視線を向けてくる清太郎に、森巌は自らの膝《ひざ》の上で組んだ指先を見据《みす》えつつ、顔を動かさぬまま、とある人物の名を呟《つぶや》いた。

「澱切陣内《よどぎりじんない》」

「……ッ！」

その名が出た途端《とたん》、清太郎は僅《わず》かに表情を曇らせ、窓の外を流れる景色《けしき》に目を向ける。

高速道路の外壁の奥に見えるビルの森の合間で、窓硝子《ガラス》に薄《うす》く映しだされた森厳がゆっくりと言葉を続けた。

「その反応を見るに、やはり噂《うわさ》は本当だったようだな。あの男と繋《つな》がりがあるというのは」

「……」

「ハッキリと言っておくぞ。澱切は危険だ。近づかない方が身のためだ。君は利用してやろうと思っているのかもしれないが、逆に利用されて終わりだ。奴《やつ》はやっている事こそ陳腐《ちんぷ》なものだが、その為に他人を踏みつける才能には異常なまでに秀でている。……まあ、陳腐と言ってしまっては、被害にあった者達に申し訳ないがな」

くぐもった声でつらつらと語る森厳に、清太郎は苦笑を浮かべながら首を振った。

「驚いたな。ネブラの中でも手段を選ばない奇人と呼ばれるお前が、そこまで警戒《けいかい》するような相手かね？　澱切陣内は」

「私などネブラの中では大人《おとな》しい方だぞ？　妖精《ようせい》の首だの吸血鬼《きゅうけつき》だのと、恥ずかしくて表沙汰《おもてざた》にできん事業に関わっている中ではな。そもそも、本当に手段を選ばんのだったら、セルティ君の首を得るために吸収合併《がっぺい》などせんよ。君の家から勝手に盗《ぬす》んでいくまでだ」

「言ってくれるな」

「そもそも、手段を選ばんのは君だろうに。20年前、本来ならネブラに引き渡す予定だった首を、私の息子《むすこ》の命を狙《ねら》うと脅《おど》してまで横取りした事、忘れてはいないだろうな？」

さらりととんでもない事を呟《つぶや》く森厳《しんげん》に、清太郎《せいたろう》は窓の外に目を向けたまま答えを返す。

「流石《さすが》に50を過ぎると物覚えが悪くなってな。かすかな記憶《きおく》を辿《たど》るなら、やけにあっさりと金で売ってくれたように思うが？」

「ふむ、まあ私も上司《じょうし》に『息子が狙撃《そげき》されるかもしれないんで首を別の会社に売ってもいいか』と聞いて、『子供の命がかかってるんじゃ仕方ない。警察にも言えないしな』なんて答えが返ってくるとは思ってなかったがね。最初から表沙汰《おもてざた》に出来ないと割り切ってる上に、利害は割と度外視な部門だからな」

「……巫山戯《ふざけ》た会社だ。そんな会社が世界有数の大企業で、私の会社を乗っ取ったのかと思うと反吐《へど》が出るな」

「物覚えが悪いのだろう？　好都合じゃないか、嫌《いや》な事は忘れたまえ」

皮肉なのだろうが、ガスマスクでまったく表情が見えない為《ため》に、もしかしたら本気で言っているのではないかという疑念が湧《わ》き上がるが——相手の意図など関係ないとばかりに、清太郎は白髪《しらが》の濃《こ》くなった後頭部を座席のヘッドレストに押し当て、目を伏せながら言った。

「忘れられるものか。全く、去年は人生最悪の年だったよ。ネブラに吸収された上に、首を波《なみ》江《え》がどこかに持ち逃げしたのだからな」

「君の事だ、姪《めい》の居場所ぐらいは突き止めているのだろう？　それこそ強盗《ごうとう》に見せかけて奪《うば》い取る事ぐらいはできるのではないかね？」

「……そこまでする必要はないな。あの首は既《すで》に徹底的《てってい》に研究しつくした。結果として、現代の技術ではどうしようもない、というの結論が出た。それこそオカルト方面に手を出した方が良いのではないかと思うぐらいにね。……まあ、波江の奴《やつ》が無駄《むだ》な研究を続けたのは、誠二から首を引き剝《は》がしておきたかった、という一点に尽きるだろうがな」

呆《あき》れ半分の吐息《といき》を漏《も》らす男に、森厳はからかうように問いかける。

「それを知りつつ波江の自由にさせておいたとは、随分《ずいぶん》と姪を大事にしているものだ」

「技術者としては有能だったからな。弟《誠二》……あいつの父親は無能だったがね。首の研究が進むのならば波江に預けておいた方がいいと判断したまでだ」

「ふむ……。だが、そもそも君は、最初は首を研究対象とはしていなかっただろう。甥《おい》っ子が歪《ゆが》んだ愛情に走ったのも、君の家で彼女の首を見た事がきっかけだそうじゃないか」

「人の家の事情を覗《のぞ》き見るのが好きなのは相変わらずだな」

呆《あき》れる、というよりも半《なか》ば諦《あきら》めた調子の溜息《ためいき》を吐《は》き出す清太郎に、森厳はカラカラと笑いながら言った。

「なんの事はない。君もその甥《おい》っ子と同じだろう？　彼女の首に年甲斐《としがい》もなく恋でもしていたのではないかね？　その齢《とし》まで独《ひと》り身だった君が、私を脅《おど》してまで恋したのが妖精《ようせい》の首だったわけだ」

「その推測は五十点、といった所だな」

車が渋滞《じゅうたい》に捕まり、徐々《じょじょ》にその速度を落としていく。

完全に速度が止まった所で、清太郎《せいたろう》は感慨《かんがい》深げに口を開いた。

「無論私は、あの首の事を美しいと思っているとも。芸術的に見ても、異性として見てもな。お前の言う通り、年甲斐《としがい》もなく恋慕《れんぼ》の情と愛欲の情を感じる程だ。だが、それをロマンスに繋《つな》げる程には若くないんでな。誠二《せいじ》の奴《やつ》には呆《あき》れるばかりだが、時折羨《うらや》ましくも思う」

遠い過去を懐《なつ》かしむかのような表情で車の天井《てんじょう》を仰《あお》ぎ、独り言のように呟《つぶや》いた。

「その羨望すら愛と捉《とら》えるなら、確かに私もまた愛しているのかもしれん。あの妖精のような、自分の魂《たましい》を浮世《うきよ》から解き放つ可能性そのものを」

「それこそ若々しい妄想《もうそう》だろう。……もっとも、一度この世の常識から外れたものがあると知ってしまえば、それに取り憑《つ》かれるのも道理というものか」

森厳《しんげん》はそんな旧知の男の横で静かに首を振り、ガスマスク越しに深い嘆息《たんそく》を吐《は》き出した。

「だが、改めて忠告をしておくぞ。澱切陣内《よどぎりじんない》と関わるのはやめておきたまえ」

「こちらも改めて聞くぞ。そこまで危険な男かね？　あの強者《きょうしゃ》に媚《こ》びへつらうだけが取り柄のような『仲買業者《なかがい》』が」

「強者に媚《こ》びへつらう事が取り柄ならば、粟楠会《あわくすかい》を敵に回したりなどせんだろう」

一つの暴力団の名前を出し、車の床《ゆか》を見据《みす》える森厳。

「傲慢《ごうまん》な君の事だ。恐らくは利用するだけ利用して、イザという時は相手を斬《き》り捨てようとしているのだろうが……奴《やつ》をトカゲの尾と考えているとすれば、それは危険だぞ。確かに奴は尾かもしれんが、尾に逆に体が斬り捨てられる事もある」

「相変わらずお前の例えは抽象《ちゆうしよう》的だが、しかと肝《きも》に銘《めい》じておくとしよう」

本当に忠告を聞く気があるのかどうか、清太郎は相手に感情を伝えぬ硬《かた》い表情のまま頷《うなず》いた。


十分後。

清太郎を降ろした車の中で、森厳が運転席に向かって問いかける。

「ところで、君は瀏切についてはなにか知っているかね？」

すると、運転席にいるロシア人――エゴールが、首を振りながら口を開いた。

「いえ。貴方《あなた》から聞いた以上の事は解《わか》りませんし、興味もありません」

「なるほど……。ところでもう3ヶ月以上もこうしてネブラ……いや、私の便利屋を続けて貰《もら》っているわけだが、そろそろロシアに帰らなくて大丈夫《だいじようぶ》なのかね？」

「ヴァローナ御嬢《じよう》様の様子を見ろ、と副社長に頼まれていましてね。まあ、それほど心配する事はないと思いますが……それとは別に、粟楠会との『取引』もありますので、暫《しばら》くは日本に滞在《たいざい》する予定ですよ」

「ビザは大丈夫《だいじょうぶ》なのかね？　こうしている間にパトカーに止められて君が御用になっては、私は無免許だから帰る手段を失うのだが」

当然と言えば当然の疑問を口にする森厳《しんげん》に、エゴールは運転を続けながら朗々《ろうろう》と答える。

「御安心を。15歳《さい》の時から宝石の加工職人を続けてきた、という触《ふ》れ込みで、技術ビザによる長期滞在《たいざい》という形になっていますからね。まあ、デニスやサイモンは今後永住者ビザを取得するつもりのようですが、私にはそこまでこの国を好きにはなれませんね。ああ、もちろん嫌《きら》いというわけでもありませんが」

そして、一旦《いったん》間を置いた後、改めて背後の雇《やと》い主に問いかける。

「……それほどまでに危険なのですか？　澱切《よどぎり》という男は」

「君やヴァローナ嬢《じょう》、粟楠会《あわくす》の連中とは違うタイプだがね。君達が刃物の危うさだとすれば、澱切は毒薬……いや、放射能のようなものだな。知識がなければ、危険だという事に気付きもせぬまま、ゆっくりとその体を蝕《むしば》まれ……異常に気付いた時は、もう手遅れという奴《やつ》だ」

森厳は言葉に徐々《じょじょ》に重みを加えながら、エゴールにとって分かり易《やす》い例を口にした。

「……エゴール君、春先に依頼した『殺人鬼《さつじんき》ハリウッド』の件を覚えているかね？」

「おかげさまで。顔を少し整形するハメになりましたからね。確か、あのハリウッドが狙《ねら》っている相手というのが澱切だったんですよね？」

「その通りだ。その殺人鬼ハリウッド……聖辺《ひじりべ》ルリ嬢が、本来なら最初に殺そうとしたにも関わらず、最後の最後まで逃げおおせた。その時点で、彼の異常性が解《わか》るというものだろう」

「成る程。しかし、そんな男が矢霧《やぎり》製薬の社長と組んで、何をしようというんです？」

実情を知らぬまま運転手を引き受けた殺し屋は、およそプロらしからぬ興味本位で雇い主に問いかけた。

そして、森厳もまた隠《かく》す事なく一つの情報を吐《は》き出した。

「奴は、ブ、ロ、ー、カ、ーだ。芸能事務所を隠《かく》れ蓑《みの》にしていたがね」

「……その調子だと、人身売買《じんしんばいばい》、といった所ですか？」

「それもあるが……奴は、人以外も売るのさ」

「思えば20年前、私に妖刀《ようとう》『罪歌《さいか》』と、デュラハンの寝床についての情報を売りつけてきたのは、他《ほか》ならぬ濁切だ」

『罪歌』という単語が出た瞬間《しゅんかん》——運転手の体が小さく揺らいだ。

その一瞬《いっしゅん》の変化を見逃さず、森厳はエゴールに問いかける。

「エゴール君。少し前から気になっていたんだがね」

「なんですか？」

「君、もしかして『罪歌』に斬られたか？」

あまりにもストレートな問いに、エゴールは苦笑と共に答えを返した。

「……御想像にお任せしますよ」

目が赤く充血し始めているエゴールの目をルームミラー越しに確認し、森厳《しんげん》は肩《かた》を竦《すく》めながら、大して気にかけた素振《そぶ》りも見せずに呟《つぶや》いた。

「ならば、君が『罪歌《さいか》』の『子』となり、人ならざる存在になってしまった……という、勝手な想像に基づいて忠告しよう」

「なんです？」

「澱切陣内《よどぎりじんない》には近づかない方がいいぞ」

「どこか遠くに売られてしまうかもしれないからな」

プロローグ　狭間

チャットルーム

狂【つまり私が言いたいのは、羽島幽平《はねじまゆうへい》様は千変万化《せんぺんばんか》の技であらゆる役柄を演じる事で、既《すで》に森羅万象《しんらばんしょう》の一部となっているのです！　つまり、この世のあらゆる場所と幽平様は融合《ゆうごう》している……目を瞑《つむ》ればそこに幽平様の存在を感じる事ができるのです！　呼吸をする度に幽平様が私の中に溶《と》け込んでくる……その快楽に、幽平様に溺《おぼ》れようではありませんか！】

参【駄目《だめ》です】

参【一緒《いっしょ》にあの女の顔浮かびます】

参【聖辺《ひじりべ》ルリ】

狂【あらあら、参さんときたら幽平様と熱愛報道されたルリ嬢《じょう》に嫉妬《しっと》の炎《ほのお》を燃やしているようですが、逆に考えて御覧《ごらん》なさいな！　もはや聖辺ルリも羽島幽平という世界の一部なのだと！　嫉妬を燃やす暇《ひま》があれば、聖辺ルリも幽平様の一部として共に愛し、溶け込めばいいのです！】

参【えッ】
参【つまり三人で】
参【痛い】
参【つねられました】
狂【下品な物言いをなさるからですわ。とはいえ、私の物言いもこうして見返してみると些《いささ》か宗教じみていて不気味《ぶきみ》なものを感じますね。ですが、その不気味さすら快楽へと変換できるようになれば、もはや怖いものなど無いのかも知れませんわね！】
参【狂さんが怖いです】

セットンさんが入室されました。

セットン【ばんわー】
セットン【相変わらず狂さんはテンション高いですねぇ】
参【こんばんは】
狂【これはこれは御機嫌麗《ごきげんうるわ》しゅう、セットンさん！　テンションという言葉では既《すで》に表現できません。幽平様《ゆうへい》への私達の想いはもはや単語では表せない高みへと上り詰めたのです！　それでも敢《あ》えて表現するならば、愛、ただ単純なその一言があればいいのです！　愛！　愛！　幽

平様へのただならぬ愛こそが私の人生の原動力となるのです！】
参【怖いです】
セットン【どれだけ羽島《はねじま》幽平が好きなんですか】

バキュラさんが入室されました。

バキュラ【ちわす】
参【こんばんは】
セットン【ばんわー】
バキュラ【その羽島幽平と熱愛中って噂《うわさ》の聖辺《ひじりべ》ルリ、】
バキュラ【なんか最近ストーカーがいるんじゃないかって噂《うわさ》になってますね】
セットン【ストーカー？】
バキュラ【なんか昔の写真がどうこうって騒《さわ》いでる人がいて、】
バキュラ【それをネタにつきまとってるとかなんとか】
セットン【へー。なんでしょう。盗撮《とうさつ》写真とかですかね】
狂【これはバキュラさん、御機嫌麗しく存じます。私もその噂なら聞いた事がありますわ。ただ、普通ならその写真がネットに流出して広まってても良さそうなものなのですが、写真自体は

とんと見かけた事が御座いませんね】
参【ダラーズ】
セットン【え？】
バキュラ【ダラーズがどうしたんですか？】
狂【ああ、申し訳御座いません。参が唐突《とうとつ》な事を……。いえ、そのストーカーがダラーズのメンバーなのではないかという噂《うわさ》が立っておりまして】
セットン【へー、そうなんですか】
狂【噂では、ダラーズの中でも狂信的な聖辺《ひじりべ》ルリのファンで、他《ほか》のファンから情報を集めながらストーキングを行っているのではないかという噂が……。女性アイドルのファンというのは熱愛が発覚した時点で冷めてしまうのかと思いましたが、そういうわけでもないのですね。それとも今までの愛情を裏切られたと逆恨《さかうら》みして、憎《にく》しみからストーキングを行うのでしょうか】
参【怖いです】
狂【まったくです。私達はたとえ幽平様《ゆうへい》が結婚《けっこん》していようとなんだろうと変わらず愛し続ける事ができるというのに！】
参【でもショックでした】
参【わあ】
参【キ】

セットン【キ？】
狂【なんでも御座いません。どうも参さんは錯乱《さくらん》している様ですのでお気になさらず】
セットン【そうですか……。でもそのストーカー、逆恨みだとちょっと心配ですね】
セットン【スキャンダルが出た時、羽島《はねじま》幽平を叩《たた》いてる人もかなりいましたからね】

罪歌《さいか》さんが入室されました。

セットン【あ、ばんわー】
狂【これはこれは罪歌さん、御機嫌麗《ごきげんうるわ》しく存じます】
罪歌【こんにちは】
バキュラ【そういえば、】
バキュラ【最近田中太郎《たなかたろう》さんログインしませんね】
バキュラ【リア友の人とかこの中にいないんですか】
狂【まあ、そう御心配なさらずとも大丈夫《だいじょうぶ》ではないでしょうか？　単にネットに飽《あ》きたか、別のSNSに流れたか、いつまでも一つのチャットルームに一人を引き留める方が無茶というものではありませんか？　人の心も歴史も常に移ろい続ける物なのですから】
罪歌【びょうきとか　していないかと　しんぱいです】

セットン【そういえば甘楽《かんら》さんも最近見かけませんね】
セットン【さっきみたいなゴシップに一番詳《くわ》しいの、甘楽さんなのに】
狂【それこそ、心配する必要など無い事でしょう。そのうちフラリと戻ってきますわ。人が減った事に寂しさを感じるのであれば、誰か新しい人をこちらに誘《さそ》うのも良いのではないかと思いますよ？】
バキュラ【甘楽さんは、】
バキュラ【まあ、】
バキュラ【元気ではいるみたいですけど】
セットン【あ、甘楽さんとリア友なんでしたっけ】
セットン【田中太郎《たなかたろう》さんとオフで会った事のある人っているんですかね？】
狂【ネット上では社交的な方ですし、町の事情にもお詳しいようでありましたから、友達がいない程《ほど》寂しい方とは思えません】
参【ぼっちじゃないと思います】
セットン【ぼっちときた】
バキュラ【そうですか……】
狂【それこそ、甘楽さんとオフで連絡が取り合えるならば甘楽さんに聞いてみれば良いのではありませんか？　田中太郎さんは甘楽さんとは日常でも知り合いのような感じでしたし】

参【おともだちー】
セットン【え、そうでしたっけ】
狂【しかし、確かにチャットルームが寂しくなるのは頂《いただ》けませんね。私と参さんで、少し知り合いをこのチャットに誘えないか考えてみますわ】
セットン【ああ、それいいですね。私も知り合いを適当に誘ってみます……って、管理人の甘楽さんがいない間に賑《にぎ》やかにしちゃっていいんですかね】
バキュラ【気にしなくていいですよあの人は】
バキュラ【とりあえず俺《おれ》も誰かに声かけてみます】
罪歌【わたしも　しりあいを　さそってみます】
罪歌【にぎやかに　なりそうですね】

・・・

♂♀

某日《ぼうじつ》　池袋《いけぶくろ》某所　楽影《らくえい》ジム

池袋の様々な格闘技を教える総合ジム。

畳張《たたみば》りの部屋の中では、まだ小学生の少女——粟楠茜《あわくすあかね》が受け身の稽古《けいこ》を続けていた。彼女以外にもジム内には子供の姿が多く、老若男女《ろうにゃくなんにょ》が入り乱れた雑多な空間となっている。

それでも、空気自体はピンと張り詰めており、時折聞こえる打撃音《だげきおん》やかけ声などが内部に心地好い緊張感《きんちょうかん》を生み出していた。

受け身の稽古を続ける茜を遠目に見ながら、柔軟体操《じゅうなん》をしていた折原舞流《おりはらまいる》が隣《となり》にいる男に声をかける。

「ねえねえ師匠《ししょう》ー。茜ちゃんどう？　見込みありそう？」

「あの子が初めて来た日と先月、もう二回も聞いたろ、それ」

畳張りの区画と板張りの区画に分かれた練武場《れんぶじょう》全体が見渡せる位置にいたその男は、舞流を見る事なく言葉を返す。

「答えは前と変わらんよ。見込みがあるかどうかなんて俺《おれ》には解《わか》らん。親父《おやじ》は『茜ちゃんにゃ赤林《あかばやし》の旦那《だんな》と同じ棒術《ぼうじゅつ》が良いだろ』なんつってっけど、俺にゃどうなのか解んね。ま、続けた結果強くなりゃ見込みがあった、って事だろ。勝手に強くなりゃいいさ。俺より弱い範囲でな」

「師匠《ししょう》は本当に人にものを教える気がないよね。武闘家なのにな一んか軟派《なんぱ》だし」

「蹴《け》りでその道着《どうぎ》破って脱衣KOしてやろうかこの野郎《やろう》」

師匠という単語にあるまじき発言をするその男は、この楽影ジムのインストラクターの一人である、写楽影次郎《しゃらくえいじろう》だ。

ジムのオーナーである写楽影太《えいた》の次男で、年齢《ねんれい》はまだ30前後といった所だ。硬派《こうは》な兄の影一郎《えいいちろう》や男勝《まさ》りな妹の美影《みかげ》と共に、家族経営のような形でインストラクターをやっている。そういう点を踏まえ、ジムというよりも古風な道場のように思われる事もしばしばあるのだが――影次郎はそんな古風なイメージとは真逆《まぎゃく》のだらけた存在である。

舞流はそんなインストラクターの一人に過ぎない男を師匠と呼び、ことある事にちょっかいを出していた。

「私にそんなエッチな事をしたら、私が泣き寝入りしちゃったとしても、影太親分や影一郎先生に怒られるんじゃない？」

「その前に美影の奴《やつ》に玉ぁ潰《つぶ》されらぁ。……うう、想像したら身震《みぶる》いしてきやがった」

本当に格闘技を教える気があるのかどうか、疑問に思われかねない態度の男だったが――舞流はそんなことは欠片《かけら》も気にせず、立ち上がりざまに不意打ちの形でハイキックを叩《たた》き込もうとした。

そんな彼女の蹴《け》りを片手でパシリと払《はら》いながら、影次郎《えいじろう》は舞流《まいる》に皮肉の言葉を投げ返す。

「ま、とにかくだ。見込みとか俺《おれ》には良く解《わか》らねえのは事実だ。うちのジムはヤクザの孫《まご》だろうと総理大臣《そうりだいじん》の親だろうと善人だろうと極《ごく》悪人だろうと、金さえ払えばサンドバッグぐらいは貸してやるがね。お前みたいな淫乱小娘《いんらんこむすめ》だろうとな」

「そんな事ばっか言ってると、セクハラで訴えちゃうよ？」

「うるせえ。……まあ、つまりは本人次第ってこった。親父《おやじ》や兄貴はまた違う考えだけどよ」

しばしそんな会話が続くかと思われたのだが――

バシリ、という小気味《こきみ》良い音が窓の方から響《ひび》き渡った。

どうやら、上の階のトレーニングジムから聞こえてきた音らしい。

バシリ、バシリと、一定のリズムで破裂音《はれつおん》にも近い音が鳴り続ける。

「いい音させてるねー。誰かな？」

舞流の問いに、影次郎は首を左右に曲げながら呟《つぶや》いた。

「……徒橋《あだばし》だな」

「ああ、あのなんか目がいっちゃってる人？」

「正式なうちの門下じゃねえけどな。さっきも言ったけどよ、うちは非会員でも金さえ払えば30分単位でサンドバッグとか自由にぶっ叩《たた》けるんだが……徒橋は、ここ最近毎日通ってる新参《しんざん》野郎《やろう》だ。何回か面会《つら》わせた事はあるが……あぶねーから近づくなよ」

先刻までのだらけた調子ではなく、やや真剣な調子の声を出す影次郎。

「なになに？　強いの？　師匠《ししょう》より？　先生より？　親分より？　美影《みかげ》コーチより？　赤林《あかばやし》さんより？　トラウゴット・ガイセンデルファーより？　もしかして静雄《しずお》さんより⁉」

「いや、俺《おれ》よりずっと弱ぇよ？」

「なんだ……師匠より弱いのか……」

「何か凄《すげ》ぇ露骨《ろこつ》にがっかりしてるが、お前の中で俺がどんだけ軽く見られてるのかちょっと気になってきたぞコラ。いや、そりゃトラウゴットとか平和島《へいわじま》静雄と比べられても困るっちゃ困るんだがよ」

頰《ほお》をひくつかせる影次郎の言葉を黙殺《もくさつ》し、舞流は自分の疑問が最優先とばかりに問いかけた。

「じゃあ、なんで近づいちゃ駄目《だめ》なの？」

「……まあ、あくまで印象なんで俺の偏見《へんけん》かもしれねえが……」

階上から響き続けるサンドバッグの打撃音《だげきおん》を聞きながら、影次郎は天井《てんじょう》を仰《あお》ぎ――

「あいつぁ、強くなりてえとかそういう理由で鍛《きた》えてるっつーより……」

「なんつーか、ちょっとヤバイ気配を感じるんだよな……」

階上

♂♀

サンドバッグに鋭い蹴《け》りを放ち、小気味《こきみ》よい音を響《ひび》かせ続ける一人の男。

実に細身な男だった。

だが、露出している彼の腕《うで》や足を見て、ひょろついた印象を受けるものはいない。

太いワイヤーが束ねられたかのように筋張《すじば》った肉は、猛禽類《もうきんるい》や肉食恐竜《きょうりゅう》の足を想像させる。

そんな細く鍛《きた》え上げられた身体《からだ》をバネのように弾《はじ》かせ、その男——徒橋《あだばし》はリズミカルにサンドバッグを蹴り続けた。

「……」

丁度《ちょうど》五十回蹴り終えた所で、徒橋は無言のまま笑う。

周囲のジム生達に挨拶《あいさつ》する事もなく、施設のビジター会員に過ぎない彼は無言のまま更衣室《こういしつ》へと向かった。

更衣室の隅《すみ》のベンチに腰《こし》を下ろし、ゆっくりと周囲を見渡して人がいない事を確認する徒橋。

彼はそのままゆっくりと足首に巻かれたバンデージを解いていった。

サンドバッグを蹴り続ける為《ため》に足首の関節を保護していると思われたその白い布地の間から——一枚の紙切れが零《こぼ》れ落ちる。

包帯《ほうたい》越しとはいえ、数重なる衝撃《しょうげき》に耐えきれずボロボロになったその紙片を持ち上げた徒橋は、頬《ほお》を歓《よろこ》びに歪《ゆが》ませつつ目を凝《こ》らす。

紙片は、雑誌から切り抜かれたと思《おぼ》しき、一枚の人物写真だった。

人気アイドル、聖辺《ひじりべ》ルリ。

写真集の発売を告知する記事に使われた写真なのだろう。写真集の表紙と同じように、体中に包帯を巻いて扇情《せんじょう》的なポーズを取っている。

妖艶《ようえん》な空気の中にどこか幼さが残り、ファンにとっては吸い込まれそうになりそうな一枚だったのだが——男の汗《あせ》を吸い込み、衝撃でボロボロになったその写真には既《すで》に本来あったであろう魅力《みりょく》は感じられない。

だが、徒橋はそんなボロボロになった写真を恍惚《こうこつ》ともいえる表情でベロリと舐《な》めあげ——

そのまま、焼き海苔《のり》でも食すかのように、勢い良く写真を噛《か》み千切《ちぎ》った。

雑誌の切り抜きは吐《は》き出される事すらなく、徒橋の口内で咀嚼《そしゃく》される。

彼は残った半分の紙片も口の中に入れ、そのまま暫《しばら》く噛み続けた。

口中の水分が紙片に染みこみ、紙は徐々《じょじょ》に堅くなっていく。

だが、そんな堅くなった紙を更《さら》に咀嚼《そしやく》し続け——まだ塊《かたまり》の状態だったにも関わらず、そのまま喉《のど》の奥へと流し込んだ。

「かはッ」

一体何を想像しながら聖辺《ひじりべ》ルリの写真を噛《か》み続けたのか、それまで凶暴《きようぼう》な狂気に満ちていた彼の瞳《ひとみ》には、僅《わず》かな涙《なみだ》すら潤《うる》んでいる。

「かはッ、かはッ、かはッ」

喉の奥から、咳払《せきばら》いに近い声を何度も湧《わ》き上がらせる徒橋《あだばし》。どうやら、紙の一部が喉の奥に貼《は》り付いてしまっているようだ。

何度か奇声を放ち続け、紙片の全《すべ》てが完全に食道に流し込まれた事を確認し——

彼は、シャア、と、先刻とは違う奇声を口にした。

小さく俯《うつむ》いたまま、小刻みに放たれる、声というよりも漏《も》れ出した空気が歯に擦《こす》れているようにしか聞こえない音を放ち続ける徒橋。

シャア、シャアと息の漏れる音だけが更衣室《こういしつ》の中に響《ひび》き、映画などに出てくる人を喰らう怪物の呼吸音をイメージさせた。

それが、興奮した時の彼が放つ独特の笑い声だと知る者は、更衣室の中には存在しない。たまたま更衣室に入りかけた練習生も、その音を聞いて不気味《ぶきみ》さを感じ、思わずトレーニングルーム内に引き返してしまったほどだ。

紙に水分を吸収されたせいか、唇《くちびる》が所々で割《さ》け、赤い血が滲《にじ》んでいる。

そんな唇を舐《な》め、仄《ほの》かな鉄の匂《にお》いを感じながら――徒橋は、尚《なお》も笑った。


彼はそのまま、自らの鞄《かばん》の中に手を伸ばす。

鞄の中には、大量の紙片。

その全てが、雑誌の切り抜きやネット画像をプリントしたものだ。

どの紙片にも共通しているのは、聖辺ルリが写っているというその一点。

彼はその中から一枚だけ取り出し――まるで湿布《しっぷ》でも貼《は》るかのように、淡々と自分の足首に添え、上からバンデージを巻き始めた。


そして、最初と同じ状態に戻った彼は、再びトレーニングルーム内に戻り、サンドバッグを蹴《け》り始める。

バシリ、バシリと軽快な打撃音《だげきおん》が響《ひび》き、徒橋は冷静に感じ取る。

足の甲《こう》に貼り付いた聖辺ルリが、自分の蹴りによって少しずつ壊《こわ》れていく感触《かんしょく》を。

その事によるドロリとした興奮を腹の奥に押し隠《かく》しつつ――それが自分の使命であるかのように、サンドバッグと足の間で聖辺ルリの肖像《しょうぞう》を破壊し続けた。

口の間から漏《も》れる息に、歪《ゆが》んだ欲望の熱を籠《こ》めながら。

一章『紆余曲折@Durahanrider』

関東某所《ぼうしょ》　夜

海沿いの道路の上を、数台の車が疾走《しっそう》している。

黒塗りの車体に黒塗りの窓硝子《ガラス》で、内部の様子は窺《うかが》い知れない。

後に続くのは一台のバイク。かなり前を走る数台の車を追う存在は、夜の闇《やみ》の中で一際《ひときわ》黒いライダースーツを身に纏《まと》い、法定速度を超えて走る前方の車群を追跡し続けた。

さながらアクション映画のワンシーンだが、些《いささ》かジャンルの違う点がある。

一つは、そのバイクがエンジン音一つ立てず、代わりに、時折馬の嘶《いなな》きのようなものが聞こえていた事。

一つは、そのバイクにはヘッドライトもナンバープレートもなく、搭乗者《とうじょうしゃ》のライダースーツのように、周囲の光を全《すべ》て吸い込むかのような漆黒《しっこく》の車体だったという事。

最後の一つは――そのバイクに乗るライダースーツの人影が、刃渡《はわた》り2メートルを超えようかという巨大な漆黒《しっこく》の鎌《かま》を手にしているという事だ。

影絵から飛び出した死神バイクが、前方を走る黒塗りの車達を影の世界に引きずり込もうとしている。

バイクを主観に置けば、そんなホラー映画のワンシーンと捉《とら》えても良い光景だった。

ヘッドライトの無い状態だというのに、バイクは徐々《じょじょ》に前方の車列との距離を縮めていく。

普段からあまり使われない道なのか、対向車の姿は見られない。


そんな追走劇が暫《しばら》く続き、いよいよ最後尾《さいこうび》の車にバイクが追いつこうかという瞬間《しゅんかん》——車の一台が減速を始め、バイクの横に並びかけた所で窓を開き始めた。

黒塗りの窓の中から現れたのは、赤く塗られたボウガン。

一切の躊躇《ためら》いなく矢が撃《う》ち放たれ、その切っ先がライダーの体に突き進む。

が、ライダーの胸元に届く寸前、その矢はライダーの体から湧き出た黒い影に絡め取られ、、、、、、、、、、、、、、、、、、、、、、そのまま弓矢の形となった影によって放ち返された。

矢は車内にいた男の腕《うで》に軽く刺《さ》さり、短い悲鳴が湧《わ》き起こる。

すると、いつの間にか別の車がバイクの前に近づいてきており——同じように開け放たれた窓から、火炎瓶《かえんびん》が投げ放たれた。

しかし、その瓶もまたライダーが周囲に纏《まと》う『影』によって受け止められ、黒い泡《あわ》に包まれて宙に浮かされるハメになり、やがて炎《ほのお》も酸素を奪《うば》われて消えてしまう。

その瓶を車内に投げ返し、黒塗りの拳銃《けんじゅう》を取り出していた男の手に降りかかる。

ほぼ同時に銃声《じゅうせい》が響《ひび》き、拳銃を持っていた男の手が派手《はで》に燃え上がった。

悲鳴を響かせながら車の一台がガードレールにぶつかって止まったのを確認した後、ライダーはそのまま一気に車列の中央へと割り込んでいった。

同時に、先頭の車が方向を変え、道路から海岸沿いの倉庫街へと突き進んでいく。

そのままバイクを並走させ、先頭を走る車を追うのだが――


倉庫街の奥の方から、派手な爆音《ばくおん》と共に一機のヘリコプターが姿を現した。

軍用ヘリには程遠い三人乗りの小型ヘリだが、個人が簡単に持てるようなものでもない。

ライダーは無言のままヘリの光を浴び、倉庫の狭間《はざま》を疾走《しっそう》する姿がハッキリと映しだされた。

次の瞬間《しゅんかん》、ヘリに乗っていた男の一人が、手にしていたサブマシンガンをバイクに向けて乱射した。

ヘリと同じように、乱射した男は軍人には程遠いらしく、不慣れな手つきで必死にライダーに狙《ねら》いを定めて引き金を絞《しぼ》るのだが――

派手な音と共にばらまかれる弾丸《だんがん》の雨は、ライダーの鎌が変じた巨大な影の傘《かさ》に受け止められ、そのまま跳弾《ちょうだん》する事もなく黒い塊《かたまり》の中へと染みこんでいった。

ライダーから外れた弾丸《だんがん》の何発かが車のドアやタイヤに当たり、車列はパニックを起こしたかのように周囲に散っていった。

それを確認してから、ヘリの射手《しゃしゅ》は一旦《いったん》銃撃《じゅうげき》の手を止め、手榴弾《しゅりゅうだん》のピンを抜いて眼下の黒バイクへと投げ放った。

眼前に転がるものの正体を察知し、黒バイクは大きく車体を傾けるが――。

一瞬《いっしゅん》早く爆発《ばくはつ》が起こり、その爆風《ばくふう》で倉庫横の海へと投げ出される黒バイク。


「やったぜ！　ざまぁみやがれ！」

ヘリの射手はそんな事を叫びながら、海に向かって更《さら》に銃撃を加えようとしたのだが――妙《みょう》な違和感に気が付いた。

海に落ちたにしては、妙に波飛沫《しぶき》が少なかったように感じられる。

夜の海はライトの灯《あか》りを照り返し、海中の様子はうかがえない。

様子を探ろうと目を凝《こ》らした瞬間《しゅんかん》――射手の目ではなく、耳に『異常』が飛び込んできた。

黒バイクのエンジン音代わりに響《ひび》いていた馬の嘶《いなな》きが、海中から聞こえて来るではないか。

「なッ……」

幻聴ではない。

そう確信し、射手と操縦者《そうじゅうしゃ》が思わず目を見開いた。

そして――その目に、更《さら》に異常な光景が焼き付けられる。

海中から飛び出した、タンクローリーのように太い一本の『影』。

宙に伸び続けるその影は、まるで漆黒《しっこく》の龍《りゅう》のようにヘリと車の方角に向かって口を開き――

その中から、黒バイクが勢い良く飛び出してくる。

黒バイクは海に落ちる直前、『影』でトンネル状の道を造り、地中を進むモグラのように水を掻《か》き分けながら水面へと駆《か》けあがったのだ。

目の前の光景が信じられないのか、ヘリの射手は悲鳴を上げながら更《さら》に銃を乱射し続けるのだが――すぐに弾薬《だんやく》切れを起こし、慌《あわ》てて弾倉《だんそう》の交換に取り掛かる。

しかし、ライダーにとってはそれで十分だった。

車列の先頭を逃げ続けた車に影を伸ばし、その全体を黒い波で包み込む。

フロントガラスまで影で覆《おお》い隠《かく》された車は前が見えなくなり、慌ててハンドルを切ろうとするが――影はタイヤにまで絡《から》みつき、強制的に車体にブレーキをかけて停車させた。

だが、それは始まりに過ぎなかった。

車に根付いた影は、すぐに大木のようにその身を膨《ふく》らませ――丁度《ちょうど》車の上を飛行していたヘリコプターに枝を伸ばす形で絡みついた。

ヘリのローターに染みこむように絡む影が、優しくその回転を鈍《にぶ》らせていく。

本体が大きく揺らぎ、あわや回転しながら墜落《ついらく》するかと思われたのだが――

影の巨木はそのヘリの本体をも無数の枝で包み込み、そのまま倉庫街に巨大なオブジェを造り上げた。

「……」

ライダーはその巨木の前にバイクを停め、影で階段を造りながら、影の枝に絡《から》め取られているヘリの方に上がっていった。

泡《あわ》を噴《ふ》いて気絶している男の手からサブマシンガンをもぎ取り、そのままヘリを後にしようとしたのだが——

「ま、待てよ……バケモン……なんで、墜落《ついらく》させなかった？」

運転席で呻《うめ》いていた男が、ライダーを睨《にら》み付けながら呟《つぶや》いた。

するとライダーは、胸元から出したＰＤＡに文字を打ち込みはじめ、その液晶画面を操縦席《そうじゅうせき》の男に見せつけた。

『いや、流石《さすが》に墜落させたら死ぬだろ？　お前達』

「……あ、え？」

『過剰《かじょう》防衛で警察に追われるのは御免《ごめん》だし……第一、私は殺し屋や殺人鬼《さつじんき》じゃないから気分もよくないだろうし……。そもそも、こないだテレビで見たが、この小型ヘリって四〇〇〇万円ぐらいするんだろう？　私の物ってわけじゃないが、墜落とかさせたら勿体《もったい》ないじゃないか』

今までの怪奇能力が嘘《うそ》であるかのように、やけに人間臭《くさ》く、同時に貧乏《びんぼう》臭い事を文章にして紡《つむ》ぎ出すライダー。

そんなライダーは、操縦者の男の顔を見て、何か思いついたように問いかける。

『気絶してないなら、お前に聞けばいいか』

『お前らが誘拐《ゆうかい》したハクジョウシは、何処《どこ》だ？』

♂♀

2時間後　都内某所《ぼうしょ》　豪邸《ごうてい》

「はくじょうしー！　よかった！　無事だったんだぁ！」

まだ幼い少女が、ライダーの運んできた純白のヘビに駆《か》け寄り、嬉《うれ》しそうに抱《だ》きしめた。

細いヘビならば背骨を折って死《し》んでしまいかねない危険な行為だが、その白ヘビの胴《どう》はビール瓶《びん》のように太く、逆に少女が絞め殺されるのではと思える大きさだ。

しかし、白ヘビはつぶらな瞳《ひとみ》を輝かせ、少女の頬《ほお》をチロチロと優しく舐《な》めている。

「ありがとう！　はこびやさん！　はくじょうしを助けてくれて！」

ヘビに舐《な》められながら目を輝かせる少女に、『よかったね』と文字を打ち込む運び屋――セルティ・ストゥルルソン。

「本当にお世話になりました」

「なんと御礼を言っていいか……」

『いえ、仕事ですから。やつらは警察に届けておきましたから、車の盗難届《とうなんとど》けを出せば刑務所《けいむしょ》に送れるでしょう』

彼女は少女の両親から分厚い封筒を受け取り、少女とヘビに手を振ってその邸宅《ていたく》を後にした。

ある資産家の夫妻から、『娘《むすめ》のペットが誘拐《ゆうかい》された。助けて欲しい』という依頼を受けたセルティだが、まさかヘリや銃器《じゅうき》まで出てくる大捕物《おおとりもの》になるとは想像していなかった。

犯人達を尋問《じんもん》した所、どうも彼らは資産家の別の荷物を狙《ねら》い、運送用のトラックごと強奪《ごうだつ》したようなのだが、たまたまその荷物と一緒にペットのヘビも運ばれていたらしい。

荷物ではなくヘビが誘拐されたと思ったのはともかくとして、警察ではなくセルティに依頼する時点で、あのヘビも規制やら条約やらで見つかると不味《まず》い生き物なのではないかと思ったが、セルティはとりあえず考えない事にした。

――そもそも、私も正式に存在が世間に認められたら、絶滅危惧《きぐ》種にされるんじゃないか？

――学名は発見した人の名前とかがつくから……セルティ・キシタニとかになるのかな。

──ふふ、なんだか結婚《けっこん》して名字《みょうじ》が変わるみたいだ。

そんな惚気《のろけ》た事を考えつつ、セルティは先刻まで影の檻《おり》に入れて運んだヘビの事を思い出す。

──しかし、ペットに『ハクジョウシ』って凄《すご》い名前つけるな。

──白蛇伝《はくじゃでん》からつけたのかな。それともメガテンか……。

白娘子《はくじょうし》というのは、中国に伝わるヘビの妖怪《ようかい》の名前だ。千年生きた白ヘビが美しい女に化《ば》け、惚《ほ》れた男と添い遂げようとする民話がある。もっとも、最後には妖怪だとバレて封じられてしまうのだが──そこから派生した類話の中には、お互いを受け入れ、人間と妖怪との恋を成就《じょうじゅ》させるという結末のものも存在している。

典型的な異類婚姻譚《いるいこんいんたん》を頭に浮かべつつ、セルティは嬉《うれ》しそうにバイクの速度を上げた。

──人間と妖怪の恋物語か。

──まるで、私と新羅《しんら》だな。

♂♀

セルティ・ストゥルルソンは人間ではない。

俗に『デュラハン』と呼ばれる、スコットランドからアイルランドを居《きょ》とする妖精《ようせい》の一種であり——天命が近い者の住む邸宅《ていたく》に、その死期の訪れを告げて回る存在だ。

切り落とした己の首を脇《わき》に抱《かか》え、俗にコシュタ・バワーと呼ばれる首無し馬に牽《ひ》かれた二輪の馬車に乗り、死期が迫る者の家へと訪れる。うっかり戸口を開けようものならば、タライに満たされた血液を浴びせかけられる——そんな不吉《ふきつ》の使者の代表として、バンシーと共に欧州《おうしゅう》の神話の中で語り継がれて来た。

一部の説では、北欧《ほくおう》神話に見られるヴァルキリーが地上に堕《お》ちた姿とも言われているが、実際のところは彼女自身にもわからない。

知らない、というわけではない。

正確に言うならば、思い出せないのだ。

祖国で自分の『首』を盗《ぬす》まれた彼女は、己の存在についての記憶《きおく》を欠落してしまったのだ。

『それ』を取り戻すために、自らの首の気配を追い、この池袋《いけぶくろ》にやってきたのだ。

首無し馬をバイクに、鎧《よろい》をライダースーツに変えて、何十年もこの街を彷徨《さまよ》った。

しかし結局首を奪還《だっかん》する事は叶《かな》わず、記憶《きおく》も未《いま》だに戻っていない。

首を盗《ぬす》んだ犯人も分かっている。

首を探すのを妨害《ぼうがい》した者も知っている。

だが、結果として首の行方《ゆくえ》は解《わか》らない。

セルティは、今ではそれでいいと思っている。

自分が愛する人間と、自分を受け入れてくれる人間達と共に過ごす事ができる。

これが幸せだと感じられるのならば、今の自分のままで生きていこうと。

強い決意を胸に秘め、存在しない顔の代わりに、行動でその意志を示す首無し女。

それが——セルティ・ストゥルルソンという存在だった。

♂♀

と、そんな『異形《いぎょう》』である彼女が同居人の事を考えながら惚気《のろけ》ている自分に気付き、気を引き締めながらアクセルを噴《ふ》かす。

エンジン音の代わりに響《ひび》く馬の嘶《いなな》きを聞きながら、彼女は今日の仕事について振り返った。

——しかし、まさかペットの誘拐《ゆうかい》事件が犯罪組織の撲滅《ぼくめつ》に繋《つな》がるとは。

——まあ、あいつらは銃《じゅう》と一緒《いっしょ》に縄《なわ》で縛《しば》って警察の前に転がしておいたからいいとして……。

——ヘリコプターなんて相手にするのは初めてだったが、なんとかなるものなんだなあ。

——まるで、アンジェリーナ・ジョリーが演じるアクションスターになった気分だ。

相手の視点からすれば、アクション女優どころか完全にジェイソンやフレディ、エイリアンの類《たぐい》だったのだが、セルティはそんな事は気にせずに、上機嫌《じょうきげん》で相棒《あいぼう》のコシュタ・バワーをウイリーさせた。

馬が月に向かって高々と嘶《いなな》いているような光景に、周囲の車は不気味《ぶきみ》さを感じて息を呑《の》みながら離れて行ったのだが──

逆に、そんな『首無しライダー』に近寄る影がある事に、セルティは気付いていなかった。


「よう、首無し」


通常のバイクのエンジン音に紛《まぎ》れ、渋《しぶ》い男の声がセルティのヘルメット内に木霊《こだま》する。

同時に、全身を凍《こお》り付かせながらゆっくりと声のした方角に意識を向けるセルティ。

するとそこには、見慣れてはいるものの、常に『二度と遭遇《そうぐう》したくない』と思っている男──白バイ警官、葛原金之助《くずはらきんのすけ》の顔があった。

「50メートル以上ウィリーかましやがって。こんだけ走りゃ、うっかり前輪が持ち上がりました、なんつー言い訳は通じねえって解《わか》るよな？　まあ、お前の場合はそれ以前の問題だが」

──ツツツツツツ!?

相手の言葉が途切《とぎ》れた瞬間《しゅんかん》、セルティの全身に恐怖という感情が爆発《ばくはつ》し、その衝動《しょうどう》を感じ取ったかのように、コシュタ・バワーが大地を蹴《け》りつけたかのように速度をあげる。

──ごごごごご、御免《ごめん》なさい御免なさい！

心中《しんちゅう》でそんな事を叫びながら、セルティはサブマシンガンを向けられた時ですら感じなかった、圧倒的な『恐怖』に身を震《ふる》わせつつ、先刻と同じようなチェイス劇を開始する。

ただし、今回は追う立場ではなく――怪物から逃げるか弱い乙女《おとめ》の役だったのだが。

♂♀

一時間後　川越街道某所《かわごえかいどうぼうしょ》　高級マンション最上階

『怖かった、怖かった……ごめんなさい、ごめんなさい』

ＰＤＡにそんな文字を打ち込みながら、セルティは同居人――岸谷新羅《きしたにしんら》の肩《かた》にもたれ掛かる。

セルティは呼吸を必要とはしていないのだが、肩で息をするようなゼスチャーと共にその全身を小刻みに震わせている。

『なんで、なんであの白バイ、私の影を全部避《さ》けられるんだ!?　ヘリコプターを止めた時と同じように影を伸ばしたら、その影の間をバイクを横に倒しながら擦《す》り抜けて、しまいには私の手から空中に伸びる影の上を走ってこっちに近づいてきたんだぞ!?』

東京中《とうきょう》を逃げ回り、御茶ノ水《ちゃみず》駅の横から川へと飛び込み、ヘリと対峙《たいじ》した時と同じように影のトンネルを作り出したセルティ。そのまま川沿いに逃げる事でなんとか白バイを撒《ま》いた彼女は、家に帰り着くなり新羅《しんら》の胸の中に飛び込んだ。

もはや葛原《くずはら》に追われた時のルーチンワークとなっているようで、新羅は慣れた手つきでパニックを起こしかけているセルティの背をさすりながら、思いついた言葉を口にする。

「勘《かん》と経験って奴《やつ》じゃないかな。明鏡止水《めいきょうしすい》の境地に至れば、君の影の動きを全《すべ》て読む事もできるのかもしれない」

『動きが読めたからって普通影の上を走ったりしないだろう！　それで、チャンスと思って、その影から更《さら》に別の枝を伸ばしてタイヤを絡《から》め取ろうとしたら、その瞬間《しゅんかん》へッドライトで私の視界を眩《くら》ませて、次の瞬間にはもう姿を消したりしてたんだ！』

「セルティは目がないのに眩《まぶ》しいって感覚はあるんだねぇ」

『思わず目を瞑《つむ》るとか、そういうのとは違うが、強い光を向けられると見えにくくはなるな。……って、そんな考察はいいんだ！　どうしよう新羅、シューターは嫌《いや》がるけど、電灯《でんとう》とナンバープレートつければ今後見逃して貰《もら》えるだろうか』

まだ恐怖による錯乱《さくらん》状態が続いているのだろう。どこかズレた言葉を紡《つむ》ぎ続けるセルティを見て、『これはこれで可愛《かわい》いなあ』と頬《ほお》を染めながら、新羅は冷静に言葉を紡ぎ出した。

「落ち着きなよ、セルティ。どっちみち、ナンバープレートの照会や免許の呈示《ていじ》を求められたらお終《しま》いだ。それより、早くシャンとしなよ。君にお客さんが来てるんだから」

『？』

——私に、客？

首を傾《かし》げつつも徐々《じょじょ》に冷静さを取り戻し、玄関《げんかん》に女性物の靴《くつ》が置かれている事に気が付いた。

そして、通路の奥に目を向けると——

ドアの隙間《すきま》からこちらを覗《のぞ》き、ペコリと頭を下げる一人の少女——園原杏里《そのはらあんり》の姿があった。

♂♀

同時刻　池袋《いけぶくろ》某所《ぼうしょ》

池袋の中心地からやや外れたオフィス街にある、なんの変哲もないビルの一つ。

探偵《たんてい》事務所に出会い系サイトの運営事務所、テレフォンクラブ、結婚《けっこん》相談所にサラ金業務、不動産売買など、一見すると様々な業種の看板《かんばん》が入っているが、このビルの二階から最上階までは実質的に繋《つな》がりのある会社のものだ。

各階の異なる業者が状況に応じて別の階にも足を運び、ビルその物が一つの総合商社として機能している。

そんなビルの最上階。

通常のオフィスの事務所となっている場所で、外回りから戻ってきた三人が帰り支度《じたく》を始めながら会話を続けていた。

「ったく、カーブミラーを引っこ抜きやがって。うまいこと直せたからいいものの、ミラーが壊《こわ》れたりしたせいで小学生とかが交通事故にあったらどうすんだよ」

「すんません、ついカっとなって……」

「しかしまあ、小学生といや今日は参《まい》ったな。まさか小学生が出会い系サイトで50万たぁよ」

呆《あき》れながら首を振るドレッドヘアの男――田中《たなか》トムに、横に立っていた金髪《きんぱつ》の男――平和島《へいわじま》静雄《しずお》が気《け》だるげな調子で相づちを打った。

「そうですね」

一方、その背後に居たロシア人の女――ヴァローナが、首を傾《かし》げながら口を開く。

「否定します。両親からスムーズに料金を回収しました。敗北を認めるような困難は皆無《かいむ》です」

「いや、参ったってそういう意味じゃなくてよ……」

溜息《ためいき》混じりにトムが答え、いつも通りの帰宅前の光景となりそうだったのだが――

デスクワークをしながら内線電話を受けていた女性社員が、保留ボタンを押してから静雄に向かって声をあげた。

「平和島さーん、お客さんが見えられているそうです。応接室の方に通しておきました」

「へ？　……うす」

キョトンとしながら事務所の入口近く、衝立《ついたて》によって仕切られた応接室に向かう静雄。

そんな彼を見て、トムも不思議そうに呟《つぶや》いた。

「静雄に客？　珍《めずら》しいな」

「可能性を模索します。3日前に破壊したフォークリフトについての苦情でしょうか」

「いや、あれは社長が話《ナシ》つけた筈《はず》だしな……あ、もしかしてカーブミラーがちゃんと直ってなかったか？」

静雄の客というのが気になり、トムとヴァローナは衝立に近づき、その隙間《すきま》から応接室の方を覗《のぞ》いたのだが——そこには、笑顔という珍しい表情を浮かべる静雄の姿と——対照的にまったく感情を感じさせない表情を貼《は》り付けた美青年の姿があった。

「おいおい、珍しい顔が来てるじゃねえか。どうりでいきなり応接室に通すわけだぜ」

「希少《きしょう》とは言えません。毎日テレビやポスターで顔面を拝見《はいけん》しています」

小声で呟くトムに、奇妙《きみょう》な言葉で反論するヴァローナ。

しかし、確かにヴァローナの言葉通り、そこに居たのはテレビなどでよく目にする顔だった。

「どうしたんだよ、幽《かすか》。わざわざこんな所に」

「仕事が終わるまで待つって言ったんだけど……。大丈夫《だいじょうぶ》だった？」

「大丈夫もなにも、ちょうど仕事が終わって帰ろうとしてたとこだ。で、どうした」

淡々と喋《しゃべ》る弟——平和島幽《へいわじまかすか》に対し、普段よりも上機嫌《じょうきげん》で喋る静雄《しずお》。

そんな兄に、幽は無表情のまま、事務所の入口の方に目を向ける。

「実は、兄《にい》さんに相談があって……。まず、紹介《しょうかい》したい人がいるんだけど……場所を変えた方がいいかな？」

「いや、ここで大丈夫《だいじょうぶ》だろ。なんだよ、外に待たせてるのか？」

「うん……ちょっと、色々あるから」

幽はゆっくりと事務所の入口の方に移動し、ビルの廊下《ろうか》へと続くドアを開け放つ。

すると、その奥から——フードを被《かぶ》った女が、恐る恐るといった調子で事務所の中に足を踏み入れた。

「あ、あの……初めまして……」

消え入りそうな声でペコリと頭をさげたのは——どこか不思議な目をした、平和島幽《羽島幽平》の同業者である女だった。


「……ッ！　おいおい、ありゃ聖辺《ひじりべ》ルリじゃねえか？」

「肯定《こうてい》です。芸能年鑑《ねんかん》に出ていた顔写真による私の記憶《きおく》と一致します」

そんな事を言うトムとヴァローナの周囲から、同じようなささめきが一斉《いっせい》に響《ひび》き渡る。

「マジかよ……本物かよオイオイオイ」

「俺《おれ》、こないだの写真集二冊《さつ》買ったぞ……」

「あれ本物の羽島幽平《はねじまゆうへい》だよね⁉　ねえねえ、写メっても大丈夫ですか⁉」

「サイン欲しい」

「握手《あくしゅ》とかOKなのか」

「平和島君の弟って事は、彼も喧嘩《けんか》とか強いのかね」

「聖辺ルリ、マジ凄《すご》くね⁉　すっぴん美人って噂《うわさ》マジなんじゃね⁉」

「ごひゅう」

トムが振り返ると、衝立《ついたて》にちょっとした人だかりができており、事務所内に残っていた人間が全《すべ》て衝立に身を寄せているという異常な光景が目に映った。

この事務所の人間どころか、どうやって噂を聞きつけたのか、同じビルの他《ほか》の階の業者まで入り交じっている始末である。

「お前ら何やってんだ⁉　散れ！　散れ！　仕事しろよ！」

小声で叫びながら追い払《はら》い、もしもバレたら静雄がキレると判断したトムは、素早く自らも衝立から離れて自らの事務机に戻る事にした。

ただ一人、ヴァローナだけが衝立に背中をつけ、忍者《にんじゃ》のような体勢で応接室に聞き耳を立て続ける。本人としては、静雄の家族構成から少しでも彼の弱点などを知ろうという心持ちだった。しかし——周囲の者達から見れば、

――『ああ、静雄《しずお》の家族の事が気になるなんて、あいつやっぱり静雄の事が……』

という、なんとも平和的な結論に導かれてしまうのだが。


「あー……。雑誌とかで見た事あるわ。お前の、その……」

言いかけてから口ごもる静雄に、幽平《ゆうへい》が淡々と言葉を返す。

「大事な人、だよ」

「……そう、それだ」

静雄は小さく頷《うなず》き、改めて聖辺《ひじりべ》ルリに目を向けた。

「なんか震《ふる》えてないか？」

首を傾《かし》げる静雄に、やはり淡々と答える幽平。

「ルリさんは、兄《にい》さんが喧嘩《けんか》してるのを間近で見たばっかりなんだ」

「えッ」

これでもかという程に説得力のある『怯《おび》えている理由』を伝えられ、静雄は気まずそうに視線を逸《そ》らし、数秒後に、改めてルリの方に顔を向けて呟《つぶや》いた。

「あー、いや、……そ、そうか。そいつぁ悪かったな」

「あ、い、いえ！　こちらこそ……すみません」

数ケ月前――

　実際に振り回されたベンチが直撃する程の距離で静雄《しずお》の喧嘩《けんか》を見たルリとしては、彼に対する潜在的《せんざい》な恐怖は染みついてはいるのだが――そんな事情を教えるわけにもいかず、とりあえず話を合わせるルリ。幽平《ゆうへい》は『丁寧《ていねい》に事情を話せば大丈夫《だいじょうぶ》だよ』と言ったのだが、深い心の傷を刻み込まれている彼女としては、まだ心の準備の時間が欲しいというのが本音だった。

　そんな怯《おび》え以外の感情も入り交じったような彼女の態度に奇妙《きみょう》な違和感を覚えつつも、静雄は静かに息を吐《は》き出しながら弟に問いかける。

「いや、でもよ……俺《おれ》に話を通してくれんのは嬉《うれ》しいんだが、俺よりも先に、まずは親父《おやじ》とお袋《ふくろ》に報告した方がよ……。つーか、なんか公認の仲みたいに騒《さわ》がれちゃいるが、いきなり結婚《けっこん》とか言ったら、やっぱり騒ぎになるんじゃねえか？」

「いや、相談っていうのは、そういう話じゃないんだ、兄《にい》さん」

「あん？　じゃあ、なんだってんだよ」

　首を傾《かし》げる静雄に、幽平は機械のように粛々《しゅくしゅく》と語り始める。

「兄さんは……ダラーズ、って知ってるかな」

♂♀

新羅《しんら》のマンション

「あ、あの……突然お邪魔《じゃま》してしまってすみませんでした」

ダイニングルームの椅子《いす》に座りつつ、再度頭を下げる眼鏡《めがね》の少女——園原杏里《そのはらあんり》に対し、セルティはヘルメットを左右に振りながらPDAを差し出した。

『気にしなくていいよ。新羅の奴《やつ》が連れ込んだんだろ』

「連れ込んだなんて酷《ひど》いよセルティ！　それじゃまるで僕が浮気しようとしてたみたいじゃないか！　『落花枝《らっか》に返らず、破鏡《はきょう》再び照らさず』とは言うけれど、私は君という花を枝から落とす事はないし、君の美しさを照らす鏡だって割ったりするもんか！」

相変わらずわけの解《わか》らない言葉で答える新羅の言葉に、セルティは溜息《ためいき》を吐《つ》くように肩《かた》を上下させた。

話を聞くに、杏里がセルティに相談をしようかどうか悩みながら町を歩いていた所、たまたま通りかかった新羅が声をかけたのだそうだ。

『駄目《だめ》だよ杏里ちゃん。こんな怪しい奴について行ったりしちゃ』

「おっと、抗議する前にこれだけは言わせておくれ。これはどうした事だろうか、セルティに怪しいと言われるとそんなに悪い気はしないんだけど、やっぱり怪しいという言葉にはそこはかとなくエロティックな響《ひび》きがあるとボブフッ」

『女子高生の前で何を言ってるんだお前は？』

腹を肘《ひじ》で突かれて呻《うめ》いている新羅《しんら》を余所《よそ》に、セルティは改めて杏里《あんり》に向き直る。

『で、相談っていうのは？』

「はい……あの、帝人《みかど》君の事なんですけれど……」

「おや、恋の相談かい？　だったら僕とセルティに相談するのは間違いかもしれないよ？　なんせ僕とセルティは常にラブラブ、比翼連理《ひよくれんり》の間柄《あいだがら》だからね。トラブルが起きた時の修復方法とかはあまり協力できないかもしれない」

「い、いえ、私と帝人君は、そういう関係じゃ……」

顔を赤くして俯《うつむ》く杏里を見て、セルティは慌《あわ》てて新羅の口を影で塞《ふさ》いで黙《だま》らせた。

――まあ、帝人君が杏里ちゃんを意識してるのは丸わかりではあるんだが……。

――脈はあるのかもしれないけれど、何か複雑な事情がありそうだし、下手《へた》に刺激しない方がいいだろうな。

そう判断したセルティは、杏里が顔を上げるのを待ってからＰＤＡに文字を打ち込んだ。

『で、帝人君がどうしたって？』

「はい……。あの……私もどう言っていいのか解《わか》らないんですけど……。最近、なんだか帝人君の様子がおかしいんです」

『様子がおかしい？　元気が無いとか、何か妙《みょう》な事を口走ってるとか……？』

「いえ、その逆なんです……凄《すご》く明るくなって、楽しそうなんです」

杏里は暫《しば》し続きを口にするかどうか迷っていたようだが、やがて意を決したように呟《つぶや》いた。

「まるで……紀田《きだ》君が居た時みたいに」

♂♀

半日前

「ああ、園原《そのはら》さん。お疲れ様！」

終業式後に行われたクラス委員の会合の後、杏里と顔を合わせた。

「お疲れ様です」

ハキハキとした帝人の声に、杏里はいつも通り、どこか他人行儀《たにんぎょうぎ》に頭を下げる。

「園原さんは、夏休みの予定とかあるの？」

「えッ……あの。特に予定はないんですけれど……」

「そっか、暇《ひま》な時があったら、いつでも声をかけてよ」

「あ……はい」

そんな言葉が、普通ならば嬉《うれ》しい筈《はず》だった。

一年前ならば、そんなことを言われても返答に困るだけだったのかもしれないが、帝人《みかど》や正臣《まさおみ》、そしてセルティ達との出会いによって、園原杏里《そのはらあんり》という少女にも少しずつ変化が訪れているのは確かだった。

だからこそ、今の帝人の誘《さそ》いの声にも、素直に微笑《ほほえ》みながら頷《うなず》ける筈《はず》だったのだが——今の杏里は、別の理由で素直に喜ぶ事ができなかった。

今の帝人の中に、どうしようもない違和感を覚えているからだ。


ゴールデンウィークに起こった、絡《から》み合ういくつかの事件。

謎《なぞ》の女に2日続けて襲撃《しゅうげき》された自分の事もあるのだが——杏里が寧《むし》ろ気になっていたのは、不良集団の手によって、帝人が怪我《けが》をした事だった。

自分が帝人を助けた際、彼に『刀』を使う姿を見られてしまったかもしれない。

かつて黄巾賊《こうきんぞく》と呼ばれるカラーギャングの内乱から紀田《きだ》正臣を助けようとしたときにも、自分が日本刀を持っている姿を見られている。しかし、今回は更《さら》にハッキリと見られてしまったかもしれない。

今も彼女の身体《からだ》に潜《ひそ》み、愛の言葉を叫び続ける妖刀《ようとう》『罪歌《さいか》』。

セルティと同じような『異形《いぎょう》』である自分の存在が、帝人に拒絶《きょぜつ》されてしまうのではないかと不安に思ったのだが——意外な事に、彼は連休が明けてからそれについて触《ふ》れる事は一度もなかった。

しかし、それを安堵《あんど》する事はできなかった。

あの事件を機に、帝人は変わってしまった。

戻った、と言ってもいい。

紀田正臣が居なくなってから、無理に明るく振る舞おうとしているようにも思えていた帝人から、無理の色が消えたように思えるのだ。

最初の数日は、帝人の怪我に対する心配と、自分に畏《おそ》れを抱《いだ》かせてしまったのではないかという不安によって気付かなかったのだが——

正臣が消えた時から、帝人の表情の中に時々浮かんでいた不安や迷い、後悔といった感情が消えている事に気が付いたのである。

まるで、何か人生の目的でも見つけたかのように、帝人の笑顔や言葉、生活の全《すべ》てに気力が満ちていったと言ってもいい。

通常ならば、良い事の筈だ。

だが、帝人が正臣の事を忘れたとも、吹っ切れたとも思えない。

もしかしたらどこかで正臣と再会したのかと思い、『何か良いことでもあったんですか？』と問いかけた事もあるのだが——

『園原《そのはら》さんと話してるのがいいことって言えばいいことかな』

と、普段言わないような冗談《じょうだん》を口にする帝人《みかど》を見て、杏里《あんり》はますます違和感を覚えてしまう。

──やっぱりあの事件で何か……。

──でも、人は成長するものだっていうし……。

──私の勘違《かんちが》いかもしれない……。

元から引っ込み思案《じあん》である杏里には、『最近おかしいです』とハッキリ言う事すらできず、奇妙《きみょう》な違和感を抱《かか》えたまま高校生活を送る結果となった。

額縁《がくぶち》の中から世界を客観的に見る少女。

そんな特殊な立ち位置にいたからこそ、杏里は気付く事ができたのかもしれない。

額縁の中のお気に入りの絵の中に、それまで存在しなかった色遣《づか》いが現れた事に。


そんな奇妙なモヤモヤ感を抱えたまま夏休みに入ろうとしていた杏里だったが──

違和感が明確な『異常』であると気付いたのは、帝人が別れ際に言った言葉だった。


下校途中《とちゅう》、いつも二人が別れてそれぞれの家路につく場所で、帝人は少しだけ真剣な顔をしながら杏里に向かって口を開いた。

「ねえ、園原さん」

「えッ？　は、はい」

それまで日常的な会話を続けていた杏里は、帝人の真剣な眼差《まなざ》しに面食らったのだが——彼女が本当に驚いたのは、次に帝人が吐《は》きだした言葉である。

「僕は、園原さんがどんな秘密を持ってても構わない」

「……えッ」

——何？

「僕じゃ、なんの支えにもなれないかもしれないけど……」

——帝人君は今……なんの話をしているの？

竜ケ峰《りゅうがみね》帝人。

紀田《きだ》正臣《まさおみ》。

そして、園原杏里。

三人の少年少女は、それぞれにとある秘密を抱えている。

『ダラーズ』の創始者である帝人。

『黄巾賊《こうきんぞく》』の創始者であり、中心人物でもある正臣。

『罪歌《さいか》』と呼ばれる、人ならざる異形《いぎょう》を身の内に宿している杏里。

杏里が正臣の正体を知り、正臣は情報屋によって帝人がリーダーであると告げられる。

そして、帝人は杏里の正体に気付きかけているという、奇妙な三角関係が続いていた。

杏里《あんり》も帝人《みかど》の正体に気付きかけてはいるのだが、敢《あ》えてそれを確認しようとはしない。

お互いの秘密を明かすのは、正臣《まさおみ》が再び戻った時。

それが、帝人と杏里の間の暗黙《あんもく》の了解《りょうかい》の筈《はず》だった。

しかし、帝人は今、杏里の秘密に触《ふ》れようとしている。

遠回しにだが、彼女の心の奥に手を伸ばしている。

「でも、園原《そのはら》さんがなんだろうと、君の居場所は、きっと作ってあげられるよ」

「……」

何か問いかけようとしたのだが、言葉が上手《うま》く見つからない。

そんな杏里の沈黙《ちんもく》を、彼女が不安がっていると受け取ったのだろうか。帝人は更《さら》に明るい笑顔を顔に貼《は》り付け、自信に満ちた顔で口を開いた。

「僕が、――正臣も、またここに戻ってこられるようにするよ。みんなが居られる場所を作るから……園原さんも安心していいよ」

――違う。

杏里は戸惑《とまど》いつつ、心の中で首を振る。

思い出されるのは、数ヶ月前の帝人の言葉。

――「戻ってくるよ」

――「え……」

――「正臣の事は、昔からよく知ってる。正臣は、絶対に戻ってくる」

困った表情で口を開きかけた杏里に、帝人はハッとした調子で呟《つぶや》いた。

「あの……」

「あ、ご、ごめん。なんか変な事を言っちゃって……じゃあ、また何かあったら連絡してね！」

気恥《きは》ずかしさを隠《かく》すように、そのまま走り去っていく帝人。

杏里は困った表情を浮かべたが、結局引き留める事ができなかった。

――何か……違う。

そんな割り切れぬ感情のまま、宛《あて》もなく池袋《いけぶくろ》の繁華街《はんかがい》を歩き続ける杏里。

何度かセルティに相談すべきか迷い、その度に『こちらの問題に巻き込むわけには』と携帯を閉じるという事を繰り返していたのだが――

家路につこうかと思った所で、不意に背中から浴びせかけられた。

結果として、園原杏里にセルティへ相談する事を決意させたのは、

「やあ、杏里《あんり》ちゃんじゃないか。最近、罪歌《さいか》の調子はどうだい？」

という、デリカシーの欠片《かけら》もない白衣の男の声だった。

♂♀

そして、現在に至る。


「紀田《きだ》君が戻ってくるって信じてた筈《はず》なのに、帝人《みかど》君、自分で『紀田君の帰ってくる場所を作るんだ』って……。なんだか、凄《すご》く変な感じで……」

自分でもどう表現していいのか解《わか》らないのだろう。

ただ、漠然《ばくぜん》とした違和感の正体を探る為《ため》に、今日の出来事を事細かく語る杏里。

「なるほど、親友を信じてるっていうより、自分の力を信じてるって感じだね」

『確かに帝人君らしくないな』

話を聞いて、セルティは腕《うで》を組んで考え込む。

——別に、自分から努力するってのは良いことの筈なんだけど……。

——なんだか妙《みょう》にモヤモヤするのは何故《なぜ》だろう。

——ゴールデンウィーク以降、ってのも気になるし……何か嫌《いや》な予感がする。

——やっぱり……あの黒沼青葉《くろぬまあおば》って子と何かあったのか？

セルティの胸中に浮かぶのは、ゴールデンウィーク最後の夜の出来事。

それは、新羅《しんら》との旅行から家に帰り着いた時の事だった。

♂♀

5月5日　夜

「今日は……黒バイクさん達と、友達になりたくて来ました」

夜遅くに帰り着いたセルティ達の前に現れたのは、黒沼青葉と名乗る少年だった。

『どうやってここが解《わか》った？』

問いかけるセルティに、青葉はクスリと笑いながら答えを返す。

「半分は偶然《ぐうぜん》みたいなものですよ。でも、安心して下さい。警察にここの場所を教えたりはしてませんから」

警察という単語に一人の白バイ隊員の顔を思い出し、思わず背筋を震《ふる》わせるセルティ。

「事情はよく分からないが、ちょっといいかな？」

新羅は彼女を庇《かば》うように前に立ち、淡々とした調子で少年に向かって語りかけた。

「友達になりたくて、と言ったけど、まだ友達でもないのに直接家に訪ねてくるなんて随分《ずいぶん》と失礼な話じゃあないか。粉骨砕身《ふんこつさいしん》、粒々辛苦《りゅうりゅうしんく》の思いでこのマンションを見つけたのかもしれないけど、だからってその努力が僕達にとって価値があるものとは限らないんだよ？」

流暢《りゅうちょう》な調子で喋《しゃべ》る新羅《しんら》に、青葉《あおば》は肩《かた》を竦《すく》めながら答える。

「失礼は承知《しょうち》の上ですよ。でも、こうでもしないと伝説の首無しライダーさんとお近づきになる機会なんて無いと思ったんでね」

『Ｔｏ羅丸《とらまる》とかいう暴走族と揉《も》め事を起こすような奴《やつ》とは、あまりお近づきになりたくないな。っていうか、普通に口封じされるとか思わないのか？』

「ああ、帝人先輩《みかどせんぱい》との話、聞いてたんでしたっけ」

苦笑しながら通路の壁に背を預け、睨《ね》めあげるような目つきでセルティを見る青葉。

「口封じは無意味ですよ。この場所は僕の仲間も知ってますからね。僕が行方《ゆくえ》不明とかになれば、そのまま警察やマスコミがこの家に雪崩《なだ》れ込むでしょうね。ああ、その前に火事になるかもしれませんけど」

『それは脅迫《きょうはく》か？』

「いえ、すいません。別に脅《おど》したりする気はありませんよ。僕はただ、帝人先輩みたいに……首無しライダーさんやその周りの人と仲良くなりたいだけ、ってのが本音ですよ」

――嘘《うそ》だな。

――この子の目は、仲良くなった先を見据《みす》えてる。

長年の経験でそう判断したセルティは、眼前《がんぜん》の少年をどう扱ったものか思案する。

だが、彼女よりも先に、眼鏡《めがね》の位置を直しながら新羅が一歩前に出て――

少年の顔をマジマジと見ながら、薄《うす》く笑いつつ呟《つぶや》いた。

「君、折原臨也《おりはらいざや》とそっくりだな」

「……あんな奴《やつ》と一緒《いっしょ》にされるのは心外ですね」

折原臨也という名前が出た途端《とたん》、それまでの余裕《よゆう》に満ちた態度を消し去り、露骨《ろこつ》に嫌《いや》そうな顔をする青葉。

新羅はその反応に満足したのか、冷めた笑いを浮かべながら少年に顔を近づける。

「うん、君がもしも臨也の事を知ってるなら嫌がるだろうと思って言ったんだ。案の定《じょう》、臨也の事は知ってるみたいだね。もしかして、昔なにか痛い目にでもあったのかな？」

「……なんでそう思うんです？」

「やり口があいつソックリだからだよ。偶然《ぐうぜん》の一致というより、どこかで見た事がある、と言った方がしっくりくる。ああ、真似《まね》とは言わないよ。本質は元から一緒なんだと思う」

「……まいったな。黒バイクさんはともかく、同居人の貴方《あなた》もあの男の知り合いだなんて」

否定も肯定《こうてい》もせず、鋭い眼光で新羅の顔を睨《にら》み返す青葉。

「まあ、同属嫌悪《どうぞくけんお》って奴だろうね。君も臨也の奴も、自分の掌《てのひら》で世界が踊《おど》らないと嫌がるタイプだからねえ。他《ほか》に同じタイプの人間が現れたら、そりゃ面白くもないだろう。自分の物だと思ってた世界が、誰か他人の掌《てのひら》の上にもってかれちゃうんだからねえ。まったく強欲な連中だよ。僕は自分の掌なんて、セルティの手を握《にぎ》る事さえできればいいってのに」

「？　……！」

新羅《しんら》の意図が分からず、何の事か問い返そうとした青葉《あおば》だが——

その答えは、自分の首すじに走った小さな痛みが示していた。

いつの間に鞄《かばん》から取り出したのだろうか。新羅の手には鋭いメスが握られており、その先端《せんたん》が青葉の首筋に軽く触《ふ》れている。あと少し手に力を入れれば、刃《やいば》の先端《せんたん》が喉《のど》の肉に染みこみ、頸動脈《けいどうみゃく》を切断する結果となるだろう。

「一つ、警告しておくよ」

新羅の顔は、普段と変わっていなかった。

どこかヘラヘラした調子の顔のままで、少年の命をあっさりと消し去りかねない雰囲気《ふんいき》だ。

「君や臨也《いざや》が何を企《たくら》もうと構わない。だけどね、僕とセルティの幸せな生活を壊《こわ》そうっていうなら、その時点で僕にとって不倶戴天《ふぐたいてん》の敵《てき》になるよ？」

一方、自分の命が危機的状況にあるにも関わらず——青葉は、恐怖に怯《おび》えた様子も見せず、笑みすら浮かべて新羅の顔を睨《にら》み返した。もっとも、完全に恐怖が無いわけではないようで、掌《てのひら》と額《ひたい》に冷たい汗《あせ》を滲《にじ》ませてはいるのだが。

「……なるほど、同居人さんは、黒バイクさんとはそういう関係ですか」

緊迫《きんぱく》した空気になるが、そんな彼らの間に黒い影が割り込んできて、無理矢理《むりやり》二人を引き剥《は》がした。

『やめろ、新羅。こんな事で殺人犯になるなんて馬鹿げてる』

「でもセルティ」

『こんな事で警察沙汰《ざた》にして、私を一人にしないでくれ。それに、お前が私の為《ため》に犯罪者になるなんて許さないぞ』

「……セルティ！」

闇《やみ》医者をやっている時点で十分すぎる程に犯罪者なのだが、新羅はそんな事実を頭に浮かべる事すらなく、セルティに対して子供のように目を輝かせた。

ＰＤＡの文字が見えない青葉は、そんな惚気《のろけ》た会話が行われているとは気付かない。だが、どうやら新羅の中から殺気が消えたようだと確信し、溜息《ためいき》混じりに呟《つぶや》いた。

「何を話してるのかは知りませんけど、そう難しく考えないで下さい。気分を悪くさせたのなら謝りますけど……。とりあえず、メールアドレスの一つでも教えてくれれば、大人《おとな》しく引き下がりますよ」

「……ああ、それと……。この事は、帝人先輩《みかどせんぱい》にも秘密にしておいて下さいね」

結局、携帯のメールアドレスだけは教えたものの、あれ以来なんの連絡も寄越《よこ》してこない。顎《あご》で色々と使われるような事になれば、密《ひそ》かに引っ越すという事も新羅《しんら》と相談していたセルティだが、何もなければ無いで逆に不気味《ぶきみ》に感じられる。

♂♀

——何か関係があるのだろうか。

——結局、帝人《みかど》君ともゴールデンウィーク以来会ってないし……。

そんなセルティの疑念を余所《よそ》に、新羅がうんうんと頷《うなず》きながら杏里《あんり》の回想について分析を始めていた。

「確かに、『僕が居場所を作る』って、普通にある決め台詞《ぜりふ》っぽいけど、帝人君みたいなタイプの子が言うとなんか妙《みょう》だよね。しかも杏里ちゃんがなんか悩みを打ち明けたりしたわけでもないんだし。自分から突然言い出すなんて宗教じみた感じがする」

新羅は暫《しば》し首を捻《ひね》り、杏里に向かって欠片《かけら》の悪気もなく自分の正直な感想を口にする。

「ぶっちゃけ何の脈絡《みゃくらく》もなくそんな事を言われても、善意の押しつけっぽいよね。なんだかウザい子になりかけてるんだねえ帝人くブゴフォッ」

『お前が人をウザいだのどうこう言える立場か!?』

勢い良く新羅の脇腹《わきばら》に拳《こぶし》をめり込ませ、改めて杏里に向き直る。

『話は分かった。心当たりがないわけでもないな』

「本当ですか？」

目を見開いて反応する杏里に、セルティは言葉を選びつつPDAに文字を打ち込んでいった。

『ここだけの話にして欲しいんだけれど、帝人君、学校での交友関係はどうなの？』

「え？」

『最近、特に仲良くしてる子とかいるかな』

「……ええと……。委員会の後輩《こうはい》の黒沼《くろぬま》君って男の子と最近よく一緒《いっしょ》になりますけど……。他《ほか》は今まで通りだと思います。変な人との付き合いは無い……と思います」

『そうか』

——その黒沼ってのが一番怪しいんだけどな。

——学校では猫《ねこ》を被《かぶ》ってるようだが……杏里ちゃんに言うべきかどうか。

——でも、もしも私がここで言わなかった事で、後々杏里ちゃんがあいつに攫《さら》われたりしたら……。だけど、もし帝人君の変化と関係無かったら、逆にこじれるかもしれないし……。

迷っているセルティの様子を察したのか、腹部の痛みから立ち直った新羅がおもむろに一つの『嘘《うそ》』をつく。

「ふーん。僕はその黒沼って子は知らないけど、もしかしたら何か関係があるのかもしれない」

「えッ……でも、黒沼《くろぬま》君はそんな悪い人には見えませんけど……」

「いやいや、会ったことはないから何とも言えないけど、一応気を付けておいた方がいいんじゃないかな？　それにほら、人は見かけによらない、っていうのは、杏里《あんり》ちゃん自身が一番良く分かってるだろう？」

「……。そうですね……」

複雑な表情で頷《うなず》く杏里を見て、セルティは心の中で新羅《しんら》に賞賛を浴びせかけた。

——ナイスだ新羅！　それなら、杏里ちゃんから自発的に黒沼を警戒《けいかい》させる事ができる！

とりあえず話を合わせてヘルメットを頷かせるセルティに、杏里はしばし考え込み——再び不安そうな表情になって口を開いた。

「でも、帝人《みかど》君が本当に何か変わってしまったんだとしたら、私に何かできるんでしょうか」

「まあ、なんでもできると言えるし、何もしなくてもいいかもしれない」

『そんな無責任な。他人事《ひとごと》だからってもう少し何か考えてあげよう』

呆《あき》れた調子でPDAに打《う》ち込むセルティだが、新羅は軽く笑いながら語り始める。

「まあ男の子にはあれだよ。思春期の一種っていうか……自分が特別な存在で、自分の思想が一番かっこいいと思う時期があったりするもんなんだよ。言う事成《な》すこと全部カッコイイと思って、自分に酔《よ》っちゃう時期っていうのがね」

『ネットでよく見る、中二病《ちゅうに》って奴《やつ》か』

「そ。はしかみたいなもんでさ、大抵の子は中学二年生ぐらいで済ませるけど、中には臨也《いざや》みたいに不治《ふじ》の病になっちゃうのもいるからね。高二でそれが発症することもあるだろうさ。まあ、カルト宗教に嵌《はま》ったりとか変な方向にいかなければ、放っておけばその内に治るって」

新羅は、そう言って笑ったのだが――
彼もセルティも、まだ気付いていなかった。
確かに、帝人は何か怪しげな宗教に勧誘されたというわけではない。
だが、現在の竜ケ峰《りゅうがみね》帝人という少年にとって、もはやダラーズは――
彼が理想とするダラーズは、既《すで》に信仰すべき存在になっているのだという事に。
そして――ダラーズそのものが、もはや一枚岩ではなくなっているという事にも。

♂♀

池袋《いけぶくろ》某所《ぼうしょ》
人気アイドル、聖辺《ひじりべ》ルリがストーキング被害を受けている。

そんなゴシップ雑誌の見出しになりそうな事を軽く説明した後、幽平《ゆうへい》は兄に対して淡々と語り始めた。

「ルリさんのストーキングをしてる人が、『ダラーズ』の掲示板《けいじばん》とかに出没《しゅつぼつ》してるらしいんだけど……僕はダラーズの事は詳《くわ》しくない。でも、噂《うわさ》を探ってる内に、兄《にい》さんの名前が出てきたから、もしかしたら何かダラーズについて僕より詳しい事があるんじゃないかと思って」

「あー……なるほどな。っつっても、俺《おれ》はもうダラーズじゃねえんだ。なんか、誘《さそ》われるままに登録はしたが……どうにもイラつく連中が多くてな、ウザってぇから知り合いのダラーズの奴《やつ》に『やめる』っつってそれっきりだ」

数ヶ月前の事件を思い返し、天井《てんじょう》を仰《あお》ぎながら語り続ける静雄《しずお》。

「まあ、元からダラーズに関しちゃ、携帯から掲示板に何回か書き込んだ程度だから、どんなチームなのかもよく解《わか》らないんだけどよ」

どこか物憂《ものう》げな静雄の表情に気付き、幽《かすか》は黙《だま》って頭を下げる。

「そう……。悪かったね。変な事を思い出させたみたいで」

「お前が気にする事じゃねえよ。家族なんだからよ、頼りたい時にいちいち頭さげんな」

笑いながら言う静雄だが、すぐにその笑顔を消し、聖辺《ひじりべ》ルリの方に話しかけた。

「……っつっても、あんたも大変だな。警察には連絡とかしたのか？」

突然話を振られ、一瞬《いっしゅん》ビクリとしたものの——ルリはすぐに気を取り直し、自分が今置かれている状況について説明し始めた。

「はい……自宅の鍵《かぎ》に何かが詰められてて、入れなくなってたのが最初でした」

「？　入れなくなった？」

ストーカーというからには、自宅を突き止めたならば鍵をこじ開けて内部に忍び込んだり盗《とう》聴器《ちょうき》を仕掛けたりするものと想像していたが、入れなくするというのはどういうわけか。

「嫌《いや》がらせかと思ったんですけれど……そんな事が毎日続いて……警察の人の話だと、防犯カメラに顔を隠《かく》した怪しい男が映ってたらしいんですが、まだ捕まってないんです。警察が巡回《じゅんかい》するようになったら、今度はグラビアの撮影《さつえい》現場に血塗《ちまみ》れの十字架《か》がばらまかれてたり、私の顔を、映画とかに出てくる怪物の死体とコラージュした紙が貼《は》り付けられたりしてて……」

何やら奇妙《きみょう》なストーカーの行為を疑問に思いつつも、静雄はそれ以前に気になった事について問いかけた。

「？　おいおい、撮影現場を知ってるって事は、仕事関係者の奴《やつ》なんじゃねえのか？」

「警察の人も最初はそう思ったみたいです。だけど、みんなにアリバイがあって……。調べてみたら、私の行動予定とかが、ネットの一部のファンの人達の間で取引されてるらしいんです。ただ、前からそういう怖いタイプのファンで、業界のブラックリストに載《の》ってる人達はいたんですけれど……全員アリバイがあるらしくって」

「そのアイドル情報の取引をしてるグループが、ダラーズの内部にあるらしいんだ。試しにダラーズにサイトで登録してみたけど、どうもダラーズの内部で独自のコミュニティが出来上がってるみたいで、誰かの紹介《しょうかい》が無いとそれぞれのコミュニティの内部に入れないらしいんだ」

声に全くの感情を浮かべずに語る幽平《ゆうへい》は、まるで与えられた情報を喋《しゃべ》るだけのロボットのようにも思えたが——家族である静雄《しずお》には、弟の表情から微妙《びみょう》な心情の機微《きび》が解《わか》るようで、

「苛立《いらだ》ってるのは解るが、落ち着けよ幽《かすか》。冷静にならねえと見えるもんも見えてこねえ」

と、普段の自分を完全に棚《たな》にあげたアドバイスを吐《は》き出した。

「うん……そうだね。ありがとう」

遠目に見ていたヴァローナにも、横にいたルリにも、幽平が苛立っていた様子など欠片《かけら》も感じられず、二人のやりとりに心中《しんちゅう》で首を捻《ひね》る。

そんな女性陣《じん》の視線に気付かぬまま、とりあえず静雄は一言吐《は》き出した。

「悪ぃなあ。俺《おれ》はそういう頭脳労働が苦手でよ。せめてダラーズにもう少し詳《くわ》しけりゃよかったんだが……」

——ダラーズに詳しそうな奴《やっ》か。

——誰かいたような……こういうのに詳しい奴っつえば……。

一瞬《いっしゅん》、これでもかという程に詳しそうな人間の顔が思い浮かんだのだが、こめかみに血管を浮かせながら脳内でその幻影《げんえい》を叩《たた》き潰《つぶ》す。

――ノミ蟲《むし》は論外としてだ。

――ああ、でも九瑠璃《くるり》と舞流《まいる》なら意外と知ってそうだな。

――いや待て、あいつらに事情を話したら幽に会わせろとか五月蠅《うるさ》くなる。

――社長は絶対詳しいと思うんだが、これ以上迷惑《めいわく》かけるわけにもいかねえしな……。

暫《しば》し迷った挙《あ》げ句《く》、ネットに詳しそうな上に、ダラーズの一員として有名な知人の顔が思い浮かぶ。

――あいつにも世話になりっぱなしっちゃーそうなんだが……。

――まあ、相談するだけならタダか。

「わかった、宛《あて》はあるから、今からそいつんとこ行くけど、来るか？」

「いいのかい。兄《にい》さんにとっても迷惑《めいわく》なんじゃ」

「んなこと、家族で遠慮《えんりよ》すんなっつってんだろ」

穏《おだ》やかな調子で笑う静雄の声を聞き、事務所内にいた人間達は皆『珍《めずら》しい物を見れた』と思っているのだが、口にすると即座に普段の静雄が顔を出しそうな気がしたので、聞こえなかったふりをして粛々《しゆくしゆく》と自分達の作業を続けていく。

すると――そんな空気の中に、更《さら》に和《なご》やかな音が紛《まぎ》れ込む。

「ニー」

と、誰が聞いても『猫』と解る泣き声が。

「起きたのかい、独尊丸《どくそんまる》」

自分の足元を見ながら呟《つぶや》き、再び静雄《しずお》に向かって口を開く幽平《ゆうへい》。

「それで思い出した。もう一つだけ相談があるんだ」

彼は無表情のまま、ソファーの傍《かたわ》らに置かれていたペット用キャリーボックスを持ち上げ
——その中で顔を擦《こす》っている、一匹《ぴき》のスコティッシュフォールドに意識を向けた。

毛糸玉のように丸まっている、まだ子供と思《おぼ》しき可愛《かわい》らしい猫《ねこ》だ。

「暫《しばら》くルリさんはうちのマンションで匿《かくま》うことになったんだけど、二人がいない間にストーカーに襲《おそ》われたら大変だから……。でも、このあたりのペットホテルがどこも一杯で、ずっと預ける事ができないんだ」

「少しの間でいいんだけど、誰か独尊丸を預かってくれる人を捜《さが》してるんだよ」

♂♀

川越街道某所《かわごえかいどうぼうしょ》　新羅《しんら》のマンション

「あの、今日は本当に突然お邪魔《じゃま》してしまってすいませんでした」

一通り相談はしたものの、結局話が進まなくなり、帰り支度《じたく》を始める杏里《あんり》。

セルティとしては、帝人《みかど》がダラーズのボスという観点からなら、更《さら》に色々と推察《すいさつ》できると思ったのだが——自分の口から杏里にそれを教えるのは筋違いと思い、そのまま話を終わらせる事にした。仮に本当に帝人が何か危険な事に巻き込まれているのであればそんな悠長《ゆうちょう》な事も言ってる場合ではなくなるのだろうが、現段階ではまだそこまでの緊急性は感じない。

しかし、帝人の様子が妙《みょう》だというのは確かな事と感じたので、セルティは今度町で帝人を見かけたら話しかけて見た方がいいだろうかと考えていた。

セルティはチラリと時計を見て、帰り支度をしていた杏里に声をかける。

『もう今日は遅くて危ないから、泊まっていくといい』

「えッ……い、いえ、そこまでご迷惑《めいわく》をおかけするわけには……！」

慌《あわ》てて口を開く杏里の肩《かた》を叩《たた》きながら、軽快な調子でPDAに文字を打ち込んだ。

『遠慮《えんりょ》しなくていい。もう何度か泊まってるんだし。うちに泊まるのが嫌《いや》だっていうならしょうがないけど』

「いえ、そんな、嫌なんて事はないです！」

『ああ、パジャマなら私が時々着てるのを貸すから。……サイズ合うかな』

そんな若々しい会話を続ける二人の『異形《いぎょう》』を、新羅は温かい視線で眺《なが》めていたのだが——

ほんわかとした空気に水を差すような形で、入口のチャイムが鳴り響《ひび》いた。

高級マンションではあるのだが、作りが古いためか、新羅《しんら》の住居はマンションの入口ではなく、各部屋の入口にチャイムがある形式となっている。

「誰だろう。こんな夜中に」

——まさか、黒沼青葉《くろぬまあおば》じゃないだろうな。

そんな事を心配するセルティを背に、新羅が玄関《げんかん》のドアを開くと——そこには、見慣れた人影が見慣れないモノを頭に乗せて立っていた。

「ニー」

平和島静雄《へいわじましずお》の頭の上で小さな猫《ねこ》が鳴いているのを見て——

爆笑《ばくしよう》した新羅は部屋の反対側まで蹴《け》り転がされ、セルティは自分に口が無くて本当に良かったと思いつつ、必死で肩《かた》が震《ふる》えるのを堪《こら》え続けた。

その直後に、彼女にとって奇妙《きみよう》な再開劇が待っているとも気付かぬまま。

某日《ぼうじつ》　チャットルーム

チャットルームには誰もいません。
チャットルームには誰もいません。
チャットルームには誰もいません。

・・・

餓鬼《がき》さんが入室されました。

餓鬼【初めまして】
餓鬼【誰もいないみたいですが、今後とも宜《よろ》しくお願いします】
餓鬼【ツミウタ】
餓鬼【失礼しました。罪歌《さいか》さんからお誘《さそ》いを受けました】

しゃろさんが入室されました。

しゃろ【おばんです】
餓鬼【こんばんは】
餓鬼【はじめまして。こちらの掲示板《けいじばん》の方ですか】
しゃろ【どもっす。いや、私もこの掲示板の人に誘われて参加したんですけど】
しゃろ【まだいつもの面子《メンツ》さんはどなたも来てない感じっすね】
餓鬼【そうでしたか。偶然《ぐうぜん》ですね】
しゃろ【いやー、誰か入ってくるまでボーっと待ってただけなんでw】
餓鬼【なるほど（笑）】

純水100%さんが入室されました。

純水100%【すいませーん、私も様子を見てたんですけど、参加してもいいですか？】
純水100%【友達から誘われて、私こういうの初めてなんですけど……よろしく！】
純水100%【って、軽く挨拶《あいさつ》しちゃったけど、皆さん年上さん達だったらどうしよう】
餓鬼【いやあ、互いの顔が見えないんですし、気にしませんよ】

しゃろ【まあ、年齢《ねんれい》関係ないっしょ】
しゃろ【ログみましたけど、狂さんとかフリーダムな感じだし】
しゃろ【互いにタメロでもいいんじゃないっすかね】
餓鬼【私は慣れていないんで、全員に敬語を使う感じですね】
純水100％【自由でいいと思いますよッ！　キャハッ！】
しゃろ【キャハッ、はウゼぇと思います（笑）】
純水100％【えー（笑）】

サキさんが入室されました。

サキ【こんばんは】
サキ【バキュラさんに紹介《しょうかい》されてきました、サキです】
サキ【よろしくお願いします】
しゃろ【あ、こんばんは】
餓鬼【なんですか、今日は新人同士の顔合わせですか（笑）】
純水100％【宜《よろ》しく！】

クロムさんが入室されました。

クロム【こんばんは。初めまして】
クロム【賑《にぎ》やかそうでいいですね】
クロム【私も招待《しょうたい》されてここに来ました】
サキ【こんばんは】
餓鬼【宜しくお願いします】
しゃろ【おばんです。てか、挨拶《あいさつ》だけでログが凄《すご》い事になってんすけどw】
しゃろ【肝心《かんじん》の古参《こさん》の人達が誰もいないってどういう事すかw】

バキュラさんが入室されました。

バキュラ【こんばんわーっと】
バキュラ【って、】
バキュラ【なんすかこれ!?】
サキ【いらっしゃい】
クロム【こんばんは】

しゃろ【あ、古参《こさん》の方ですか】
餓鬼【古参って言い方は失礼ですよ】
純水100％【バワー☆】
バキュラ【テンション高いなあ】
バキュラ【すいません、】
バキュラ【この中に知り合いサキしかいないんで緊張《きんちょう》してますw】
純水100％【かーわいー☆　ウブな子って大好き☆】
バキュラ【どもどもw】
餓鬼【っていうか、このチャット、誘《さそ》われるままに来たのはいいんですけれど、普段は何を話している所なんでしょうか】
バキュラ【ああ、】
バキュラ【主に池袋《いけぶくろ》の、町の情報とかを交換する場ですよ】
しゃろ【なるほど】
純水100％【じゃあ、みんな池袋の人なんですか？】
バキュラ【俺《おれ》とサキは今は別の場所に住んでるんすけど、】
バキュラ【前は池袋に住んでたんで】
餓鬼【私は仕事場が池袋なんで】

しゃろ【なんすか、餓鬼さん社会人さん？】
餓鬼【いや、バイトみたいなものですよ。まあ、年齢《ねんれい》とかの詮索《せんさく》はナシにしましょうｗ】
サキ【そうですね】
しゃろ【つか、過去ログ漁《あさ》ってましたけど……前のチャットだと、なんか聖辺《ひじりべ》ルリのストーカー話で盛り上がってたみたいですね】
しゃろ【ストーカーがダラーズじゃないかとなんとか】
しゃろ【ぶっちゃけた話、この中にダラーズの人って居るんすか？】
バキュラ【詮索しないようにしましょうって言ったばかりなのにｗ】
しゃろ【ダラーズかどうかぐらいいいじゃないですか】
クロム【私はダラーズですね。登録しただけですけど】
餓鬼【私も登録だけはしています】
バキュラ【おおっとぉー】
サキ【じゃあ、私とバキュラさんも今度参加します】
バキュラ【ないないそれはないｗ】
しゃろ【興味はあるんすけどねー。知り合いには参加してる子もいますよ】
しゃろ【でもぶっちゃけどうなんすかね。ダラーズだとモテるんすか】
しゃろ【モテるんならいつでもダラりますよ俺】

バキュラ【ダラるって】
クロム【でも、ストーカーの話って本当なんでしょうか】
クロム【登録した手前、同じダラーズの中にそんな犯罪者《はんざいしゃ》がいるとか怖いですね】
クロム【ダラーズ内で犯人《はんにん》を警察に突きだそうって動きも無いみたいですし】
餓鬼【まあ、証拠《しょうこ》とか見つかれば通報の一つでもするんですけどね】
クロム【確かに、今のダラーズって、ダラーズの内部でそれぞれ別のコミュニティを持って分かれてる感じですよね。中には、本当にカラーギャングみたいに喧嘩《けんか》したりカツアゲしたり、噂《うわさ》だと振り込め詐欺《さぎ》とかに利用したりしてるらしいですよ】
餓鬼【嫌《いや》な時代ですね】
クロム【五月ごろ、ヤクザと変な大学生のチームが殺し合う事件があったじゃないですか】
クロム【あれの大学生チームはダラーズを元にしてなんか麻薬《まやく》の売買のコミュニティを作ったらしくって、何人かダラーズのメンバーも居たって噂《うわさ》ですよ】
餓鬼【そうなんですか】
餓鬼【ダラーズの中にもそういう人達がいるんでしょうかね】
バキュラ【最初っから物騒《ぶっそう》な話はやめましょうよ】
バキュラ【まずはみんなの趣味から語りましょう】
バキュラ【池袋《いけぶくろ》のオススメデートスポットとか】

サキ【行くの？　池袋】
バキュラ【ノーコメント】
純水100％【オススメなのは、やっぱり東急《とうきゅう》ハンズかな！】
バキュラ【ああ、あそこ一日いても飽《あ》きないですよね】
クロム【飽きないっていうなら西武《せいぶ》のLOFTもいいっすよ】
しゃろ【ていうか飽きないのはいいけどデートスポットじゃないっしょ】
しゃろ【俺《おれ》はデートスポットっつーより、簡単に女の子と出会えるような場所がいいね】
純水100％【キャバクラとか？】
しゃろ【ちょっと違う。好きだけど俺が望んでるもんとちょっと違う】
クロム【出会い系サイトとかどうですか？】
しゃろ【デートスポットじゃないよね？　それデートスポットじゃないよね？】

狂さんが入室されました。
参さんが入室されました。

バキュラ【おッ】
クロム【こんばんは】

餓鬼【初めまして】
純水100％【こんばんわだよッ！】
クロム【こんばんは】
参【こんばんは】
参【わあい】
参【人がいっぱいです】
狂【これはこれは、初めての方もそうでない方々も御機嫌麗《ごきげんうるわ》しゅう】
参【にぎやかです】
参【うれしいな】
狂【では手始めに話題の一つでも提供《ていきょう》すべきでしょうか。つい数分前まで聖辺《ひじりべ》ルリ様のストーカーに対する話題とダラーズについての話題で盛り上がっておられたようですが……。どうも最近、ダラーズの中で内部抗争《こうそう》が起きているそうですの】
餓鬼【内部抗争？　聞いた事ないですね】
クロム【私も、自分の見ている掲示板とかではそんな情報はないですけど……】
狂【オフでの話ですわ。どうも2ケ月ほど前から、ダラーズと名乗ってカツアゲなどをしていた殿方《とのがた》達が、別のダラーズのメンバーに襲撃《しゅうげき》されたそうですの。明日《あした》発売の週刊誌に詳細《しょうさい》が書いてありまして、早売りのを入手《にゅうしゅ》致しましたの】

餓鬼【本当ですか。興味がありますね】
餓鬼【どんな話なんですか】
バキュラ【ちょっと信じられませんね】
バキュラ【そもそも、】
バキュラ【内部抗争もなにも、】
バキュラ【あそこはもとからチームらしい形を持ったチームじゃなかったと思いますけど……】
サキ【おちつきなよ】
クロム【なんだかドキドキしてきました】
しゃろ【不良のつぶし合いなんざ勝手にやってろって感じっすけどね】
純水１００％【怖いよう。クロムさんや餓鬼《がき》さんも襲《おそ》われちゃうのかなあ？】
参【にあ】
バキュラ【にあ？】
狂【失礼、横で参《さん》さんが笑い転げていまして。箸《はし》でも転がったのでしょう】
狂【ともかく、ダラーズは日本の歴史のようなものなのです。昔は原始的共産主義のように、お互いに助け合ったり情報交換をしたりする漠然《ばくぜん》とした組織でした。でも、やがてダラーズ内部の情勢が落ち着くに従って、内部に生まれたコミュニティがそれぞれの力を持ち始めたのです。戦国時代の日本のように、日本という土地の中に、様々な国が生まれ始めたのです】

狂【その中でも、特に乱暴な国があったのですが、そこが新進気鋭《しんしんきえい》のチームによって潰《つぶ》されつつあるようです。そのチームの事は良く分かっていないのですが、特徴が一つありまして、一様に目出《めだ》し帽《ぼう》やバンダナを被《かぶ》っているのですが、それらの柄《がら》がまるでサメの牙《きば》のような特徴的なデザインだそうでして……。海外からの輸入品のようです】

バキュラ【え】

バキュラ【マジですか】

狂【如何《いかが》なさいました？　何か心当たりがおありで？】

餓鬼【ああ、それ、私も知ってますよ】

餓鬼【ブルースクウェアっていう、昔池袋《いけぶくろ》にいたカラーギャングの一部が好んで被ってた帽子《ぼうし》ですよ。まあ、本当に一部の連中だけでしたけどね】

バキュラ【偶然《ぐうぜん》でしょう】

しゃろ【どうしたんすか？　なんか知り合いが同じ帽子被ってたとか？】

バキュラ【いえ、】

バキュラ【私の勘違《かんちが》いでした】

クロム【そんな事より、初めての人が多いんで自己紹介《しょうかい》の続きしましょうよ】

純水１００％【あ、じゃあじゃあ、みんなの好きな映画を言いっこしませんか？】

純水１００％【私は『ブレア・ウィッチ・プロジェクト』！】

餓鬼【私はなんでも好きですよ】
バキュラ【私は、】

・・・

二章『現実@RISOURON』

池袋《いけぶくろ》某所《ぼうしょ》　マンション屋上

セルティが少女の悩みと猫静雄《ねこしずお》の来訪で板挟《いたばさ》みになっている頃——

園原杏里《そのはらあんり》に過度な心配をかけている事に気付いていない少年は、別の少年達の前で笑顔を浮かべていた。

「よかったよ、みんなにケガとかが無くて」

竜ケ峰帝人《りゅうがみねみかど》は静かに笑い、そのまま淡々とした調子で眼前の少年達に声をかける。

「でも、本当に無理したら駄目《だめ》だよ？」

どこかのマンションの屋上らしきその場所には、帝人の他《ほか》に五人程の少年が存在しており、そのうちの一人だけが帝人と相対《あいたい》して会話している状態だ。

他の四人は皆屋上で好き勝手にぶらついており、特に帝人の事を気にしている様子はない。

夜の屋上という不気味《ぶきみ》な雰囲気《ふんいき》の場所で、屋上灯《とう》の明かりに照らされる少年達。

帝人《みかど》はそんな少年達が大怪我《おおけが》などをしていない事を確認すると、安堵《あんど》の溜息《ためいき》を吐《は》き出し、再び確認するように呟《つぶや》いた。

「今日、ここに来てないみんなも、怪我はしてないんだよね？」

そんな問いかけに、相対《あいたい》していた少年──黒沼青葉《くろぬまあおば》は、幼さが残る笑顔で頷《うなず》いた。

「ええ、僕の仲間に、そんなマヌケはいませんよ」

「怪我する事がマヌケって言うのは酷《ひど》いなあ」

苦笑いをする帝人。

右手にサメの歯模様の目出し帽《ぼう》を握《にぎ》りながら、青葉は一つ問いかける。

「でも、よくあの連中の活動場所が解《わか》りましたね」

「うん……ダラーズのコミュニティを探っててね。九十九屋《つくもや》さんに手伝って貰《もら》ったけど」

「九十九屋って、掲示板によく出入りしてる、あの変な奴《やつ》ですよね」

「変な奴は酷いよ。本とか出してる凄《すご》い人なんだから」

九十九屋真一《しんいち》というのは、ダラーズのメンバーの一人であり、『池袋《いけぶくろ》、逆襲《ぎゃくしゅう》』などのタウン案内に関する書籍を何冊か出しているライターらしい。

直接会ったことも見た事もなく、本名や正確な年齢《ねんれい》、性別すらも解《わか》らない状態だが、帝人が先日、事情通の彼に相談した所、ダラーズの名でカツアゲなどを行っている面子《メンツ》が屯《たむろ》しているコミュニティについて教えて貰《もら》った。

そこでのやりとりをダラーズサイトの管理人権限で監視《かんし》し、個人が特定できた人間を更《さら》に監視して行動を探り出した形となる。

九十九屋には最初の掲示板を探り出して貰っただけで、具体的に何をするつもりなのかは話していない。もしかしたら何か感づかれているかもしれないが、何か言ってくる様子もない。

ダラーズ創設期にいたメンバーはもう帝人しか残っていないが、帝人にとって九十九屋はかなり初期から『ダラーズのメンバー』と認識している一人である。

——九十九屋さんは、あの、去年の初集会の時……来てたのかな。

そんな事を想って過去に浸《ひた》る帝人を余所《よそ》に、青葉は顔から表情を消して口を開いた。

「ふうん……先輩《せんぱい》が信用できる人だって言うなら構いませんけど……」

実は、青葉も九十九屋という男については独自に調べようとしたのだが、ダラーズの誰もオフで会ったことがないそうで、完全にネットでしかダラーズを名乗っていない人間なのだろうと判断し、強くは警戒《けいかい》しない事にした。

問題は——帝人が次に口にした、ネット以外、現実のダラーズに関わっている一人の男の名前だった。

「本当は、折原《おりはら》さんに相談できれば良かったんだけど……ここ最近、連絡が取れないんだ」

「……」

「まだ、得体《えたい》の知れない人達はたくさんいるからね。九十九屋さんに頼めば色々と教えてくれそうなんだけど、オフで会ったこともない人に、あんまり迷惑《めいわく》をかけるわけにはいかないし。それだったら、お金はかかるかもしれないけど、臨也《いざや》さんに頼んだ方がいいと思ったんだよ。でも……本当に、どうしたのかな」

「情報屋なんて怪しい職業なんでしょう？　今頃ヤクザにでも刺《さ》されて埋《う》められてるんじゃないですかね」

横に目を逸《そ》らしながら、冗談《じょうだん》のように呟《つぶや》く青葉《あおば》。

過去に何があったのか、帝人《みかど》から逸らした目線には、折原臨也《おりはらいざや》という人間に対する本気の敵《てき》意《い》がたゆたっていた。

だが、そんな後輩《こうはい》の微妙《びみょう》な表情に気付いているのかいないのか、帝人は肩《かた》を竦《すく》めながら更《さら》なる言葉を紡《つむ》ぎ出す。

「駄目《だめ》だよ、冗談《じょうだん》でもそんな不謹慎《ふきんしん》なこと言ったら。折原さんは、ダラーズのことも色々と気にかけてくれてるんだから」

竜ケ峰《りゅうがみね》帝人は忘れていた。
——『折原臨也には関わるな』
池袋《いけぶくろ》に越してきた最初の日に、親友である少年が吐《は》き出した警告を。
平和島静雄《へいわじましずお》やサイモンといった、他《ほか》にも警告されていた面子《メンツ》が思っていたよりも彼にとって優しい人々だった、というのも、親友の警告を軽く見てしまった原因かもしれない。

あるいは、彼が帝人にもたらしたいくつかの利益が、甘《あま》い汁となって少年の脳髄《のうずい》を麻痺《まひ》させていたのかもしれない。

黄巾賊《こうきんぞく》のリーダーだった頃の、紀田正臣《きだまさおみ》のように。

だからこそ、彼はまだ折原臨也が自分にとって害のある存在だと認識していなかった。

もしも、臨也を疑っていれば、彼の過去を調べていたかもしれない——

彼がかつて、紀田正臣に何をしたのか知る事もあったかもしれない、あるいは、青葉の兄である泉井《いずみい》が、正臣に何をしたのかを。

そうなれば、今、こうして彼は黒沼《くろぬま》青葉達と組んでいる事は無かっただろう。

皮肉にも、青葉が敵と認識している折原臨也を、帝人はあくまでも味方だと信じていたからこそ——帝人は青葉と手を組んでいると言えるのかもしれない。


——それにしても、帝人先輩《せんぱい》は、どこまでブルースクウェアと黄巾賊の抗争《こうそう》について知ってるんだ？

そんな疑問は、常に青葉の中にはあった。

もしかしたら全《すべ》て解《わか》った上で自分達を利用し、最後には裏切るつもりなのではないだろうか。

——……いや、そこまでは想定の範囲《はんい》内じゃないか。

最初から、青葉《あおば》は帝人《みかど》と利用し利用される間柄《あいだがら》でいく筈《はず》だった。

誤算だったのは——帝人相手なら、最終的に上手《うま》く折り合いをつけられると思っていたのだが、どうにもそういう空気ではなくなってきたという事だ。

竜ケ峰《りゅうがみね》帝人という人間を甘《あま》くみていたわけではない。

寧《むし》ろ、彼の能力や人脈を高く買っていたからこそ、青葉は彼と接触《せっしょく》する事を試みたのだ。

だが、帝人の純朴《じゅんぼく》な人間性を突けば、最終的にはこちらが主導権を握《にぎ》る事はできる。

ゴールデンウィークの事件まで、青葉はそう思っていたのだが——

彼は気付いてしまったのだ。

帝人の中にある純朴さが、どこか色濃《こ》い狂気に包まれているという事に。


「そういえば、ダラーズの中に、聖辺《ひじりべ》ルリのストーカーがいるって噂《うわさ》……知ってますか?」

青葉の何気ない言葉に、帝人は普段学校で見せるものと、全く同じ笑顔を返す。

「ああ、そうらしいね」


笑顔だった。

どうしようもないぐらい、優しい笑顔。

作り笑いでも、悪意に歪《ゆが》んだ笑顔でもない。

あくまでいつも通りの、実に爽《さわ》やかな笑顔のまま――

竜ヶ峰帝人は、いつも通りに次の言葉を吐《は》き出した。

「そういう人は、早くダラーズから抜けてもらわないとね」

♂♀

池袋某所《いけぶくろぼうしょ》　高級マンション

徒橋《あだばし》の携帯に着信音が鳴り響《ひび》いたのは、丁度《ちょうど》夜中の十二時を過ぎた頃だった。

自分の住むマンションの室内に、聖辺ルリの着うたが鳴り響く。

人の心の奥を揺さぶる、透《す》き通った声質を数秒堪能《たんのう》した後――

ゆっくりと、味わうように着信ボタンを押し込む徒橋。

ブツリ、とルリの声が途絶えた事に対し、彼は粘《ねば》ついた色の笑みを顔面に貼《は》り付けた。

『もしもし、もしもし？』

「……あんたか」

電話に出た徒橋に、通話相手の男は安堵《あんど》した声を吐き出した。

『ああ、良かった。徒橋《あだばし》さんはいつも電話に出てから口を開くまでに間がありますねえ。興味本位でお尋《たず》ねするのですが、何か特別な理由でも？』

「……噛《か》みしめてるんだ」

『はい？』

「ルリちゃんの声が、唐突《とうとつ》に途絶《とだ》えるんだ。俺《おれ》の手で」

『はぁ』

気の抜けた声を返す通話相手を余所《よそ》に、徒橋は先刻の指と耳に残る感触《かんしょく》を思い出し、再び顔全体を快楽に歪《ゆが》め、腹の底に湧《わ》き上がる熱い情動を反芻《はんすう》する。

「ブツリ、と、ルリちゃんの声が、人の魂《たましい》を揺さぶるあの美声が、俺の親指一本で、磨《す》り潰《つぶ》されるみたいに、ルリちゃんの存在そのものが押し潰れるんだよ。その瞬間《しゅんかん》を噛《か》みしめてるから、声を出すのが遅れるのは当たり前だ。そうだろ？」

異常としか思えない発言に、通話相手はあっけらかんとした調子で言葉を返す。

『ああ、解《わか》ります解ります。私は貴方《あなた》の愛の深さに敵《かな》うわけがありませんので、半分解る、といった所ですが……流石《さすが》ですねぇ徒橋さん。お父《とう》様と同じ事を仰《おっしゃ》ってますよ』

「あんな……駄目親父《だめおやじ》と一緒《いっしょ》にするな」

やや機嫌《きげん》を損ねたようで、苛立《いらだ》ちながら呟《つぶや》く徒橋。

彼は静かに目を細めながら、自らの父に対する嘲《あざけ》りの言葉を吐《は》き出した。

「お袋《ふくろ》でもルリちゃんでもねえ、全然知らん女と寝てる時に——あっさりルリちゃんに殺されるような糞親父《くそおやじ》とはよぉ」

さらりと物騒《ぶっそう》な言葉を吐き出した徒橋に、通話相手は同じようにさらりと口を開く。

『いやいや、御存知《ごぞんじ》かとは思いますが、聖辺ルリは普通の女性ではありませんからね。お父様が殺されたのも……』

「そうじゃねえよ。殺されたのは問題ねえだろ。寧《むし》ろ羨《うらや》ましいぐらいだ」

徒橋はかつて父親が殺害された現場で見た光景を思い出し、やや呆《ほう》けた表情で息を漏《も》らした。

「問題は、なんで親父が知らん女を抱《だ》いてたかって事だ。お袋ならまだいい。もうお袋もそんな齢《とし》じゃねえけどよ……。だが、お袋以外の女なら、ルリちゃんがいるだろ。ルリちゃんがいるってのに他の女と寝たんだぞ？　そりゃおかしいだろうよ」

『なるほど！　確かにその通りですねぇ。解ります、解りますとも』

調子の良い事を言う通話相手に、徒橋は淡々と問いかける。

「……で、なんの用だ？」

『ああ、いえいえ。聖辺ルリさんの情報を優先的にお売りする代わりに、やって欲しい事がある、って話を前にしましたよね。そのお願いを、今させていただこうかと思いまして』

「……なんだ？」

『聖辺ルリがどうやら、池袋《いけぶくろ》の「首無しライダー」と接触《せっしょく》したようでしてね。どういう関係なのか、何の目的なのかは解《わか》りませんが……。もしも貴方《あなた》が聖辺《ひじりべ》ルリと接触《せっしょく》を試みた際、首無しライダーの事で何か解ったら、逐一《ちくいち》私に御報告頂ければ助かるのですよ。報告だけで結構です。逃げきれるなら、何か挑発《ちょうはつ》していただければボーナスを差し上げますが』

流暢《りゅうちょう》に言葉を紡《つむ》ぎ続ける男に、徒橋《あだばし》は僅《わず》かに眉《まゆ》を顰《ひそ》めた。

「それは、俺《おれ》よりも首無しライダーの方が強い、って事か？」

『んー。徒橋さんが……例えば、格闘家の……ほら、なんでしたっけ。あのなんかの大会のチャンピオンのトラウゴットって人よりも強いと仰《おっしゃ》るなら話は別ですが。ああ、貴方は実際見た事は無いんでしたっけ？　首無しライダー』

「……」

実際、徒橋は何度か首無しライダーを見た事はある。

しかし、全《すべ》て町中を走っている姿だけで、強いも弱いも判断できよう筈《はず》がない。

人ならぬ不気味《ぶきみ》な存在だという噂《うわさ》は聞いているが、通話先の男が口にしている時点で、恐らくその噂は真実なのだろうと確信する。

「……その首無しライダーが、どうだってんだ？」

『いえいえ、最近首無しライダーの動きが派手《はで》になってきてましてね。顧客《こきゃく》の皆様から、私宛《あて》に「あれは本物なのか」という問い合わせが多いんですよ』

「……」

『私も商売ですから、もしも必要という方が現れた場合、色々と動かなくてはいけませんからねえ。そろそろ、改めて査定をしておく必要がありまして。暫《しばら》く前、身の安全を守る為の個人的な作業を邪魔《じゃま》されてしまったという事もありますが』

相手が何について語っているのか、徒橋は知らない。

しかし、彼にとってそれがどうでもいい事だというのも確かだった。

聖辺ルリが首無しライダーに接触した。

どういう状況なのかは解らないが、彼にとって成すべき事は一つだ。

如何《いか》なる邪魔があろうと無かろうと──

自分はただ、聖辺ルリへの愛を実行するだけだ。

「まあ、いいさ。また何か……ルリちゃんのネタあったら教えてくれよ……」

「頼むぜ……澱切《よどぎり》さんよぉ……」

♂♀

池袋某所《いけぶくろぼうしょ》　駐車場《ちゅうしゃじょう》

「門田《かどた》さんは夜間作業でまだ仕事の最中だっつーのに、お前らは暇《ひま》そうでいいよなあ」

エンジンを切ったまま運転席で寛《くつろ》ぐ渡草《とぐさ》は、後部座席にいる男女——遊馬崎《ゆまさき》と狩沢《かりさわ》をミラー越しに見て呟《つぶや》いた。

声をかけられた男女は、手にしてた本から目を離し、渡草に向かって抗議の声をあげる。

「暇とは失礼っすよ！　今日中にあと七冊本を読む予定があるんすから！」

「今夜は深夜アニメも四本あるんだからね！」

「暇なんじゃねえか！」

抗議の声を黙《だま》らせようとする渡草だが、狩沢達は口を尖《とが》らせて反論を始めた。

「えー、渡草っちだって、家賃取り立ててる時以外は暇でニートみたいなもんじゃーん」

「そうっすよ」

「馬鹿野郎《やろう》！　アパートの空《あ》き部屋の掃除《そうじ》とか廊下《ろうか》の掃除とか色々大変なんだぞ？」

「その辺のことはお姉《ねえ》さんがやってるって言ってたじゃん」

狩沢の言葉に、ぐぬ、と言葉を詰まらせる渡草。

「経理や法務関係の事はお兄《にい》さんがやってるって聞いたっすよ？」

「そ、それは……俺《おれ》はほら、あれだ。何かトラブルが起きた時の為《ため》のだな……」

ごにょごにょと口をもごつかせる渡草。

その時、丁度《ちょうど》彼の携帯からメールの着信音が鳴り響《ひび》いた。

聖辺《ひじりべ》ルリの着うたが鳴り響く中——きっちりと最後まで聞き終えた後、携帯を手に口を開く渡草。

「まったく、俺はメールチェックに忙《いそが》しいんだから邪魔《じゃま》するな」

「えぇー、最初に私達の読書を邪魔したの渡草っちじゃーん」

「しかも、忙しいとか言いながら着信音は最後まで聞いたっすよ」

遊馬崎の当然とも言える指摘《してき》に対し、渡草は『解《わか》ってねえな』と首を振りつつ、さも常識であるかのように言い放つ。

「馬鹿野郎、ルリちゃんの歌を途中《とちゅう》で止めるなんてできるか」

渡草三郎《さぶろう》は、普段はオタク気質の遊馬崎達を窘《なだ》める立場にいるのだが——

自分の車と聖辺ルリというアイドルに関してだけは、遊馬崎達を上回る執着《しゅうちゃく》を見せる。ルリはアニメの主題歌なども時折歌う為、渡草が遊馬崎達と唯一同じ買い物をする時があるとすれば、それは聖辺ルリに関する商品だけという状況だ。

今しがたのメールも、どうやら聖辺ルリに関するものらしく、身を整えてからメール内容に目を通し始めた。

「すげぇ……すげえよ……。ルリちゃん、スコティッシュフォールドが好きなのかよ……」

どうやらオフィシャルファンクラブのメールマガジンのようで、記事を少し進めては、普段遊馬崎達に見せる事の無い至福《しふく》の表情を浮かべている。

「おお……写真集の増刷決まったのかよ……！　増刷分も買わないとな！」

「……渡草《とぐさ》さん、まさか重版《じゅうはん》する度に一冊ずつ買うつもりっすか？」

恐る恐る尋《たず》ねる遊馬崎《ゆまさき》に、渡草は不思議そうな顔で答えた。

「？　あたりまえだろ？　お前らだって漫画《まんが》とか二冊ずつ買ったりするだろうが」

「いや、そりゃ保存用とかはそうしますけど」

「重版の度に一冊買うなんて、よっぽどのマニアじゃなきゃやらないっすよ」

「渡草っちって、車傷つけられると凄《すご》い怒るし、私達よりよっぽどタチ悪いよねー」

そんな事を言ってくる後部座席の友人達を無視し、渡草はメールを閉じると同時に携帯のウェブモードを起動させる。そして、ダラーズ内の聖辺《ひじりべ》ルリ専門コミュニティ『メビウスバンデージ』に接続した。

羽島幽平《はねじまゆうへい》との交際が発覚した直後、このコミュニティは荒れに荒れた。それまで崇《あが》めていたアイドルを唐突《とうとつ》に『裏切り者』『中古』『今まで注ぎ込んだ金を返せ』と憤《いきどお》る者達や、羽島幽平への怨嗟《えんさ》の声、便乗《びんじょう》して煽《あお》るだけの者などで溢《あふ》れかえったのだが――渡草はそんな中でも、ショックを受けつつもファンとしての立場を崩《くず》さなかった。アイドルは偶像《ぐうぞう》に過ぎないと割り切っていたわけではない。彼は嫉妬《しっと》に震《ふる》えつつも、『羽島幽平なら……あの完璧《かんぺき》超人なら、俺《おれ》なんかよりもずっとルリちゃんを幸せにできるし、お似合いの二人だ畜生《ちくしょう》……！』と言い切り、ウェブの荒波を乗り越えてコミュニティの正常化に尽力《じんりょく》し続けた。

渡草はそんな過去を経て、今ではコミュニティ＆ファンクラブ古参《こさん》の一人となっていたのだ。

暫《しばら》く無言のまま、ファン同士でメルマガについての意見交換に興じていた渡草だが——

ある書き込みを見た瞬間《しゅんかん》、露骨《ろこつ》にその表情を険しくした。

「この野郎《やろう》……まだ居やがったのか」

「？　どうしたんすか？」

明らかに機嫌《きげん》の悪くなった運転手に、遊馬崎が眉《まゆ》を顰《ひそ》めながら問いかける。

「いや……。暫く前から、なんか業者みたいなのが居てよお」

「業者？」

「ああ、今日は『聖辺ルリの秘密に興味はありませんか』って書き込みだ。なんか秘密の写真がありますだのなんだの、そんな文面ばっか書いてる奴《やつ》がいるんだよ。ハンドルは『生贄《いけにえ》ボーイ』だってよ。わけわかんねえ」

鼻息を荒くしている彼に対し、狩沢《かりさわ》がからかうような声をあげた。

「そんなこと言ってー。本当は気になるんじゃないのー？　聖辺ルリのいけない秘密とかー」

「おい、ルリ『ちゃん』かルリ『さん』かルリ『様』って言えよ。なに呼び捨てにしてんだ」

本気で睨《にら》み付けてくる渡草に、心底面倒臭《しんそこめんどうくさ》そうな顔をする二人。

「うえぇー。厳《きび》しいよー。ていうか、デビューしたての頃は、渡草っちだって呼び捨てにしてたじゃん」

「あの時の俺《おれ》はまだ若かった。ルリちゃんの魅力《みりょく》をまだ完全に理解できてなかったんだ」

「なんだかウザったいこと言い出したよう。どうしようゆまっち」

げんなりする狩沢《かりさわ》に、遊馬崎《ゆまさき》はフム、と考え込み、間を置いてから口を開く。

「声優ファンでもそういう人たまに居ますからね。ああ、ほら、『禁書目録《インデックス》』の『上条《かみじょう》さん』を、最初は呼び捨てにできてたけど、最近は中々呼び捨てにできないのと一緒《いっしょ》っすよ」

「そっか、確かにそれなら納得できるね」

「おい待て、よく分からんが、まさか漫画《まんが》のキャラとかとルリちゃんを一緒くたにしたんじゃないだろうな」

こめかみをひくつかせる渡草《とぐさ》だったが、何を言っても話は平行線を辿《たど》りそうだと感じ、再びファン同士の会話に注目する事にした。

遊馬崎達はそんな運転手の後頭部を見つつ、互いに顔を寄せてささめき合う。

「そういや、聖辺《ひじりべ》ルリ……ちゃんって、ストーカーがどうこうって噂《うわさ》なかったっけ」

「ダラーズのメンバーって噂もあるっすよね」

「……ああ、うちのコミュの中でも、みんな血眼《ちまなこ》になってその噂の真偽《しんぎ》を探ってるとこだ」

渡草に気を遣《つか》って小声で会話をしていたのだろうが、その内容はダダ漏《も》れだったらしい。渡草は大きな溜息《ためいき》を吐《は》き出した後、本気の殺意を目に宿らせつつ呟《つぶや》いた。

「もしも見つけたら、俺がそいつの家のベッドまでこいつを走らせて轢《ひ》きつぶしてやる……」

本気なのか冗談《じょうだん》なのか解《わか》らない渡草の言葉に、遊馬崎は珍《めずら》しく気圧《けお》され、呟いた。

「いやあの……やるんだったら、俺らが乗ってない時にして下さいね」

♂♀

池袋某所《いけぶくろぼうしょ》　マンション屋上

「なんだ、母《かあ》さんか。へー、兄貴、もう戻ってきたんだ」

突然青葉《あおば》に電話が掛かってきた為《ため》、一旦《いったん》話は中断となった。

どうやら話し相手は母親らしく、兄弟の事について会話しているらしい。

──邪魔《じゃま》をしたらまずいかな。

帝人《みかど》はそう思い、軽く「じゃあ」と手を振って屋上を去る事にした。

「あッ、母さん、ちょっと待ってて……。帝人先輩《せんぱい》、話は……」

「続きは明日《あした》でいいよ。ほら、親との電話は大事にしなきゃ」

「はあ……すいません。じゃあ、またメールで連絡します」

青葉はペコリと頭を下げ、帝人はそのまま屋上の扉《とびら》へと向かう。

「うーす」「お疲れーっす」「ちゃーす」

「うん、お疲れ様」

強面《こわもて》の少年達が頭を下げた事に対し、帝人《みかど》はいつも通りに言葉を返した。

まるで、長年の友人に対して見せるような裏表の無い笑顔のままで。


マンションを降り、大通りに出た所で、帝人は前方に二台のバイクが停まっている事に気が付いた。何やら運転手同士が揉《も》めているようで、帝人は巻き込まれては厄介《やっかい》だと、遠巻きに歩いて横を通り過ぎる事にした。

「……のつもりだ？　あ？」

「てめーらの知ったこっちゃ……」

そんな、典型的な因縁《いんねん》の付け合いといった雰囲気《ふんいき》の会話を聞きながら、帝人はその男達を横目で一瞥《いちべつ》した。

一人は背骨のプリントされた派手《はで》な革《かわ》ジャンを身に纏《まと》っており、一方は、黒いスーツを身に纏《まと》う、バイクの運転手らしからぬ男だった。黒スーツの男の手首には、何か金属製の腕輪《うでわ》のようなものが巻かれていたのだが、遠目なので細かい形状までは解《わか》らない。

恐らく、どこかの暴走族同士の喧嘩《けんか》といった所だろう。

今どき池袋《いけぶくろ》の町中に暴走族がいる事など珍《めずら》しいのだが、帝人はそんな光景を見て、２ヶ月前の『Tｏ羅丸《とらまる》』との抗争《こうそう》を思い出し――

少しだけ悲しそうな表情を浮かべ、逃げるかのようにマンションの前から立ち去った。

♂♀

川越街道《かわごえかいどう》沿い　新羅《しんら》のマンション

「ニー」

そんな子猫《ねこ》の一声が、ゆるりとした空気を部屋の中に生み出した。

池袋の喧嘩人形と闇《やみ》医者、熱愛報道が続いている最中の人気アイドル一人、秘密を抱《かか》えた眼鏡《めがね》少女、そしてデュラハンという、状況的には決して和《なご》やかとは言えない面子《メンツ》だが――

猫にとってそんな空気など読める筈《はず》もなく、自由気ままに場の雰囲気《ふんいき》を和《なご》ませる。

静雄《しずお》の頭から飛び降りた猫は、自由気ままに歩き回り、現在はソファーに座る杏里《あんり》の太股《ふともも》の上でゴロゴロと喉《のど》を鳴らしている。

「……あー、どこまで話したっけか」

「ダラーズの話だよ、兄《にい》さん」

「おお、そうだ。ダラーズについて詳《くわ》しい奴《やつ》なんざ心当たりないからよぉ。俺《おれ》よりもまともにあのダラーズとかいうのに関わってたセルティならなんか知ってるんじゃねえかと思ってな」

つらつらと来訪理由を語る静雄《しずお》に対し、新羅《しんら》は呆《あき》れたように首を振る。

「っていうか、そんな理由でいきなり幽《かすか》君と……その、聖辺《ひじりべ》ルリさんを連れてくるなんて酷《ひど》いじゃないか！　事前にメールでもくれれば良かったのに！」

「あ？　いや、遠目に見たらマンションの電気ついてたからよ。ああ、いるなーって思ってそのまま来ちまったんだが……」

「……すいません、もしかしてご迷惑《めいわく》だったでしょうか」

身を縮こまらせる聖辺ルリの言葉に、新羅は慌《あわ》てて首を振る。

「とんでもない！　寧《むし》ろ逆です！　私とセルティは羽島幽平《はねじまゆうへい》と聖辺ルリさん両方のファンなんですから！　来ると解《わか》っていればもっと歓迎の準備をして、七面鳥とチーズケーキでも焼いて待ってたのに！」

「あ……ありがとうございます……。その、あの時は、本当にお世話になりました」

「ん？　なんだよ。知り合いだったのか？」

新羅とルリの間で視線を往復させる静雄。ルリは上手《うま》く言葉が出てこずに口ごもっていたのだが、代わりに新羅が流暢《りゅうちょう》な調子で語り始める。

「前に大怪我《けが》した事があってね。それを見つけたのが幽平君で、応急処置をしたのがこの僕ってわけさ」

「ああ、そういや、春先に新羅を紹介《しょうかい》した事があったような……。でも、なんで普通の医者じゃなくて新羅を？」

当時の事を思い出し、首を傾《かし》げる静雄。

そもそも聖辺ルリに大怪我を負わせたのは静雄なのだが、静雄にその自覚はない上、全《すべ》てを明らかにすると、聖辺ルリが『殺人鬼《さつじんき》ハリウッド』と呼ばれた存在であるとばれてしまう。

一体どう説明したものか、ルリが思いあまって全《すべ》てを明かして静雄に土下座《どげざ》でもした方がよいのではないかと考え始めた時――

幽平が、兄に対して短い言葉を返す。

「芸能界には、魔物《まもの》が住んでるから……」

「なるほど。そういうもんか。それじゃや仕方ねえな」

一体何をどう納得《なっとく》したのか、腕《うで》を組んで大きく頷《うなず》く静雄。

「まあ、そういうわけなんだけどよ。誰かダラーズのそういうのに詳《くわ》しい奴《やつ》って、心当たりねえかな。あと、猫《ねこ》を預かってくれ」

「うーん。そう言われてもねえ。詳しい人って誰がいたかなあ。あと猫はセルティ次第ね」

静雄と新羅がそんな会話を紡《つむ》ぐ最中――

家の中にいた女性陣《じん》は、それぞれ複雑な心中《しんちゅう》に見舞われていた。

セルティ・ストゥルルソン。

園原杏里《そのはらあんり》。

聖辺《ひじりべ》ルリ。

この三人は、それぞれが現代社会の中で『異形《いぎょう》』と呼ばれるような存在だ。

デュラハンという怪異《かいい》そのものであるセルティに、妖刀《ようとう》『罪歌《さいか》』をその身に宿した杏里。そして、ある異形の血を引く聖辺ルリ。

家の中にルリが顔を出した瞬間《しゅんかん》、セルティは即座に気が付いた。

新羅《しんら》とセルティが応援している人気アイドル、聖辺ルリ。

こうして間近で会うのは初めての経験の筈《はず》だったのだが――

――私は、彼女と会ったことが……ある？

という、確信に近い思いに囚《とら》われた。

根拠《こんきょ》の一つは、セルティの姿を見た彼女が、一瞬《いっしゅん》驚いたように目を見開いた事。首無しライダーの姿を唐突《とうとつ》に見て驚いた、というような類《たぐい》のものとは違った感情に見受けられた。

そして、もう一つは――

池袋《いけぶくろ》の町中では滅多《めった》に感じる事の無い、人ならざる気配。

寧《むし》ろ人と異形が混じり合ったような独特な気配の女を――過去に一度、『荷物』として運んだ事がある事を思い出したのだ。

──いや、でも、え。

──確かにあの女の人は、サングラスとか帽子《ぼうし》で顔を隠《かく》してたけど……。

──でも、あの人は、後で偽《にせ》デュラハンになってくれて、私を助けてくれて……。

──その人が、アイドルの聖辺ルリで、静雄《しずお》の弟の恋人？

──……。

──何がどうなってるんだ？

──……。

──いや、本当に何がどうなってるんだ!?

湧《わ》き上がる混乱の衝動《しょうどう》を抑《おさ》えつつ、できるだけ冷静を装ってソファーに腰掛《こしか》けるセルティ。

その一方で、食堂のテーブルで幽平《ゆうへい》の隣《となり》に座るルリもまた、セルティに対して複雑な思いを抱《いだ》いていた。

──どうしよう。

──闇《やみ》医者の先生の所に、首無しライダーさんがいただなんて。

──私があの時の『客』だって、もうバレてるのかな……。

何やら隠し事をしているようで後ろめたくなってくるが、一体何と言って説明すべきだろうか。そんな事を考えつつ、彼女は自分の焦《あせ》りを誤魔化《ごまか》す為《ため》、暫《しば》し静雄と新羅の会話に集中し続ける事にした。

また、二人の関係を知らない園原杏里《そのはらあんり》だったが――

彼女もまた、セルティとは違う経緯《けいい》でルリが人間ではなさそうだという事に気が付いていた。

静雄《しずお》の姿を見た瞬間《しゅんかん》、身体《からだ》の中で、妖刀《ようとう》の声が一気に膨《ふく》れあがった。

杏里はそんな声を、いつもどおり額縁《がくぶち》の奥に追いやって他人事《ひとごと》として聞いていたのだが、聖《ひじり》辺《べ》ルリが近づいた途端《とたん》、その声に異変が起こる。

戸惑《とまど》い。

全《すべ》ての人間を平等に愛する筈《はず》の罪歌《さいか》が、愛の声を一瞬《いっしゅん》潜《ひそ》め、杏里に向かって心の内側から囁《ささや》いた。

――『彼女は人？　それとも化《ば》け物？　愛する？　愛さない？　あの子は人間？』

と、要領を得ない『疑問』の声を頭の中に響《ひび》かせたのである。

――どういう事……？

――あの、聖辺ルリさんは……。人間じゃないの？

――セルティさんは、この事に気付いているのかな……。

三者三様の疑問を抱《いだ》きながら、女性陣《じん》は互いの様子を窺《うかが》い合う。

中立的な立場からセルティとルリの様子を見ていた杏里は、どうにも二人の様子がぎこちないように感じ、やはりお互いに顔見知りか何かなのだろうかと考える。

そのまま様子を見続けようと思った杏里だったのだが――

彼女の太股《ふともも》に座っていた独尊丸《どくそんまる》が気まぐれを起こし、おもむろに立ち上がると、小さな手足で彼女の制服によじ上り始めた。

「きゃッ」

独尊丸はあっという間に杏里の胸元まで上り詰め、ふくよかな胸のクッションに腹を押しつけながら襟《えり》にぶら下がってジタバタしている状態となる。

杏里の胸元で猫《ねこ》が暴《あば》れ、中々に可愛《かわい》らしいとも艶《なま》めかしいとも言える光景が広がったのだが――部屋にいた男性陣が、年上趣味の静雄《しずお》にセルティ一筋の新羅《しんら》、そして朴念仁《ぼくねんじん》の幽平《ゆうへい》だけだったので、特に色めき立つ事もなく、『ニー、ニー』という独尊丸の泣き声だけが部屋の中に木霊《こだま》した。

だが、静雄は杏里の悲鳴に目を向けた時、彼女を見て何かを思い出したようだ。

「ああ、そうだ、そうだよ。そこの嬢《じょう》ちゃんとよく一緒《いっしょ》にいる兄《にい》ちゃんがいるだろ。ほら、鍋《なべ》の時にも来てた奴《やつ》。竜ケ崎《りゅうがさき》……いや、竜ケ峰《りゅうがみね》だったっけか」

「え？　ああ、竜ケ峰帝人《みかど》君ね」

おおお

「そうそう、俺《おれ》、ゴールデンウィークに色々と揉《も》めたあの時よ、その竜ケ峰《りゅうがみね》って兄《にい》ちゃんに、ダラーズ抜けるわって伝えてるんだけどよ……」

「えッ」

『えッ？』

――えッ？

新羅《しんら》とセルティと杏里《あんり》、それぞれの思いが一つになる。

つい先刻まで杏里と話し合っていた、帝人《みかど》の様子がおかしいという件に何か関わりがあるのではないだろうかと思ったのだ。

『ダラーズを抜けるって……初耳だが、なんでだ？』

セルティの問いに、静雄《しずお》は「そんなに驚く事か？」と首を傾《かし》げつつ、淡々と自分がダラーズを止《や》めた経緯《けいい》について語り始めた。

「いや、色々とめんどくさくなったっつーか、ぶっちゃけ、女を攫《さら》うような連中と一緒《いっしょ》のチームなんざやってられねえしよ。ただ、どうやって辞《や》めりゃいいのかもわかんねえから、とりあえず誰かに言っときゃいいかって思ってな……。たまたま、公園にいたあの兄ちゃんにダラーズを辞めるって伝えただけなんだが」

その話を聞いて、セルティは考える。

——帝人君《みかど》にとって、ダラーズを辞《や》められるのはショックだろうな。

——誰が辞めてもショックだろうに、静雄《しずお》はダラーズの中でもビッグネームの一人だ。

——そのショックで様子がおかしく……？

彼女はそんな推測を打ち立てたが、あまりにも短絡《たんらく》的だろうと自分の考えを打ち消した。

そもそも、それならば様子がおかしくなるにしても深く落ち込んだ様子を見せる筈《はず》だろう。逆に明るくなってしまう程のショックがあったとも思えない。

『まあ、会う機会があればそれとなく聞いてみよう。帝人君はまだ子供なんだから、こっちの事情にあまり巻き込むわけにもいかないしな』

「ああ、そうだな。できる範囲《はんい》でいいから頼むわ」

静雄《しずお》がそう言いながら、テーブルに置かれた湯飲みを口に運んでいったのだが——タイミング悪く、新羅《しんら》が最も空気を読まぬ言葉を吐《は》き出した。

「臨也《いざや》に頼むのが一番手っ取り早いと思うんだけどねえ。ここは一つ、素直に仲直りして協力を仰《あお》ぐってのはどうだろう」

バキャリ、という派手《はで》な音が響《ひび》き、静雄の手の中で湯飲みが粉々《こなごな》に砕《くだ》け散る。

零《こぼ》れたお茶で手首や膝《ひざ》を濡《ぬ》らしたまま、静雄はピキパキと顔面を引きつらせつつ呟《つぶや》いた。

「……わりぃな、弁償《べんしょう》するわセルティ」

「あれ、なんで僕じゃなくてセルティに謝るのノギギギギギッ」

首を傾《かし》げる新羅だが、その首根っこを静雄に持ち上げられ、天井《てんじょう》が少し近くなる。

「仲直りも糞《くそ》も……あのノミ蟲《むし》と仲良かった時期なんてねえだろうがあァッ！」

「落ち着いて、兄《にい》さん」

「……わかったよ。わりぃな」

あわや新羅は窓の外に放り投げられるかという状況の中、幽平《ゆうへい》が眉《まゆ》一つ動かさぬまま兄を窘《たしな》め、言われた静雄もゆっくりと闇《やみ》医者を床《ゆか》に降ろす。

──美女の祈《いの》りで怒りを静める怪獣《かいじゅう》みたいだ。

セルティはそう思ったが、口には出さず、新羅にだけ見える形でそっとＰＤＡを差し出した。

『余計な事を言うからだ。学習しろ』

そんな事を窘めつつも、セルティは思う。

確かに、最初に相談を聞いた時、臨也の顔が浮かんだのは確かだ。

だが、最近セルティは臨也の姿を見ていなければ声も全く聞いていない事を思い出した。

──そういえば、刺《さ》されて入院してたんだっけか。

──あれから何の連絡もないいな。

大王《だいおう》テレビでは、一度だけ『刺された患者《かんじゃ》が姿を消す!?』というテーマで一度報道されているのだが、セルティはそのテレビを見ていない為《ため》、『最近仕事の依頼がないな』程度にしか思っていなかった。

しかし、こうして改めて臨也《いざや》の力が必要な状況になると、彼が居ないという状況が不自然に感じられてしまう。

――居たら居たで厄介《やっかい》な奴《やつ》なのに、いなければいないで不便なもんだなあ。

――……流石《さすが》にそこまで言うのはあいつに悪いか。

そんな事を考えつつ、セルティは再び現在の状況を思案し始めるのだが――そんな彼女の集中を乱すかのように、

「ニー」

と、いつの間にか杏里《あんり》の肩《かた》に乗っていた独尊丸《どくそんまる》が可愛《かわい》らしい泣き声をあげた。

まるで、自分の飼《か》い主《ぬし》達が纏《まと》う重い空気を自分の声で掻《か》き消そうとしているかのように。

♂♀

新宿《しんじゅく》某所《ぼうしょ》　アパート内

ここ数日のチャットのログを眺《なが》めていた少年――紀田正臣《きだまさおみ》は、真剣な表情で隣《となり》に座る同居人の少女、三ヶ島沙樹《みかじまさき》に向かって呟《つぶや》いた。

「なあ、沙樹」

「どうしたの、正臣」

緩《ゆる》やかな調子で返す沙樹だが、正臣が何か言う前に、先回りして一つの言葉を口にした。

「池袋《いけぶくろ》に行ってくるの？」

「……エスパーかよ。……まあ、今からってわけじゃなくて、とりあえず明日《あした》からだけどさ」

「こないだのチャットから気にしてたもんね。ダラーズの事。ダラーズの中にいるっていう、ブルースクウェアの人達の事かな」

「そうホイホイ言われると、覚悟《かくご》を決めて口開いた俺《おれ》の立場ってもんが無くなっちまうよ」

ブルースクウェア。

かつて正臣が中学生の喧嘩《けんか》仲間と遊び気分で作った『黄巾賊《こうきんぞく》』というチームと抗争《こうそう》を繰り広げた、池袋を根城《ねじろ》としていたカラーギャングの名前だ。

正臣にとっても、ブルースクウェアという名には嫌《いや》な記憶《きおく》しかないのだが、彼らに足の骨を折られた沙樹にとってはそれ以上だろう。

だが、沙樹は静かに微笑《ほほえ》みを浮かべ、正臣を優しく包み込むような声で呟《つぶや》いた。

「あんまり覚えてないよ。あの頃の事は、すごいフワフワしてた夢みたいな感じだから」

僅《わず》かに目を伏せた沙樹を見て、正臣は恐らく彼女は嘘《うそ》をついているのだろうと思った。携帯電話越しに聞いた、足を折られた瞬《しゅん》間《かん》の沙樹の絶叫は、正臣の中でいまだに反響を続けている。しかし、その嘘を看破《かんぱ》する事もせずに、正臣は小さく溜息《ためいき》を吐《は》き出した。

「夢じゃしょうがねえや。俺《おれ》との思い出もすぐに忘れちまうな」

「別にいいよ、今、新しい思い出を作れてるから」

「あっさり言いやがって」

苦笑する正臣《まさおみ》は、諦《あきら》めたように首を振って語り始めた。

「チャットで餓鬼《がき》さんが言ってたけど、サメの歯みたいな模様《もよう》の目出し帽《ぼう》の連中……確かに、ブルースクウェアの中にいたよ。滅多《めった》に見かけなかったけどな……。もしも、黄巾賊《こうきんぞく》と同じようにダラーズを乗っ取ろうとしてるんだったら……放っておけないだろ」

「どうして正臣が行く必要があるの？　友達の為《ため》？」

「それもあるけどよ……。やっぱり、俺《おれ》にとって……ブルースクウェアの連中ってのは、自分でケリをつけときたいんだよ。大人《おとな》になりゃ、いつかあっさり忘れちまうのかもしれないけどさ……。今のままじゃ、それを吹っ切ってる自分ってのが想像できねえんだ」

沙樹《さき》を見ながら、どこか寂しそうに語る正臣。対する沙樹は、そんな正臣の困ったような笑顔を見て、全《すべ》てを許すように自分自身も微笑《ほほえ》んだ。

「止めても無駄《むだ》って解《わか》ってるから、止めないよ。本当は、危ないよって言って止めたいけどね」

「ずっりーなぁ。そういうのは心の中で思うもんだろ？」

「ずるくてもいいよ。私は、ただずっと待ってるから」

「俺の帰りを？」

よせやいと窘《たしな》めようとした正臣の前で、沙樹は静かに首を振る。

「正臣が、昔みたいに軽口を叩《たた》いて笑うようになってくれるのを」

「……。ほんっとに、ずるいよなあ、沙樹は」

そんな沙樹に顔を寄せ、額《ひたい》をコツンと当てて正臣が呟《つぶや》いた。

「安心しろよ。俺がちゃんと帰る場所を見つけた時は、沙樹も一緒《いっしょ》に連れて帰るさ」

「見つけるもなにも、もう帰る場所は決めてる癖《くせ》に」

「……ああ、俺は……また池袋《いけぶくろ》に帰る。お前に紹介《しょうかい》してやりたい奴《やつ》らと、お前の事を紹介してやりたい奴らがいるからな」

幼馴染《おさななじ》みの少年と、眼鏡《めがね》をかけた少女の顔を思い出しながら呟かれた正臣の言葉。沙樹はそれを聞くと、軽く顔を横に向け、正臣の方に視線だけを向けながら口を開く。

「それって、正臣のお父《とう》さんとお母《かあ》さん？」

「ば……ッ！　そ、それはまだ早すぎだろオイ！　そりゃ、もう俺らは学生じゃないからあれだけどよ、まだ、ほら、齢《とし》が齢だしよ……」

「冗談《じょうだん》だよ。幼馴染み君と、私のライバルの女の子だよね？」

全てを解った上で微笑《ほほえ》む少女に、正臣は数秒の間ポカンと口を開き——やがて諦めたように笑いつつ、深い深い溜息《ためいき》を吐《は》き出した。

「やっぱり、沙樹《さき》ってズルいよな」

♂♀

池袋某所《いけぶくろぼうしょ》

「よう、竜ケ峰《りゅうがみね》じゃねえか」

「あ……」

家路についた帝人《みかど》に声をかけたのは、普段とは違う服装を身に纏《まと》った門田《かどた》の姿だった。漆喰《しっくい》か何かだろうか、作業着らしき上着の所々に灰白色の掠《かす》れが出来ており、手には作業道具を入れた袋《ふくろ》らしき物が抱《かか》えられている。

「門田さん、どうも、お久しぶりです」

「おう。こんな夜中にどうした」

「いえ、友達の家からの帰りなんです。門田さんは、こんな時間に仕事ですか」

「ああ、今丁度《ちょうど》夜勤の休憩中《きゅうけいちゅう》でな。飯《めし》食って現場に戻るとこだ」

帝人にとって、門田はブルースクウェアの面子《メンツ》を除いて、最も多く接触《せっしょく》する機会の多い『ダラーズ』のメンバーだった。

帝人は遊馬崎《ゆまさき》達と一緒《いっしょ》ではない門田を見て新鮮味を感じたが、当の本人はいつも通りの調子で歩きながら帝人に問いかける。

「そういや、お前、まだダラーズのメンバー続けてんのか」

「え？　当たり前じゃないですか」

横を歩きながら不思議そうに首を傾《かし》げる帝人に、門田は逆に戸惑《とまど》いながら言葉を返した。

「？　そうか。いや、最近はダラーズの名前使って変な真似《まね》してる連中も多いしよ。５月にもＴｏ羅丸《とらまる》の連中と揉《も》めた事があったしな」

「やだなあ。止《や》めて下さいよ。そんな程度の事でダラーズを抜けたりなんかしませんよ。それに、ダラーズの名前を使って色々と悪い事をしてる人達の事も知っていますけど……。僕は、そういう人達の事をダラーズとは認めたくないです」

ハッキリとした調子で言う帝人に、門田が言う。

「だがな、ダラーズは何をしても自由って題目があるからよ……」

「何をしても自由なんですから。悪い人達を糾弾《きゅうだん》するのも自由ですよ」

「……まあ、そりゃそうなんだがよ」

何か目の前の少年に違和感を覚えたものの、その違和感の正体までは解《わか》らず、門田は別の話題を口にしてみる事にした。

「紀田《きだ》の奴《やつ》とは、最近連絡とってんのか？」

「……直接は。ネットでは……時々」

目を伏せながら答える帝人《みかど》に、門田《かどた》は淡々と言葉を紡《つむ》ぐ。

「そうか……。まあ、なんであいつが池袋《いけぶくろ》から姿を消したのかは知らないけどよ。メールか何かは知らんが、達者《たっしゃ》ならなによりだ」

門田は、帝人がダラーズの創始者という事までは知らない。

紀田正臣《きだまさおみ》の親友であり、セルティとも知り合いである事は知っているが、その理由についてまでは特に尋《たず》ねかけた事もなかった。ただ、正臣が学校を辞《や》めて姿を消したという噂《うわさ》は門田も耳にしており、確かに町でナンパをする正臣の姿が見られない事に一抹《いちまつ》の寂しさも感じていた。

「ま、あいつにはあいつの事情があるんだろうな」

深くは聞くまいと思い、それで話を打ち切ろうとしたのだが——

帝人が、前を向いて歩いたまま、力強い言葉を返す。

「大丈夫《だいじょうぶ》ですよ。門田さん達みたいな人がいるなら、きっと大丈夫です！」

「あぁ？」

「門田さんは、ダラーズの見本みたいな人ですから」

「……おいおい、勘弁《かんべん》してくれ」

恥《は》ずかしげもなく言い放つ帝人に、門田は溜息《ためいき》を吐《つ》きながら言葉を返す。

「前にもなんか、勝手に俺《おれ》がダラーズの顔役とかいう噂が立てられて参《まい》ってんだからよ。そもそもダラーズは入りたい奴《やつ》が入って好き勝手するだけなんだからよ、見本もへったくれもねえだろ」

「それでも、門田さんやセルティさんみたいな人がダラーズに増えれば平和になるのにって思いますよ。ダラーズの名前を使って悪い事をする人がいなくなって、誰かが困った時、お互いに手を差し伸べられるようなチームになるといいなって」

——そんな耳当たりのいい名目のチーム、逆に胡散臭《うさんくさ》くて堅苦しいと思うんだがなあ。

門田はそう思ったが、直接それを帝人にぶつける事はせず、遠回しな表現で窘《たしな》めた。

「それは、お前の理想だろ？　他《ほか》の連中の理想とは限らねえさ」

「ええ、理想です」

帝人はあっさりと同意し、それでも、更《さら》に言葉を返す。

「でも、理想に近づけたいと思うのも、ダラーズの一員としての自由かなって……」

門田とは反対方向に目を向けて呟《つぶや》き、暫《しば》し沈黙《ちんもく》する帝人。

何か声をかけるべきかと口を開いた門田だが、その言葉を遮《さえぎ》る形で、帝人がいつも通りの柔和《にゅうわ》な笑顔で言った。

「それじゃ、僕の家はこっちなんで、これで」

「……おう。またな」

四辻《よつじ》で別れ、それぞれ別の方向に歩み始める来良《らいら》学園のＯＢと現役生《げんえきせい》。

門田《かどた》はやはり今日の帝人《みかど》に対しての違和感がぬぐえず、その正体が何かと考え続け——やがて一人の男の顔が思い浮かぶ。

——竜ケ峰《りゅうがみね》の奴《やつ》、臨也《いざや》とも知り合いみたいな感じだったが……。昔の紀田《きだ》みたいに、なんかあいつに吹き込まれて変になってるんじゃなきゃいいが。

——まあ、臨也の野郎《やろう》もいちいち後輩《こうはい》で遊ぶほど暇《ひま》じゃやねえか。

仕事場に向かいつつ、かつての同期生の顔を思い出す。

帝人の正体を知らない門田からすれば、臨也がそこまで関わるような存在だという考えには到らないようだ。

——そういや、あいつも最近噂《うわさ》をとんと聞かねえな。

——粟楠《あわくす》会でも怒らせて、どっかに埋《う》められたりしてなきゃいいが。

——まあ、それはそれであいつにとっちゃ満足な人生かもな。

物騒《ぶっそう》な事を考えつつ、それはそれで臨也らしい最後だろうと考えながら歩を進める。

そんな門田の横を、一台のバイクが走り抜けた。

「……」

そのバイクの運転手が着ていたライダージャケットを見て、門田は僅《わず》かに眉《まゆ》を顰《ひそ》める。

「珍《めずら》しいな。あのとんでもねえ白バイが来てから、めっきり見かけなくなってたが……」

思わず独《ひと》り言を呟《つぶや》き、遠ざかるバイクの背を見つめ続ける。

「今のって、屍　龍《ドラゴンゾンビ》のジャケットだよな」

♂♀

池袋《いけぶくろ》　露西亜《ロシア》寿司《ずし》前

「はーい、お客サン、明日《あした》も明後日《あさって》も永久に宜《よろ》しくネー。永遠の眠《ねむ》りにご案内ヨー」

そんな事を言いながら、最後の客を送り出すサイモン。

店の暖簾《のれん》は既《すで》に下げられており、あとは店の内部を片付けるだけだ。

周囲には時折酔《よ》っ払《ぱら》いなどがふらついているだけで、昼間と比べると驚く程《ほど》人の気配が無くなっている。そんな状況の中、彼は通りの一角に何かが蠢《うごめ》いたような気がして、素早くそちらに目を向けた。

すると、そこでは丁度《ちょうど》誰かが角を曲がって行った所で、黒い服の一部がまさにサイモンの視界から消えようとしている所だった。

「……？」

ただの酔っ払いや夜遊び中の若者とは違うような気がして、サイモンは暫《しば》しその方角を見つめていたのだが――

「何サボってんだサーミヤ。さっさと掃除《そうじ》始めてくれ」

という声が店の中から聞こえ、肩《かた》を竦《すく》めながら扉《とびら》の中へと戻っていった。

そんな様子を、通りの隙間《すきま》から窺《うかが》いつつ――

一人の男は、楽しそうに口元を歪《ゆが》めて呟《つぶや》いた。

「栗楠会《あわくす》とは揉《も》めずに済んだみたいだねぇ。どうやって話をつけたのやら」

薄手《うすで》の夏物コートのポケットに手を入れつつ、男は誰に聞かせるでもなく、静かに独《ひと》り言を呟いた。

「それにしても、よりによってあのロシア人の娘《むすめ》がシズちゃんの部下になるなんてねぇ」

苛立《いらだ》たしげな感情を僅《わず》かに籠《こ》めながら、コートの男はゆっくりとその場を後にした。

「これだから、人間は面白いねぇ」

ニヤニヤと笑いながら、男は楽しそうな足取りで誰もいない通りの真ん中を歩み出す。

楽しげに、楽しげに――

まるで、遠足のバスに向かう子供のような足取りで。

チャットルーム

狂【私、しゃろさんの正体が分かったような気がしますわ】
参【本当ですか】
しゃろ【マジっすか。参《まい》ったなぁ】
狂【ずばり、女優のシャロン・ストーンさんでしょう】
しゃろ【字面《じづら》だけじゃねえすか！】
参【ブブー】
しゃろ【シャロン・ストーンがこんな場所で、しかも日本語でネナベやってたら噴《ふ》くわー】
狂【じゃあ、スタントマンのシャロン・ウォーケンさんですか？　まあ素敵《すてき》！　私、あなたがスタントをした映画は全《すべ》て見ていますの！】
しゃろ【誰だよ！】
参【外国の人です】
しゃろ【解《わか》るよ！　それは解るよ！　で、外国の誰！】
狂【ぐぐれ、ですわ】
しゃろ【ちょッ】

狂【本当にからかいがいのある御方《おかた》ですわね、しゃろさんは。実は私、本当に貴方《あなた》の正体は分かっているのですが、敢《あ》えてそれを暴《あば》かずにお茶を濁《にご》している事に感謝して欲しいぐらいですわ？　チャットでは初対面の貴方に対し、私がこんなに馴《な》れ馴れしくしている時点で貴方の正体を知っているという証明とさせていただければ幸いです】

参【やりましたね】

しゃろ【何《なん》っもやってねえよ！】

サキ【シャロン・ウォーケンは、アメリカで有名なスタントマンさんですよ。女優のクローディア・ウォーケンの弟です。スタントマンですから、メディアには滅多《めった》に顔を出さないんですけど……俳優の羽島幽平《はねじまゆうへい》さんに似た雰囲気《ふんいき》の人ですよ】

しゃろ【親切にありがとうございます。なるほど、有名な人なんすね】

狂【あらあら、私達に対するものと随分《ずいぶん》と言葉使いが違うような気がしますわ？　人によって態度を使い分ける人は、結局誰からも信用されずに一生を終える事になるのですわ。嘘《うそ》ですけど。貴方が真《ま》に受けて自分の人生を矮小《わいしょう》なものだと考え、私達を偉大な存在と崇《あが》めて今後敬語を使うようになる事を望みます】

参【やったー】

しゃろ【ふざけるな】

罪歌【けんかは　よくないです】

餓鬼《がき》さんが入室されました。

餓鬼【こんばんは】

狂【御機嫌麗《ごきげんうるわ》しゅう、餓鬼さん】

参【こんばんは】

しゃろ【ちゃーす】

餓鬼【罪歌《さいか》さんの言う通りですよ】

罪歌【こんばんは】

餓鬼【オフでの知り合い同士の普段のやりとりだとは思いますけれど、まだ我々は出会って日が浅いんですから（笑）】

餓鬼【本当に喧嘩《けんか》してるんじゃないかと吃驚《びっくり》していまいますよ（笑）】

しゃろ【サーセン】

参【ごめんなさい】

狂【これはこれは、私としたことが、ついしゃろさんの事をからかうのに没頭《ぼっとう》してしまってネットマナーを軽んじてしまっていたようですね。本当に申し訳ございませんでした……】

罪歌【すいません】

餓鬼【なんで罪歌さんが謝るんですか（笑）】
罪歌【ありがとうございます】
餓鬼【いえいえ、気にしないでください】
しゃろ【つーか、羽島幽平《はねじまゆうへい》で思い出しましたけど】
しゃろ【あれの彼女の聖辺《ひじりべ》ルリ、やっぱりストーカーいるっぽいっすね】
餓鬼【本当ですか】
餓鬼【何かニュースが？】
しゃろ【いや、今日、みんなが話してるの聞いたんですけど、なんか昔っからストーカーいたらしいですよ】
しゃろ【ネットでも噂《うわさ》になってるらしいです】
狂【ああ……私もその噂は存じています】
罪歌【すいません】
罪歌【あした　はやいので　そろそろ　たいしつさせていただきます】
しゃろ【乙《お》っす】
参【おやすみなさい】
罪歌【がきさん　すいません】
罪歌【せっかく　きていただいた　ばかりのに】

餓鬼【気にしないで下さい（笑）】
餓鬼【眠《ねむ》い時にはは寝るのが一番ですよ。永遠の眠りを除いてね】
狂【あらあら、まだ夜は始まったばかりですのに勿体《もったい》ないですよ？　ですが引き留める事は致しませんわ。人間にとって最も至福《しふく》の時は、眠い時に暖かい布団《ふとん》の中で微睡《まどろ》む瞬間《しゅんかん》なのですから。そういう意味で、傷を負い死に向かう人間が『眠くなってきた』というのは、死を予感した脳が少しでも苦痛を和《やわ》らげようと、至福の時を再現しようとしているのやもしれません】
狂【……私が長文を書いている間に、餓鬼《がき》さんに先を越されてしまいました】
参【面白いです】
参【あ】
参【狂さん、隣《となり》で本気でブルーにな】
参【痛いです】
参【つねられました】
罪歌【おつかれさまでした】
罪歌《さいか》さんが退室されました。
餓鬼【お休みなさい】

しゃろ【そうそう、聖辺《ひじりべ》ルリの件ですけど、狂さんは何を御存知《ごぞんじ》で？】

狂【失礼、参さんが変な嘘《うそ》をつくものですから折檻《せっかん》をしていたところです。ええ、私が知っているのは、かつて熱愛報道がスクープされて、キスした瞬間《しゅんかん》に一斉《いっせい》に報道写真が撮《と》られたのですが……その際、写真の中に記者でもなければ聖辺ルリさんや羽島幽平《はねじまゆうへい》様の関係者でもない、謎《なぞ》の男達の姿が映しだされていたのです】

狂【●↑このリンクをクリックして見て下さい。写真がありますので】

餓鬼【どれどれ、ちょっと拝見《はいけん》しますよ】

しゃろ【あー、俺《おれ》が聞いたのもこの話っすわ】

狂【もしかしたら羽島幽平様へのストーカーという可能性もありますが、写真に写っているのはどうみても殿方《とのがた》……。同性愛者のストーカーという想像はあまりしたくありませんわ】

しゃろ【しかし、聖辺ルリをストーキングしてどうしようってんだか。だってもう羽島幽平とキスまでしてんでしょ？　ラブラブチュッチュでしょ？　ちゅっちゅらぴゅーんっしょ？　普通ならもう諦《あきら》めるだろ】

狂【そこで諦めきれないからこそストーカーとなるのでは？　愛するという事は、最終的には自分自身を満たす為《ため》の行為です。ある物は愛の形として相手への無償《むしょう》の奉仕《ほうし》をする事によって、相手の幸せな笑顔を見て己の心を充足させるのですが――ストーカーの行動もまた、相手への奉仕の裏返しなのかもしれませんわね】

狂一【ストーカーにもいくつか種類がありますわ。自分の事が本当に相手の為《ため》になっていると思っている者。何も考えず、ただ相手を支配したい者。自分の為と割り切って、愛を崇高《すうこう》だと信じて突き進む者。そして、最初から相手の嫌《いや》がる姿だけを望み、あるいは破壊してしまう事で自分の欲望を成就《じょうじゅ》させる歪《ゆが》みきった愛情を持つ者】
餓鬼【最後のは愛じゃなくて、単なる性欲でしょう】
餓鬼【確かに、そんな人間は世の中にはいくらでもいますけれどね】
しゃろ【独《ひと》り占めしたいって欲望の奴《やつ》だとしたら、やっぱり羽島幽平《はねじまゆうへい》の事も殺そうとすんのかねえ。やばくね?】
参【そんなのいやです】
参【幽平さんは殺させません】
狂【落ち着きなさいな、参さん。幽平様はそんなストーカー如《ごと》きに屈するような御方《おかた》ではありません。財力、胆力《たんりょく》、影響力、人間力。その全《すべ》てを用いて愛する者と自分自身をお守りになる事でしょう。つまりストーカーはチェックメイト。まもなくその無様《ぶざま》な屍《しかばね》が東京《とうきょう》タワーの最上部に貼《は》り付けにされる事となるでしょう】
参【やったー】
しゃろ【東京タワーにとっちゃとんでもねえ営業妨害《ぼうがい》じゃねえか!】
しゃろ【でも、実際そのストーカーってダラーズの一員って噂《うわさ》があるんだろ?】

しゃろ【ダラーズの連中が、そのストーカーを庇《かば》ったりするってこたないのかよ】
餓鬼【それは考えられませんね。ダラーズは別に本当にギャングとして結束しているわけではありませんから】
餓鬼【そのストーカーの身内がたまたまダラーズだった、っていうならまだしも、ダラーズが総出をあげてストーカーを庇う、というのはありえませんね。メンバーの中には小学生や主婦、現役の警官までいるって話ですからねえ】
しゃろ【なーんかよくわかんねーチームっすねー、ダラーズって】
しゃろ【リーダーの噂は聞くんすけどねえ】
餓鬼【おや、リーダーはいないんじゃありませんでしたっけ？】
狂【私も、ダラーズは上も下もない、横の繋《つな》がりだけのチームと聞いていますが……】
参【嘘《うそ》つきですか？】
しゃろ【嘘じゃねえって！　刑務所《けいむしょ》で法螺田《ほらだ》って奴《やつ》が吹聴《ふいちょう》してたって話だし】
しゃろ【あ、やべえ】
しゃろ【実名出しちゃったんですけど、これ、消せるんすかね】
しゃろ【まあいっか。どうせ刑務所の中の奴だし】
餓鬼【詳《くわ》しくお願いしますよ】
しゃろ【あー、まあ、そのHさん？】

しゃろ【私の知り合いにはチンピラも多くて、なんかその辺の面子《メンツ》から聞いた噂《うわさ》なんすけど……その H 田って奴《やつ》が、刑務所《けいむしょ》の中で『俺《おれ》はダラーズのリーダーを知ってる』なんて自慢《じまん》して回ってるらしいんすわ。でも、肝心《かんじん》の名前については言わないらしいっすけど】
しゃろ【なんでも、刑務所から出たらそれをネタに、そのダラーズのリーダーを脅《おど》して金をせしめるなんて言ってたらしいっす。まあ、その噂《うわさ》の出所《でどころ》も最近ムショだの留置所《りゅうちじょ》だのから出てきたような連中なんで、どこまで信用できるかって話なんですが】
狂【随分《ずいぶん》と物騒《ぶっそう》な知り合いが多いのですね】
しゃろ【俺《おれ》自身は清廉潔白《せいれんけっぱく》な善人の鏡だけどな】
狂【嘘《うそ》つきです】
しゃろ【おおぃ!?】

・・・・・

三章『夢想無双@IMAMUKASHI』

かつて、少女は夢を見た。
自分の手で、幻想《げんそう》を形にする夢を。

聖辺《ひじりべ》ルリが生まれたのは、関東《かんとう》の山奥にある小さな町だ。
明治時代から残る旧家が多い町の中で、一際《ひときわ》大きな家に生まれた少女。
だが、祖父と父が事業に失敗し、その家も原因不明の火事で焼失した。
母親も失踪《しっそう》してしまい、家があった場所はいまだに焼けた木の残骸《ざんがい》が転がっている。
帰る場所を無くした少女。
それでも、彼女には夢があった。
かつて、テレビ画面の中や映画館で見た、人間を圧倒する強い強い怪物達。
幼い頃から、そうした『異形《いぎょう》』に強く惹《ひ》かれ続けたルリだったが——

思えば、自分の『祖母』に同じ憧《あこが》れを抱《いだ》いていたのかもしれない。

「ルリちゃんよう。お前さん、なんだってこの道に？」

メイクアップアーティストの道を歩み始めた時、師匠《ししょう》である石榴屋天神《ざくろやてんじん》にそう尋《たず》ねられた事がある。弟子《でし》入りした時は「おー。ま、可愛《かわい》いから採用でいいや」と実に適当な事を言っていた天神だったが——その特殊メイクの腕《うで》は確かで、セクハラまがいの言葉とは裏腹《うらはら》に、ルリに手を出したりする事も一切なかった。

そんな師が、改めてルリにそんな事を聞いたのは——ルリが、初めて自分の手で異形《いぎょう》のマスクを作り出した時である。

完全にルリの感性だけで作られたそれを見て、何か感じる事があったのだろうか。石榴屋天神はその異形のマスクをにらめっこでもするかのように睨《にら》み付け、そのままルリに問いかけたのだ。

「それは……」

改めて問われた彼女は、暫《しば》し迷った結果、正直に自分の想いを語る事にした。

名家《めいか》と呼ばれた自分の家の中に満ちていた重苦しい空気と、そこから来る純粋な『破壊』への渇望《かつぼう》、引いては、その象徴である怪物達そのものに対する純粋な憧《あこが》れを。

自分の手で、憧れの怪物達を生み出せる事への幸福。

そして、その怪物達が、自分ができなかった事を成し得てくれるのではないかという希望。

全《すべ》てを語ったと思ったのだが、自分の心は、まだ何かを吐《は》き出そうとしていた。

「……それと、祖母の事もあるのかもしれません」

初めて自分の心中《しんちゅう》を他人に話した時――それまで上手《うま》く言葉にできなかった一つの感情が、自然と口から零《こぼ》れ出る。


『聖辺《ひじりべ》』の家は、祖父と父による事業の失敗で脆《もろ》くも崩《くず》れ去ったのだが――祖父も父も、聖辺の家の女に縁づいた婿《むこ》養子だ。

祖父は財産を食いつぶした事を後悔していたが、その後、憑《つ》き物が取れたかのようにルリに対して優しくなった。それまではルリに無言の圧力をかけていた一人だったのだが、家が零落《おちぶ》れてからは、よく祖母の話をしてくれるようになったのだ。

――「お前は、お婆《ばあ》ちゃんによく似てるな」

そんな言葉に始まり、自分が妻を如何《いか》に愛していたか、妻とどこに旅行に行き、どのような事を話したのか、どのような夢を語り合ったのか、そんな話をし続けた。

今になって思い返すと、妙《みょう》な事はいくつもあった。

肝心《かんじん》の馴《な》れ初《そ》めについては一切語らなかった事。

町の人々は、その祖母についてどこか恐れている空気があった事。

そして何より――ルリ自身が、祖母の顔を知らないという事だ。

祖父の写真はいくらでも家の中にあった。

だが、祖母の写真は一枚たりとも家の中に存在しておらず、そもそも、離婚《りこん》したという話も、既《すで》に他界したという話も聞いてはいない。

にも関わらず、祖母の姿は家のどこにもなかったのだ。

父は『義父《とう》さんに愛想《あいそ》をつかして出て行ったんだろう』と言い、母は『いい子にしてれば、いつか会えるかもしれないわ』と微笑《ほほえ》むだけだった。

そんなある日――町の子供達が、ルリにこんな事を言い出した。

――「知ってんだぞ！　お前の婆《ばあ》ちゃん、化《ば》け物なんだろ！」

祖父の話の中に出てくる祖母は、およそ『化け物』などという単語には縁遠《えんどお》い存在だった。

粗忽者《そこつもの》の祖父を優しく包み込むように、常に笑顔を絶やさず、他人の事を思いやる事のできる人間。それがルリの抱《いだ》いていた印象だった。

だが、子供達はそんな祖母を化け物だとはやし立て、その孫《まご》であるルリも化け物だとからかってきた。

そんな身に覚えの無い事を言われ、ルリは――

嬉《うれ》しかった。

一体どのような化け物と思われているのかは解《わか》らない。

何故《なぜ》祖母が化け物と噂《うわさ》されているのかも解らない。

だが、ルリは表面上は嫌《いや》がっていたものの、心の底では歓《よろこ》びを感じていた。

柔《やわ》らかい布団《ふとん》に包まれるような安堵感《あんどかん》すら覚えた。

テレビの中に映る様々な破壊の化身《けしん》。

破壊という名の『自由』を行使する異形《いぎょう》の怪物達。

そんな存在に自分が近づけた気がして、彼女は心の奥底で祖母に対する憧《あこが》れを膨《ふく》らませた。

誰よりも優しい女だと祖父が慈《いつく》しみ、町の人々には化け物と噂され、恐れられる存在。

矛盾《むじゅん》する人物像を抱《かか》えつつ、そのどちらも具体的な姿を描かない。

写真すら無いその祖母に対し、ルリは憧れに近い感情を抱いていた。

テレビの中に映る様々な怪物達。

自分は決してなることのできない、破壊と自由の化身達。

そんな存在と自分自身を繋《つな》ぎ止める、幻想と現実の架《か》け橋として。


「そうかいそうかい、なるほどなぁ」

ルリの話を聞いた師匠《ししょう》は、頷《うなず》きながらルリの作り出したマスクに手を触《ふ》れる。

「怪物なのに、なーんか温けぇのはそれでかい。合点《がてん》がいったわなぁ。お前さんなら、いつか見た事すらない自分の婆ちゃんの顔も作り出せるかもなあ」

どこか抽象《ちゅうしょう》的な事を言いながら、石榴屋天神《ざくろやてんじん》は一つの話を切り出した。

「今度、カーミラ才蔵《さいぞう》とかいう面白《おもしれ》ぇタイトルの映画で仕事する事になったんだけどよ……その主演の小僧《こぞう》がこれまた面白ぇ奴《やつ》でな。すげぇ冷てぇのに熱い野郎《やろう》なんだよなぁ、これが」

やはり抽象的に表現する天神は、ルリに向き直りながらあっさりと言い放つ。

「その小僧のメイク、お前さんがやんな。あったけぇ吸血鬼《きゅうけつき》にしてやれよ」

結果として、ルリは『吸血忍者《にんじゃ》カーミラ才蔵』での仕事が世界に認められ——世界映画村連《れん》盟《めい》が主催《しゅさい》する『ジューシーな特殊メイクアーティスト百選』に選出され、師匠《ししょう》の天神と共に名が広まる事となった。

それが、彼女の運命を再び変える。

「初めまして、澱切《よどぎり》シャイニング・コーポレーションの鯨木《くじらぎ》です」

高そうな眼鏡《めがね》をかけ、背広を見事に着こなすビジネスウーマンといった女性が現れたのは、それからすぐの事だった。

鯨木と名乗った女に案内され、ルリが一目で高級車と解《わか》る黒塗りのリムジンに乗り込むと

——その中で、一人の老紳士《ろうしんし》が彼女の到着を待っていた。

「いやあ、初めまして。澱切です」

澱切陣内《じんない》と名乗ったその老紳士は、挨拶《あいさつ》もそこそこに、ルリに一つの『道』を呈示《ていじ》する。

「うちのスカウトが、興奮《こうふん》しながら貴女《あなた》の写真を持ってきましてね。先日、映画雑誌に載《の》った『期待の特殊メイクアーティスト』というコーナーです。そして、私もピンと来ました」

何故《なぜ》自分がリムジンに乗せられているのかピンと来ないルリは、首を傾《かし》げつつ相手の言葉に耳を傾け続ける。

なんの事はない。

写真を見た澱切達が、彼女をモデルとしてスカウトしたいという話だった。

ルリは最初、まったくピンとこない話だと断り続けた。

自分にはモデルなど分不相応《ぶんふそうおう》であると思い、首を振り続けたルリだったが――

そんな彼女の心の隙間《すきま》に、澱切が一つの言葉をねじ込んできた。

「貴女の創り出す怪物達は実に素晴《すば》らしい」

「今度は、貴女自身がアイドルという怪物となり、世界に羽ばたいてみませんか？」

♂♀

「……ッ！」

声にならぬ叫びと共に、ルリは全身をビクリと震《ふる》わせた。

「……。……？」

同時に、自分が椅子《いす》に座りながら微睡《まどろ》み、夢を見ていたのだと気が付いた。

「大丈夫《だいじょうぶ》？」

隣《となり》に座っていた幽平《ゆうへい》が、ゆっくりとこちらの顔を覗《のぞ》き込んでくる。

見ると、新羅《しんら》や静雄《しずお》、セルティや杏里《あんり》も心配そうにこちらに視線を向けていた。

「……、あ、あの……すいません……。私からお邪魔《じゃま》して、大事な話をしていたのに……」

「無理ないよ。もう何日もロクに眠《ねむ》れてないんだから」

淡々と言う幽平に続き、新羅が笑いながら言葉を紡《つむ》ぐ。

「いや、大事な話っていうか、君が微睡み始めたのは僕がいくつかの四字熟語《じゅくご》の成り立ちについて講義を始めた後だからね。眠くなるのも仕方ないよ。四字熟語で言うなら睡眠《すいみん》学習って奴《やつ》だね！」

『今のは笑う所か？』

「やだなあセルティ。無理しなくて笑っていいんだよ？」

『新羅のギャグのセンスは父親譲《ゆず》りだな。あのガスマスクと同じぐらいドン引きだ』

呆《あき》れたように肩《かた》を竦《すく》めるセルティに、新羅は露骨《ろこつ》にショックを受けたようで、机に突っ伏してブツブツと父親への怨嗟《えんさ》を呟《つぶや》き始めた。

そんなほのぼのとした光景を眺《なが》めつつ、ルリは先刻の夢の続きを思い出す。

♂♀

澱切《よどぎり》にそそのかされ、結局モデルの副業を始めてしまったルリ。

夢は、歪《ゆが》んでしまった。

歪められてしまった。

それでも、彼女にとって夢は夢だった。

怪物になる事が無理だと悟《さと》り、その怪物を生み出す側の仕事についた彼女だったが——

自分自身が、力のある怪物——アイドルという形であれ、周りに影響を与える程の強い存在になれば、祖母に少しでも近づけるのではないかと考えたのだ。

自分がもう少し世間を知っていれば、芸能界がそんなに簡単なものではないと理解できていたかもしれない。

ルリはそう考えたが、彼女も決して芸能界を甘《あま》く見ていたわけではない。

そんな彼女の心を、澱切という男が言葉巧《たく》みに揺さぶりかけたのだ。

実際、最初のうちは上手《うま》く仕事をこなせているつもりだった。

モデルからアイドルとしての軌道《きどう》に乗り、コンサート会場を安定して満席にするほどの人気を得る事ができたのである。

自分を応援してくれる人々の多さに、彼女は暫《しば》し夢を忘れかけた。

怪物になどならなくても、何か強い力を得たような気になった。周囲から恐れられも愛されもした祖母に近づけたように思ったものの、次第に彼女の心から『怪物』達の影は消え去りつつあり、純粋に自分を導いた澱切《よどぎり》に感謝の想いを膨《ふく》らませる。

だが——澱切の方は忘れてはいなかった。

彼女の内に眠《ねむ》るものが、あくまで怪物であるという事を。

そして、澱切陣内《じんない》は知っていたのだ。

聖辺《ひじりべ》ルリが、本当に怪物の血をその身に宿しているという事を。

「ところで、君の身内から何か連絡はあったかい？」

「？　いえ……」

彼女の祖父と父は芸能界入りに反対していた為《ため》、表だって応援の言葉を送る事は無い。それは澱切も知っている筈《はず》なのだが、何故《なぜ》敢《あ》えて聞いてくるのだろうか？

そんな彼女の疑問に気付いたのか、聖辺ルリというアイドルの雇用主《こようぬし》である男は、優しい笑顔で口を開く。

「ああ、いや御父上の事は知っているよ。君のお母《かあ》さんか、お祖母《ばあ》さんからだよ」

「えッ……いえ……」

「ああ、気を悪くしないでくれないか。君のお母さんもお祖母さんも、こうしてアイドルになってテレビに映る君の姿をどこかで見ているかもしれない。そうすれば、何か連絡を取ってくるかもしれないからねえ。実際、うちのプロダクションでも過去に何度かそういう事があったから聞いてみただけだよ」

「そうですか……」

答えながら、ルリはふと疑問に思う。

確かに、母が家を出た事は澱切に伝えてある。

だが、祖母の事を彼に話した記憶《きおく》はない。

――石榴屋《ざくろや》先生が話したのかも。

その時は澱切の問いかけに深い意味も感じず、彼女の中でそう結論づける事にした。

だが、その結論は、すぐに意味を成さなくなる。

久しぶりに師の顔を思い出していたルリに、澱切が柔和《にゅうわ》な笑顔を浮かべたまま口を開いた。

「ああ、この後、ちょっと顔合わせをしてもらいたい人達がいるんだが、いいかな」

「えッ」

「多くのドラマでスポンサーをやってる、徒橋《あだばし》生命の社長さんをはじめとして、色々な企業の人達との懇親会《こんしんかい》があるんだ。詳《くわ》しくは鯨木《くじらぎ》君から聞いておいておくれ」

「はあ……」

些《いささ》か唐突《とうとつ》な話に、ルリは首を傾《かし》げる。

だが、社長である澱切《よどぎり》が頭を下げながら、

「忙《いそが》しい所を本当に申し訳無いんだけどね、君も無理なら無理と言ってくれて構わないよ」

と言うので、彼に恩義を感じているルリは、慌《あわ》てて首を振ってその予定を了承《りょうしょう》した。

その『懇親会《こんしんかい》』で、何が行われるのかも知らぬまま。

この日を境に、彼女の中にある『怪物の血』が目覚める事になるとも知らぬまま——

♂♀

「ニー」

忌《い》まわしい記憶《きおく》を思い起こそうとしていたルリの足元から、気の抜けた声が響《ひび》き渡る。

ルリはそこでハッと正気に戻り、杏里《あんり》の胸元からルリの傍《そば》にまで移動していた猫《ねこ》の顔を見る。

「ニー？」

首を僅《わず》かに傾け、まるで『あそばないの？』と問いかけてくるような猫の仕草に、ルリは暫《しば》し過去の記憶から離脱して優しげな笑みを浮かべて見せた。

羽島幽平《はねじまゆうへい》の飼《か》い猫である、唯我独尊丸《ゆいがどくそんまる》。

名前とは裏腹《うらはら》に、可愛《かわい》らしいという言葉の具現化のような生き物。

ルリはこの独尊丸と幽平に、傷だらけとなった心を随分《ずいぶん》と癒《いや》された。

怪物に憧《あこが》れた自分が子猫に癒されるなど妙《みょう》なものだと思いつつ、ルリは静かに、過去ではなく――今の自分に降りかかる問題について考える。

――……私一人なら、いい。

――ただのストーカーなら、撃退《げきたい》する自信はあるし……もし撃退できなくても、私一人の犠《ぎ》牲《せい》で済む。

実際、彼女の内にある『殺人鬼《さつじんき》ハリウッド』としての膂力《りょりょく》があれば、ストーカー一人程度何の障害もなく排除《はいじょ》できるだろう。

だが、それで安堵《あんど》するわけにはいかなかった。

彼女はもはや一人ではなく、守るべき大事なものがあるのだから。

――もしも、幽平さんや独尊丸が巻き込まれたら……。

身体《からだ》に人ならざる力を宿した少女。

殺人鬼『ハリウッド』として、何人もの人間を手にかけた怪物。

そんな『化《ば》け物』が、卑怯《ひきょう》と知りつつも、自分の罪を棚《たな》に上げて祈《いの》り続ける。

どうか、自分以外の者がストーカーの犠牲になることの無きようにと。

犠牲《ぎせい》になるならば、どうか自分一人だけにして欲しいと。
心優しい化《ば》け物は、信仰すべき神も解《わか》らぬまま、ただひたすら運命に祈《いの》り続けた。

だが——
ストーカーもまた、聖辺《ひじりべ》ルリという存在を歪《ゆが》んだ形で愛していたのだ。
愛している上に、ストーカーは知っていた。
聖辺ルリが、そうした優しい心の持ち主であるという事を。
彼女の心を壊《こわ》すには、何をすれば良いのかという事も——

♂♀

数時間後　池袋《いけぶくろ》　川越街道某所《かわごえかいどうぼうしょ》

徒橋《あだばし》は、夜の町を歩き続ける。
国道沿いの歩道を、ゆっくりと、ゆっくりと。
目的地に向かって歩き続けているわけではない。
彼はもう既《すで》に、目的地に辿《たど》り着いているのだから。

新羅《しんら》の住む高級マンション。

その向かいに位置するビルの屋上で、徒橋はただ、ただ、ゆっくりと歩み続ける。

およそ100メートル程《ほど》の区間の間を、繰り返し繰り返し往復し続けていた。

「……」

一歩足を進めるごとに、歯をカチリと打ち鳴らす。

カチリ、カチリと、自分の行為が意味のある物だとカウントし続けるかのように。

数時間もの間、そうして彼は歩き続けた。屋上の縁《ふち》に近い位置で、視線を向かいのマンション――つまりは新羅達の住むマンションのエントランス部分に向けたまま、ゼンマイ仕掛けの人形さながらの動きで歩き続ける徒橋。

時折携帯を取り出し、何かの通信を行いつつも、歩みと歯を打ち鳴らす行為だけは止《や》める事なく、淡々と淡々と同じ作業を繰り返す。


いよいよ東の空が白み始めようかというその時間になって――新羅のマンションの入口から、二人の男女と、少し遅れてバーテン服を纏《まと》う男が顔を出した。

フードなどで顔を隠《かく》しているが、徒橋は一瞬《いっしゅん》でそれが聖辺ルリであると確認し――

足を止めたまま遙《はる》か高みから見下ろし、ニイ、と残酷《ざんこく》な笑みを顔面に貼《は》り付けた。

だが、徒橋はその場から動く事なく、周囲の様子を事細《ことこま》かく観察した。

男女の前後20メートルぐらいの範囲に、数人の男達がいつの間にか現れており、三人の男女を遠巻きにガードするような形で歩き始めた。

「……」

恐らくは、幽平《ゆうへい》とルリが現在所属する芸能事務所が雇《やと》ったボディーガードか何かだろう。

ボディーガードはいずれも屈強《くっきょう》な男達であり、三人と距離を取って守っているとは言え、この状況でルリを襲《おそ》う事は困難だろう。

だが、徒橋《あだばし》は焦《あせ》らない。

彼は知っていた。

あのボディーガード達がいようといまいと、自分が今、聖辺《ひじりべ》ルリを襲う事などできはしないという事を。

彼は知っていた。

ルリと幽平の背後に立つのが、池袋《いけぶくろ》で有名な喧嘩屋《けんかや》だという事を。

彼は知っていた。

仮に聖辺ルリ一人だけを襲えた所で、自分は恐らく返り討《う》ちになるだろうと。

彼は知っていた。

、、、、、、、、、、、、、、
聖辺ルリが——化け物であるという事を。

徒橋は屋上の端《はし》に立ったまま、双眼鏡《そうがんきょう》でルリ達の様子を確認する。

そして、三人が手ぶらである事を確認した後――

シャア、という、空気が歯の隙間《すきま》から漏《も》れる音が鳴り響《ひび》いた。

彼独特の笑いを屋上に小さく木霊《こだま》させながら、彼は携帯電話の画像を見た。

一体どのようにして入手《にゅうしゅ》したのか、あるいは自分で写したのか――

それは、このマンションに向かうルリ達の写真だった。

解像度の粗《あら》い写真ではあるが、幽平がペット用のキャリーバッグを手にしている事と、平和島静雄《へいわじましずお》の頭の上では子猫《ねこ》らしきものが乗っているのが確認できた。

続いて、彼は別の写真を携帯の画面に映しだす。

それは芸能雑誌の一部を撮影《さつえい》したものらしく、写真の中ではどこか陰のある笑みを浮かべるルリと、いつもの無表情で横に立つ幽平の姿が存在した。普通はイメージを考えて、アイドル同士が付き合っている事を隠《かく》したがる芸能事務所も多いのだが、幽平とルリに関しては、寧《むし》ろ相乗効果があると判断したらしく、所属事務所の社長が積極的にツーショットの企画を雑誌などに打診《だしん》しているらしい。

写真の中で、ルリは可愛《かわい》らしい子猫を胸に抱《だ》いている。

記事の文章には、『聖辺ルリちゃんに可愛がられているのは、羽島《はねじま》幽平くんの飼《か》い猫の唯我独尊丸《ゆいがどくそんまる》だ！』と書かれていた。

「独尊《どくそん》、丸《まる》」

眼前《がんぜん》のマンションに来るまでは存在していた、ペット用のキャリーバッグと、猫《ねこ》そのもの。

だが、マンションから出てきた今、彼らの手にはそのどちらも存在していない。

徒橋《あだばし》はゆっくりと向かいのマンションに目を向け、下の階からゆっくりと睨《ね》めあげていった。

そして、電気のついているのが最上階だけだという事を確認し——

シャア、シャア、と、再び独特な笑い声を屋上に響《ひび》かせた。

徒橋喜助《きすけ》。

彼は知っていた。

聖辺ルリが『殺人鬼《さつじんき》ハリウッド』であるという事を。

彼は知っていた。

聖辺ルリが、自分の父親を殺したという事を。

だが、彼は聖辺ルリを欠片《かけら》も恨《うら》んでなどいない。

心の底から愛していると言ってもいいだろう。

あくまでも、彼の基準で愛を語るとすればの話だが。

彼は知っていた。

自分には、聖辺ルリの身体《からだ》を破壊して愛する事はできないが——

彼女の心を破壊して愛する事は可能であると。
そして、彼は知っていた。
彼女の心を破壊するには、何をすればいいのかという事を。
マンションの最上階を見つめながら、彼はただひたすらに笑い声を響かせ続けた。
まるで、自分の愛が成就《じょうじゅ》する事を祝うファンファーレとでもいうかのように。

やがて笑いが止《や》むと共に、徒橋はダラーズ内部のコミュニティ内にアクセスし——
悪意に満ちた、彼にとっての純粋な愛をまき散らし始めた。

そして、東の空が徐々《じょじょ》に白み始める。
これから昇る朝日は自分を照らす為《ため》にある。
徒橋はそう確信し、屋上を静かに後にした。
どのようにして、ルリの可愛がっている猫と、預けられた人間を愛するか——
恍惚《こうこつ》とした笑みと共に、ただそれだけを考えながら。

♂♀

翌日　午前　新羅《しんら》のマンション

「……それで、どうして私が呼ばれるんですか？」

澱《よど》んだ空気の夜から一夜明けた新羅のマンション。

キョトンとした目で呟《つぶや》いたのは、カジュアルな服に身を包んだ少女——張間美香《はりまみか》だった。

『いや、ストーカーと言ったら君かなって』

セルティに差し出されたＰＤＡの画面を見て、『プンスカ』という擬音《ぎおん》が似合う調子で反論する少女。

「ひどいです！　私はストーカーなんかじゃありませんよ！」

そんな彼女の横に立っていた青年が、溜息《ためいき》を吐《つ》きながら呟《つぶや》いた。

「ストーカーだったろ」

「はい、誠二《せいじ》の言う通りストーカーでした！」

満面の笑みで自分の意見をコロリと変えた少女に、セルティは呆《あき》れつつもＰＤＡに文字を綴《つづ》り出す。

『まあ、事情は今話した通りなんだけど、ストーカー対策ってどうすればいいのかなって……例えばだけど、こういう新しいマンションの鍵《かぎ》とかって簡単に開けられるもんなのか？』

「え？　やだなあセルティさん。ここのマンションの鍵、全然新しくなんかないですよ？」

『何？』

「私、外に出ますから、ちょっと鍵を締めてみて下さい！　誠二は、ちょっと待っててね！中に誠二がいるって思った方がモチベーションあがるから！」

そう言うと、美香は足早に玄関《げんかん》の外に出て行った。

『君の友達は何て言うか、アクティブだな』

鍵をかけた後、廊下《ろうか》でやり取りを見ていた杏里《あんり》にPDAを見せるセルティ。すると、杏里は柔《やわ》らかい微笑《ほほえ》みを浮かべながら頷《うなず》いた。

「はい、凄《すご》いと思います」

『……いや、確かに凄いんだけど……』

そんな事を言ってる間にも、カチャカチャとドアノブが動き始め、ドアの外から美香の声が聞こえてくる。

「こんな古いタイプの鍵を開ける方法なんて色々あるんですよー。サムターン回しとかバンプキーとか、子供でも一日練習すればできるようになりますから、新しい鍵買った方いいですよ？マンションの大家《おおや》さんに頼んで電子キーにして貰《もら》うのもいいかもしれませんね……っと」

カチャリ、と音がして、少し経《た》ってから玄関《げんかん》の扉《とびら》が開く。

――!?

「はやッ!?」

セルティと新羅《しんら》が同時に驚愕《きょうがく》の声を上げる。

『ちょ、ま、喋《しゃべ》ってる間に……!　どうやったんだ!?』

「それは企業秘密ですよう。っていうか、セルティさんだったら影を流し込んで固めれば簡単に開けられるんじゃないですか？　私より凄《すご》いですよ」

『それはそうかもしれないけど』

焦《あせ》るセルティの横で、新羅がしみじみと呟《つぶや》いた。

「うーん……どうしようセルティ。こりゃ本気で鍵《かぎ》を替える事を検討した方がいいかなあ。それともどこかに引っ越しちゃう？」

『確かに……でも、管理人さんや下の階の人に私の事を言い含めるのに凄い苦労したから、できる事なら引っ越したくないなあ……』

そんな文章を新羅に見せた後、美香《みか》に向き直って改めて問いかける。

『しかし、本当に君以外の人でも簡単にできるのか？』

「ちゃんと練習すればですけど。今、ネットとかでもやり方が書いてあったりしますからね。物騒《ぶっそう》な世の中なんだから、ちゃんと自衛しないと駄目《だめ》ですよ！」

彼女の本性を知る者なら、口々に『お前が言うな！』と叫《さけ》び出しそうな台詞《せりふ》だが、杏里《あんり》は困ったように微笑《ほほえ》んでいるだけで、誠二《せいじ》は目を伏せて溜息《ためいき》を吐《つ》いている。

『そうか……』

セルティの心に去来《きょらい》するのは、２ケ月半前に彼女の前に現れた青葉《あおば》の事だった。前は家の前で待っているだけだったが、今後、留守《るす》中に中に入られたらと思うと不安になる。

そんな彼女の胸中を察したのか、新羅がパンと手を叩《たた》きながら口を開いた。

「じゃあ、せめて大家さんに鍵を取り替えられないか聞いてみるよ。静雄《しずお》が無茶して壊《こわ》した事にしておけばいいや」

『さりげなく酷《ひど》い事を言うな』

「実際静雄には階段の手すりとかコップとか壊されてるから別にいいよ。まあ、当面のストーカー対策はルリちゃん達に伝えればいいわけだから、お昼御飯でも食べながらゆっくり話そう。材料があんまりないから、出前のチラシを持ってこよう。……って、どこやったっけ？」

『確か新しいのは新聞入れに入ったままだと思う』

セルティと新羅はそんな会話をしながら食堂の奥へと歩いていった。

後に付いていこうとした杏里の方を、美香が指先で軽く叩く。

「ねえねえ、杏里ちゃん」

「？」

「帝人《みかど》君、最近どう？」

「えッ……」

何故《なぜ》急に、この場にいない帝人の事を聞くのだろうか。

杏里《あんり》は友人の言葉の意味が解《わか》らず、呆《ほう》けた顔で首を傾《かし》げた。

「帝人君が、どうかしたんですか？」

「んーん。最近、進展したのかなって思って。キスとかした？」

「キ、キスって……帝人君とは、そんな関係じゃ……」

頬《ほお》を赤くして俯《うつむ》く杏里に、美香《みか》は笑いながら顔を近づけた。

「やだもう、冗談《じょうだん》だよ！　でも、帝人君が杏里ちゃんの事を好きってのは、杏里ちゃんも気付いてるんでしょ？」

ストレートな問い。

杏里はそれに答える事ができず、更《さら》に顔を俯《うつむ》ける。

「……」

「ま、いいや。どんな事でもいいから、何か困った事があれば気軽に言ってよ！　誠二《せいじ》との用事が無い時なら相談に乗ってあげるよ！」

「そこは『いつでも乗ってやる』って言えよ……」

呆《あき》れながら呟《つぶや》く誠二だったが、杏里は結局帝人については何も触《ふ》れぬまま、

「……ありがとう」

と、彼女にしては珍《めずら》しい、温かみのある微笑《ほほえ》みを浮かべながら呟《つぶや》いた。

♂♀

同日　昼　東中野《ひがしなかの》　芸能事務所『ジャックランタン・ジャパン』　応接室

「OKOK！　時間より早く来るとは感心だな！　流石《さすが》はうちのドル箱兼トップアイドル。人気が出たとしても謙虚《けんきょ》なその姿勢を他《ほか》の連中にも見習わせたいぜ！」

白く磨《みが》かれた床《ゆか》に蛍光灯《けいこうとう》の光が柔《やわ》らかく跳《は》ね返り、全体的に清楚《せいそ》な印象を与えるオフィスビル。そんなビルの一画に、清楚という単語には程遠い調子の声が響《ひび》き渡る。

白い肌《はだ》の上にオールバックの金髪《きんぱつ》をなびかせ、色の濃《こ》いサングラスに無精髭《ぶしょうひげ》、白いスーツに鰐革《わにがわ》の靴《くつ》、高そうな指輪をして口には葉巻という、ハリウッド映画の悪役として出てきそうな外見をしたコーカソイドの男。

そんな奇妙《きみょう》な男――『ジャックランタン・ジャパン』の社長であるマックス・サンドシェルトは、テンションを欠片《かけら》も落とさぬまま口を開く。

「聞けば、20分も前から待っていたそうじゃないか。いやあ、凄《すご》いな。社長を立てるその謙虚さ！　これはショーグン・ノブナガとモンキー・ヒデヨシの逸話《いつわ》に基づいて、温めておく草鞋《わらじ》の一つでも用意しておくべきだったか!?　待てよ……Ｍｒ．幽平《ゆうへい》とＭｉｓｓ．ルリの懐《ふところ》で温めた草鞋だと……？　これ、ネットオークションで売れば凄い高値が付くんじゃあないか!?」

「その商品企画に関しては恐らく高確率で却下《きゃっか》されると思いますので破棄《はき》を提案します。社長御自身の解任決議を目指しているのならば別ですが。そして、時間については社長が20分遅刻しただけです。彼らは時間丁度《ちょうど》に入室していました。見習って下さい」

「……」

秘書の冷徹《れいてつ》なツッコミに苦笑いを浮かべながら、その男は部屋の中央、ソファの前に立っていた幽平とルリの前に歩み寄り、ポンポンと二人の肩《かた》に手を置いた。

「まあ、時間なんて細かい事だ。１３６億《おく》年続く宇宙ヒストリーの中で20分なんて存在しないに等しい。時は金なり？　タイムイズマニー？　ＹＥＳ！　その通りだ！　だが、人生は金が全《すべ》てじゃない。そうだろ？　大事なのはハート＆ソウルだ！　金の亡者《もうじゃ》は顔に卑《いや》しさが出ていけねえ。そんなんじゃお茶の間《ティースペース》のトップアイドルにはなれないかもよ？　だから俺《おれ》の20分の遅刻なんて気にするな！」

そして、ハっと何かに気付いて背後にいる秘書に向き直る。

「おい！　多分俺は今、良いことを言ったぞ！　メモをしておいてくれ！」

「遅刻の言い訳をですか？」

冷たい視線で一瞥《いちべつ》しつつ、一応言われた通りにメモを取る女性秘書。

奇妙《きみよう》な雇《やと》い主《ぬし》達のやり取りを見ながら、幽平《ゆうへい》はいつも通りの無表情を浮かべており、ルリはどう反応してよいのか解《わか》らず、困ったように目を泳がせていた。

――この社長さんのテンションには、いまだについていけない……。

そう思いつつも、決して嫌《きら》いというわけではなく、以前の事務所での悪夢を忘れる為《ため》には、寧《むし》ろこのぐらい極端な性格の人間の方がありがたいとすら思っていた。

そんな彼女の前で、マックスは指をパチリと鳴らして秘書に合図を送る。

すると、秘書の女は一つの書類封筒を応接机の上に置き、そのまま一礼して退室した。

「？」

首を傾《かし》げるルリの前で、マックスはその書類封筒に手をかけ、やや真剣な面持《おもも》ちで呟《つぶや》いた。

「あー、Mr．幽平。ちょっと部屋の隅《すみ》で壁の方を向いていてくれ。ちょっと、君に見せるべきかどうかはまだ迷ってるものを取り出すから。でも話は聞いて欲しいから耳だけはこっちに意識を向けといてくれ。ＯＫ？」

「はい」

不可解な指示だが、嫌《いや》な顔一つせずに部屋の隅に向かい、動かなくなるトップアイドル。

「？　？　？」

頭に疑問符を浮かべるルリの前で、マックスは書類封筒から一枚の写真を取り出し、裏返しにしたままルリに渡す。

「昨日《きのう》送られてきたものなんだけどね。見慣れた脅迫文《きょうはくぶん》と一緒《いっしょ》だった。恐らくはストーカーの仕業《しわざ》だろうねえ」

「……！」

「守るべきうちのスターに、こういうものは見せないのが正しいのかもしれないが……残念ながら私はハッキリと見せて早期解決を試みるタイプなんでね。ストーカーを逮捕《たいほ》するなり闇《やみ》に葬《ほうむ》るなりする為《ため》に協力して欲しい」

あっさりと『ストーカー』という単語を口にするマックス。ルリは緊張《きんちょう》しながらその写真を受け取り、ゆっくりと表に裏返す。

「……？　……ッッッ！」

その写真がなんなのかを確認した瞬間《しゅんかん》、息を呑《の》み、ただでさえ白い肌《はだ》からより一層血の気を引かせていくルリ。

マックスは何かを尋ねようとしていたが、ルリの様子を見て、問いかけではなく確信として次の言葉を口にした。

「本物か。これまで撮影現場にばらまかれていたようなフェイクとは趣《おもむき》が違うので、念のためと思ったんだがね」

「そんな……どうして……」

カタカタと震《ふる》えるルリの視線は、写真の中に写る自分自身に注がれていた。

数十秒の沈黙《ちんもく》。

体感的にはその数倍、数十倍の時間を感じているルリに対し、マックスが肩《かた》を竦《すく》めながら呟《つぶや》いた。

「あんまり沈黙が続くと、部屋の奥のMr．幽平《ゆうへい》がジャパニーズOBAKEに見えてきて……その、怖いんだが。まあ、とりあえずこの写真の送り主などに、何か心当たりはないかね？」

「あの……その前に……」

「ん？」

「この写真……幽平さんにも見て貰《もら》っていいですか」

唐突《とうとつ》に名前を呼ばれ、部屋の隅《すみ》から戻ってくる幽平。

そんな彼に、ルリは俯《うつむ》きながら一枚の写真を差し出した。

「……」

無言のまま写真に目を向ける幽平。

やや粗《あら》い画質のその写真の中央には、一目でルリと解《わか》る女が写っていた。目隠《かく》しをされてはいるものの、特徴的に白い肌《はだ》と整った顔立ちですぐに同一人物だと判断する事ができた。

場所は、どこかのビルの一室と思われる。

窓らしきものが写ってはいるが、ブラインドが閉められており、外の景色《けしき》は解らない。

奇妙《きみょう》だったのは、家具らしきものが殆《ほとん》ど写っていない事。

床《ゆか》には絨毯《じゅうたん》の代わりに、青いビニールシートのような物が敷かれている事。

彼女の周囲にいる背広姿の男達が、皆、何かのマスクを被《かぶ》っていたという事。

そして何より奇妙だったのは——

ルリの手首から血が滴っており、背広の男達の一人が、その傷口にワイングラスを押し当て、赤い液体を注ぎ込んでいるという異常な光景だった。

♂♀

幽平が写真を手に取った数秒の間——彼女の心に、忌《い》まわしい記憶《きおく》がフラッシュバックとなって蘇《よみがえ》った。

自分自身の血の色。

笑う男達。

そして——父の姿。

ルリの中にそんな映像が次々と入れ替わり立ち替わり現れ、様々な言葉が心中に響《ひび》き渡る。

——この子が例の？

　　　　——雑誌で何度か見た事があるよ。

　　　　　　——何だか年甲斐《がい》もなく興奮するね。

　　　——遊びじゃないんですよ、徒橋《あだばし》さん。

　——む……だが、本当にそうなのか？

——確かに、顔立ちだけを見ればどこか浮世《うきよ》離れしているが。

　　　——健康診断《しんだん》と称した検査で、特異性は表れているとの事で。

　——実際、ただの人間でも構わんよ。興奮してきた。

——徒橋さん、自重《じちょう》して下さい。

　　　　——試しましょうか？

——いいんですか、鯨木《くじらぎ》さん。

　　　——構いませんよ。

そんな『声』の記憶《きおく》に合わせ、自らの腕《うで》の中に、冷たい何かが差し込まれた『感覚』が蘇《よみがえ》る。

冷たさの直後に、激痛を伴う熱が脊髄《せきずい》を駆《か》け抜け、脳髄《のうずい》から足先が平等に痙攣《けいれん》する。

何故《なぜ》自分が。

何故こんな目に。

何故こうなった。

いくつもの『何故』が頭に響《ひび》く。断続的な痛みが、これが夢ではないという事を少女の身体《からだ》に思い知らせる。
——……凄《すご》いな。本当にすぐに傷が治っていく。
——今は夜ですからね。尚更《なおさら》です。
——不老なのかね？
——そこまでは、実際に年月を経てみなければ解《わか》りません。
——だが、試す価値は確かにあるな。
——澱切《よどぎり》社長は、どこからこんな子を？
——聖辺《ひじりべ》の血族について、最近知ったそうです。
——既《すで》に家は焼けて、当人は行方《ゆくえ》知れずでしたが……。
——偶然《ぐうぜん》、映画雑誌で彼女の写真を見かけまして。
——あまりに似ていたので、念のためにと。
——そしたら、検査でビンゴだったと？
——運が良いねえ、澱切さんは。
——運がなきゃやっていけない仕事だろう。
——しかし、血縁《けつえん》でも細胞が特殊というのは良い知らせだよ。
——私達にも……チャンスがあるという事だろう？
——試しに、血でも啜《すす》ってみますか？

——その時点で、貴方《あなた》達は全《すべ》て共犯者となりますが。


回想の中で時が飛び、様々な声が頭に響《ひび》く。

写真に写されていたような、血を啜《すす》られた事などはほんの始まりに過ぎなかった。

思い出すだけでおぞましい光景が、彼女の心に浮かび上がっては消えていく。

そして、同時に頭に鳴り響くのは、優しくもおぞましい声で紡《つむ》がれる、澱切陣内《よどぎりじんない》の言葉。

——やあ、ルリちゃん。今日も徒橋《あだばし》さん達との打ち合わせ、宜《よろ》しく頼むよぉ。

——君の正体が化け物だなんて知られたくないだろうし……。

——何より、徒橋さん達に今までナニをされてきたか、世間に知られたくないだろう？

——勘違《かんちが》いしないで欲しいんだ、私は君が憎《にく》くてこんな事をやっているわけじゃない。

——寧《むし》ろ、君の為《ため》なんだよ。

——代償《だいしょう》を払《はら》うだけで、君の全てが救われるんだ。


——意味は、今は解《わか》らなくてもいい。いずれ解る。


後に『いずれ』が訪《おとず》れ解った事だが、意味など存在しなかった。

澱切の言葉は、全てが出任《でまか》せだった。

だが、既《すで》にルリからはそれを疑う心すら奪《うば》われつつあった。

人形のような表情で、コンサート会場に向かうルリ。

ただ、演技をする時と、唄《うた》う時だけ、自分自身を取り戻す事ができた。

汚《よご》れた自分を、人間とは違う自分を、澱切シャイニングコーポレーションの裏を、何も知らない人達の前で、自分の本当の声と歌を響かせる瞬間《しゅんかん》。

あるいは、そんな全ての自分を上書きし、別の自分を演じる事になる瞬間。

そうした瞬間だけを唯一の支えとして、彼女は自分を保ち続けた。

コンサート会場で涙《なみだ》を流して自分の姿を見つめるファン達の姿が、自分の足を支え続けた。

自分の演じてきたキャラクターを囲むフィクションの世界が、彼女の心を支え続けた。

一線を越える事を拒否し続けた。

壊《こわ》れゆく自分の心を否定し続けた。

だが、それもすぐに限界を迎える。


——君のお父《とう》さんが来てね。

——ほら、お母《かあ》さんが失踪《しっそう》した後、火事に乗じて居なくなったっていう。

——娘《むすめ》を返せ、というんだ。

——どうやら私達の事に気付いたらしい。

——だから、まあ、簡単に言うとだね。今日はお父さんにお引き取り願ったけれど……。

──お父《とう》さんの居場所は、私達だけが知ってる。この意味が解《わか》るね。
──お父さんの事が好きなら、今後も私に従順な『商品』でいてくれると、凄《すご》く凄く助かる。

簡単な事だった。
父が死んだと、偶然《ぐうぜん》知った。
インターネットで、父の居場所の情報を探れないかと検索《けんさく》を続けた所──
九十九屋真一《つくもやしんいち》というハンドルネームの男が、無償《むしょう》で情報を与えてきた。
その結果──紆余曲折《うよきょくせつ》を経て、彼女は知る事になる。
既《すで》に、父親は澱切《よどぎり》達の手によって殺されているという事に。
自分の血を啜《すす》った『共犯者』達の手によって、その全《すべ》てがもみ消されたという事に。
殺人の痕跡《こんせき》も、父親の足跡《そくせき》や、ほんの僅《わず》かな遺留品《いりゅうひん》さえも。
絶叫《ぜっきょう》した自分を覚えている。
不思議と、叫《さけ》んでいる自分の声を冷静に聞く事ができた。
聖辺《ひじりべ》ルリは思い出す。
まさにその瞬間《しゅんかん》──彼女の中に、化け物が生まれたのだという事を。

血の目覚めなどではない。

身体的には、何も変わっていない。

しかし、彼女の心の中に、確かに化け物は生まれたのだ。

後に『ハリウッド』と呼ばれて新聞を騒《さわ》がせ、すぐにその姿を消す事になる——復讐《ふくしゅう》だけに取り憑《つ》かれた、恐ろしい殺人鬼《さつじんき》が。


そこで、彼女の思考は始まりに戻る。

写真に写されていた、全《すべ》ての始まりとなった光景が頭の中で再現される。


最初に自分が壊《こわ》れ始めた、その始まりの日。

自分の中に異形《いぎょう》の血が流れていると、自分以外の者達の会話で知らされた日。

己の腕《うで》から流れる血を、他人に啜られた日。

どう考えても、正気の沙汰《さた》ではなかった。

何か、悪魔《あくま》を呼び出す儀式《ぎしき》のようにしか思えない。

しかし、悪魔など当然呼び出される事もなく、ただ、無為《むい》に血を啜られただけだ。

自分の身体《からだ》から流れた血が、見知らぬ男達の口へと流れ込んでいく、その事実にどうしようもない吐《は》き気がした。

その吐《は》き気を思い起こさせる、『儀式《ぎしき》』の最中の写真。

全《すべ》てが終わりだと思いつつも、彼女は敢《あ》えて幽平《ゆうへい》にその写真を見せる事にした。

否定も肯定《こうてい》も、どちらであろうと受け入れようと考えていたからだ。

一度自分の命と心を救った彼ならば、裁定者《さいてい》に相応《ふさわ》しいと考えたのである。

自分を汚《よご》れていると罵《ののし》ろうと、同情に溢《あふ》れた憐《あわ》れみの言葉であろうと、聖辺《ひじりべ》ルリは、全て受け入れるつもりでその写真を幽平に渡したのだ。

♂♀

「……」

沈黙《ちんもく》したまま写真を見つめる幽平に、ルリはどこか思いつめた顔で呟《つぶや》き始める。

「前……私の過去について話そうとした時……幽平さんは聞かなくてもいい、って言ってくれましたよね」

「うん」

「でも、こうなったら……やっぱり話しておいた方がいいと思って……」

覚悟《かくご》と共に語りだそうとする彼女に対し、幽平は、ルリの想像とは少し違う答えを返す。

「本当に、話した方が結果が良くなると思ってるかい？」

「え……？」

「ショックを受けてるみたいだから、落ち着くまで待った方がいいよ。動揺している時には、慌《あわ》てて結論を出さない方がいい」

「……」

「僕の言葉に意味なんてない。君の過去を乗り越えられるのは君だけだ」

まるで、映画の主人公のような台詞《せりふ》。実際、何か過去に自分の演じた役から引用《いんよう》しているのかもしれないが——そんな言葉を吐《は》き出しながら、
半分ヤケになりかけていたルリは、そんな幽平の言葉に、冷や水を浴びせられた思いとなる。

口ごもるルリと、そっと写真を裏返してテーブルに置く幽平。そんな二人の様子を見て、マックスが空気を読まない言葉を吐《は》き出した。

「君達は本当にお似合いのカップルだな。Ｍｉｓｓ．ルリのこないだの写真集も完売したし、今度は二人で合同の写真集でも出してみるか？」

そして、それと全く同じ調子で本来の問題に切り替える。

「まったく、最初から言ってくれればいくらでも相談に乗ったのに。元々芸能界はシークレットに満ちているものだ……そう、一人で抱《かか》えるものじゃない、個人の秘密は事務所全体の秘密……一人はみんなの為《ため》に、オールフォアワン！　お前の物は俺《おれ》の物！　私も日本に来たばかりの頃は勝手が分からず、吸血鬼《きゅうけつき》のように迫り来るゴシップ雑誌の記者達を相手に、十字架《じゅうじか》と杭《くい》

を手にして千切《ちぎ》っては投げ千切っては投げ……」

「……ッ」

巫山戯《ふざけ》てるとしか思えない彼の言葉の最後の件《くだり》を聞いて、ビクリ、と身体《からだ》を震《ふる》わせるルリ。

そんな彼女の肩《かた》を支えながら、「大丈夫《だいじょうぶ》だよ」と一言だけ呟《つぶや》く幽平《ゆうへい》。

顔はあいかわらずの無表情だったが、その人形のような冷静な目が、逆にルリの心を落ち着かせた。

一方、マックスは調子を変える事のないまま再びルリに視線を向け、ウンウンと頷《うなず》きながら写真を書類封筒の中にしまい込んだ。

「ま、この写真が本物なら本物で対処のしようはある。出所《でどころ》に心当たりがあれば、早めに教えてくれ。しかし、ジンナイ・ヨドギリ……悪い噂《うわさ》は聞いていたが、本当に酷《ひど》い奴《やつ》だ……」

「……」

「ルリちゃんみたいな清純派《せいじゅんは》が売りの子を、こんな特殊な趣味のア、ダ、ル、ト、ビ、デ、オに出演させるなんてな……！」

「……えっ？」

「表情を見るだけで演技ではなく、本気で嫌《いや》がっていると解《わか》る……。私は自ら望んでAVに出る女性は女優として尊敬するが、嫌がる子を無理矢理こんな風に押さえ付けて撮影するような男は大嫌《きら》いだ！　……っていうか、普通に犯罪だよなそれ？　日本でも」

自分の想像と違う言葉を口にしたマックスを前に、ルリは思わず声を漏《も》らす。そんな彼女の肩をポンポンと両手で叩《たた》きながら、社長は自分の事務所の商品に対して言い放つ。

「さぞ辛《つら》かったろう……。もう大丈夫だ。お前の心の傷は羽島《はねじま》幽平が癒《いや》してくれるだろう！　つまり、その雇《やと》い主《ぬし》である俺《おれ》に癒されたも同然という事を忘れずに、何か辛い事があったら俺の顔を思い浮かべて乗り切ればハッピーニューイヤーだ！　新年だよ！　新しい自分に生まれ変わって冥土《めいど》の旅の一里塚だ！　そうだ、君らの合同写真集のテーマはメイドと執事《しつじ》にしよう」

今度は自分の手をポンと打ち鳴らし、そのまま、

「グッドアイディアだな。幽平が主演した『執事達の沈黙《ちんもく》』の第二弾《だん》が公開になるから、その公開キャンペーンと連動しよう。ようし、秘書にメモをさせてくる！　ちょっと待っててくれ。ソーリー？　イエス！　ソーリー！」

と言って、足早に部屋を去っていってしまった。

あまりにも自由奔放《ほんぽう》な社長の姿を見て、ルリはポカンと口を開いていたのだが――そんな彼女の横で、不意に幽平が口を開く。

「……本当は、気付いてるのかもしれないよ。社長」

「えっ」

「さっきの写真が、アダルトビデオのワンシーンなんかじゃないって事」

幽平は、社長が出て行ったドアの方を眺《なが》め、ルリに言い聞かせるように呟《つぶや》き続けた。

「社長は身勝手で自分の欲望に忠実で、法律も無視する悪党だけど、優しい悪党なんだと思う。だから、ルリも社長の事は信用していいと思うよ」

「俺《おれ》と同じで、悲しくなるぐらい不器用だけどね」

♂♀

同日　午後　池袋某所《いけぶくろぼうしょ》　路上

「ナウ」

杏里《あんり》が手にするペット用キャリーケースの中から、そんなあどけない声が響《ひび》いてくる。

編み目から入り込む日光に照らされ、腹を見せながらコロコロと転がる独尊丸《どくそんまる》。

そんな子猫《ねこ》の無防備な姿を眺《なが》めつつ、美香《みか》は顔をほころばせながら呟《つぶや》いた。

「可愛《かわい》いねー。よちよちよちー」

キャリーバックの横で美香の指がぷらぷらと揺れ、それに合わせて猫が片腕《うで》だけをふにゃふにゃと蠢《うごめ》かせる。

「なんか、子猫と話す時って赤ちゃん言葉になっちゃう人多いよねー」

「もしかしたら、自分の子供と仮定してるのかもな」

「誠二《せいじ》と私の子供は、この子よりもーっと可愛いよね！」

猫を可愛がりつつも惚気《のろけ》た事を言い出す美香に、何故《なぜ》か杏里が頬《ほお》を染めながら俯《うつむ》いた。

――『しかし、私と新羅《しんら》は仕事が不定期だからな。つきっきりで猫の面倒なんてみられるかどうか……』

そんな事をＰＤＡに打ち込み、静雄《しずお》達と共に悩んでいたセルティの前で、杏里は思わず『私が預かります』と答え――現在に至る。

セルティには以前から数え切れない程の恩があるため、どんな形であれ、少しでも彼女の達の役に立てればと思ったのだ。

新羅も「杏里ちゃんなら安心だろう」と頷《うなず》き、静雄達もセルティが信頼している人間なら、という事で、あっさりとした流れで杏里の手に預けられる事となったのである。

あまりにも簡単に決まったので、逆に杏里は生き物をそんな流れで預かってしまっていいものかと不安になったが、飼《か》い主である幽平が、

――「独尊丸は悪い人には懐《なつ》かないから大丈夫《だいじょうぶ》」

と言ったので、結果として杏里が預かる形で落ち着いた。

「あーあ。でも、羽島幽平《はねじまゆうへい》や聖辺《ひじりべ》ルリと会えたなんて、杏里《あんり》ちゃんったら羨《うらや》ましいなー」

笑いながら言う美香《みか》の声に、杏里は静かに首を振る。

「凄《すご》い有名な人だって言うから、緊張《きんちょう》して殆《ほとん》ど話もできなかったけど……」

彼女が殆ど話もできなかった理由は、罪歌《さいか》がルリに対して覚えた違和感が原因なのだが、当然ながらそれには触《ふ》れず、いつも通りの少し寂《さび》しげな微笑《ほほえ》みを浮かべて呟《つぶや》いた。

「でも、今日は無理を聞いてくれて本当にありがとう」

「いいよう。誠二《せいじ》も一緒《いっしょ》に来ていいって言うからノープロブレムだったし」

そんな会話を交わした後、杏里は美香達と別れ、そのまま家路《いえじ》につく事にした。


美香は『御飯でも食べる？　ペットを一時的に預かってくれるタイプのお店、探そうか？』と言ったのだが、誠二と美香が二人で過ごす時間を邪魔《じゃま》したくないと思い、そのまま猫を連れて、一人で池袋《いけぶくろ》の町を歩き出す。

彼女はまだ気付いていなかった。

自分の背後からネットリとした視線を送る、一つの影が存在しているという事に。

セルティ達も、甘《あま》く見積もり過ぎていた。

直接ルリと関係の無い杏里ならば、ストーカーもわざわざ手を出したりはしないだろうと。

常識外れの行動をしているストーカーを、常識に当てはめようとしてしまったのだ。

その代償《だいしよう》として、杏里の背後に怪しい影が立つ結果となった。

奇《く》しくも、半年前に杏里を襲《おそ》った切り裂《さ》き魔《ま》のように。


ただし、切り裂き魔と違う点が一つだけあった。

杏里を見張る影は、彼女に近づくでもなく遠ざかるでもなく尾行を続け——

彼女がアパートに帰り着いた時点で、何をするわけでもなく姿を消した。

まるで、彼女の家を知るだけで全《すべ》て満足してしまったとでも言うかのように、特に何をするでもなく立ち去ったのである。

姿を消す直前——携帯電話を開き、その画面をぼんやりと光らせた事を除いては。

♂♀

同時刻　池袋《いけぶくろ》　露西亜寿司《ロシアずし》

「ハーイ。今日は新しいマキモノ登場ヨー。小さいノリマキ、大きいノリ巻きでクルクルするネエ。鳴門《なると》の渦巻《うずま》きも伊達巻《だてま》きも竜巻《たつまき》も吃驚《びつくり》ヨ、マトリョーシカ巻き一丁《いつちよう》お待ちどうさまネ」

そんな奇妙《きみょう》な言い回しで新商品を宣伝しているサイモンの声が響《ひび》く中、カウンターに座った誠二《せいじ》と美香《みか》は、安めのセットといくつかの単品ネタを注文し、早めの晩餐《ばんさん》としているようだ。

ちなみにサイモンが奨《すす》めてきた新製品は、極細《ごくぼそ》の海苔《のり》巻《ま》きを中巻きぐらいの大きさの海苔巻きの中に組み込み、それを更《さら》に太巻きの具とする奇妙《きみょう》な海苔巻きだった。中心には海苔の佃煮《つくだに》が巻かれており、たしかに人形の中に小さい人形を入れたロシアの民芸品、マトリョーシカを思い起こさせる。

そんな独特な寿司《すし》を口にしながら、誠二は横にいる美香に問いかけた。

「どうした？　元気なさそうだな」

「へっ？　……やだなーもう！　誠二のそばにいるのに、私が元気無いわけないじゃない！」

美香は慌《あわ》てて笑うが、誠二は冷静に言葉を返す。

「……園原《そのはら》の事か？」

「……うん」

否定が通じないと感じた瞬間《しゅんかん》、あっさりと頷《うなず》く美香。

彼女は少しだけ間を置いた後、湯飲みの中のお茶を眺《なが》めながら誠二に向かって呟《つぶや》いた。

「やっぱり、セルティさんには何か相談しても、私にはしてくれないんだなーって思って」

その口ぶりからして、どうやら杏里《あんり》がセルティに何かを相談したという事を知っているようだ。どうやらまだ盗聴《とうちょう》などをして情報を集めているようだが、誠二はそれに触《ふ》れる事なく、軽く目を伏せながら美香に対して頭を下げる。

「俺《おれ》達に気を遣《つか》ってくれてるんだろ。……そういう意味じゃ、俺のせいだな。すまない」

「誠二が謝る事ないよ！　……私も、最近杏里と全然遊びに行ったりしてないから、ちょっと悪いなーとは思ってるんだけど……」

実際、来良《らいら》学園の一年だった頃は、そこまで杏里の事を気にかける事はなかった。

それは、自分がいなくても、杏里には帝人《みかど》と正臣《まさおみ》という二人の新しい友人が——彼女だけの『居場所』が生まれていたからだ。

本当に少しずつだが、徐々《じょじょ》に明るくなっていく杏里を見て——美香も安心して誠二への愛を紡《つむ》ぎ続ける事ができたのである。

彼女にとって、誠二を誰よりも愛している。

だが、心の中に彼一人しか存在しないわけではなく、優先順位が何よりも高いというだけだ。

セルティの『首』だけしか見えていなかったかつての誠二とはまた違ったタイプの想いを抱《かか》える少女の中には、杏里という友人に対する想いも確かに存在していたのだ。

そんな時、杏里の周りに変化が起こる。

黄巾賊《こうきんぞく》とダラーズ、切り裂《さ》き魔《ま》事件を発端《ほったん》とした二つのチームの諍《いさか》いを期に、紀田《きだ》正臣が杏里の前から姿を消してしまったのだ。

どこか杏里の中に暗い陰が生まれたというのは、美香も気付いていた。

それとなく帝人《みかど》などに声をかけたりもしていたのだが——

ここ数ヶ月の間に、杏里《あんり》を取り巻く状況は悪化しつつある。

独自の情報網で『知っていた』事実とは言え、様々な事情から杏里に直接言う事もできず、自己嫌悪《けんお》に陥《おちい》りつつも、彼女は誠二《せいじ》との愛に生き続けた。

心の中で、少しだけ寂《さび》しさを覚えつつ。

その寂しさは、誠二に愛されても誠二を愛しても埋《う》まる事はない。

友人に対する不安を埋める為《ため》に誠二を利用するほど、彼女は卑怯者《ひきょうもの》ではなかった。

「杏里ってさ、自分を含めて凄《すご》く客観的に物事を見れるんだけど……その分、自分まで他人事として見ちゃうから、歯止めが利かないっていうか……自分の危険を顧《かえり》みないっていうのかな」

お茶を静かにすすった後、彼女にしては珍《めずら》しく、誠二ではない男子生徒の名前を口にした。

「本当は、竜ヶ峰《りゅうがみね》君か紀田《きだ》君が、杏里のブレーキ役になってくれればいいんだけど……」

♂♀

夕方　池袋《いけぶくろ》　サンシャイン60階通り

「……」

紀田正臣《まさおみ》は、途方《とほう》に暮れていた。

シネマサンシャインの前の十字路に立ち、道の端《はし》からゆっくりと周囲の光景を見渡した。

彼が池袋を出てから半年近く。

一度、ダラーズとＴｏ羅丸《とらまる》の抗争時に訪れたものの、当時はすぐに帰る事になってしまったため、こうして落ち着いて町を眺《なが》めるのは本当に久しぶりの事となる。

――大して変わってないな。

――変わってない……よな？

いくつかの店先の飾り付けなどに変化はあるのものの、記憶《きおく》の中にある60階通りと変わらぬ光景が広がっている。

違う事と言えば、一時期湧《わ》き出した黄巾賊《こうきんぞく》の姿も見られず、一年前のような、カラーギャングなど存在しない平和な空気が生み出されている事だろうか。

学生やＯＬ、仕事帰りのサラリーマン、外国人の親子連れまで、様々な人間達がそれぞれの空気を纏《まと》いながら正臣の前を通り過ぎていく。

夏休み初日という事もあってか、私服の若者達が普段よりも増えているように思う。

映画館には若い女性達が並んでおり、看板《かんばん》として掲《かか》げられている羽島幽平《はねじまゆうへい》の新作映画が好調であるという事を伝えていた。

——……しかし、俺《おれ》も相当重症だな。

——普通の連中が、みーんなダラーズみたいに思えて来たぜ。

久しぶりに町に来たのは良いものの、どこから情報を集めるべきか。

——やっぱり、こういう時は門田《かどた》さんに挨拶《あいさつ》しとくべきかな。

——……とはいえ、門田さんとは最後にあんな啖呵《たんか》切った上に、法螺田《ほらだ》の野郎共《やろうども》から助けられた礼も言えてないからなあ。会いにくいっちゃ会いにくいよなあ……。

——……でも、しょうがないよな。

——一個ずつ、ケジメつけてかないと……帝人《みかど》や杏里《あんり》に会わせる顔がないもんな。

正臣《まさおみ》は自分の頬《ほお》をパンと叩《たた》き、気合いを入れ直して町の景色《けしき》に集中する。

門田《かどた》の長身か、遊馬崎《ゆまさき》達の目立つ格好を探せば良いだろう。

この時間帯ならば、いずれ遊馬崎達が漫画の新刊を買う為《ため》に、とらのあなやアニメイトを始めとした大手書店を巡《めぐ》り始める筈《はず》だ。

そんな事を考えつつ、町の様子を観察していた正臣だったが——

数分経過した所で、早速見知った顔が飛び込んできた。

顔というよりも、服と言った方がいいかもしれない。

ついでに言うならば、正臣はその男の事をよく知っているが、向こうは正臣の事など知っているかどうかも怪しい存在だ。

──一個ずつケジメっつっても……。

──俺《おれ》、こりゃ一個目で死ぬかも。もしも死んだら御免《ごめん》なサキ。

正臣は額《ひたい》に軽く冷や汗《あせ》を掻《か》きながら、ドレッドヘアの男の後ろを歩く、バーテン服の男の名前を呟《つぶや》いた。

「平和島《へいわじま》……静雄《しずお》……」

「しかし、昨日《きのう》お前の弟が連れてきてた猫《ねこ》、可愛《かわい》かったなぁ」

「肯定《こうてい》します。静雄先輩《せんぱい》の頭部に登攀《とうはん》する猫の外観は、可憐《かれん》と表現するに的確です」

思い出したように呟くトムと、不自然な日本語を喋《しゃべ》るヴァローナ。

「俺はどっちかっつーと犬派なんすけどね……」

静雄はそんな会話を仕事仲間と交わしつつ、頭の中では幽平《ゆうへい》とルリがストーカー被害に遭《あ》ってないかと僅《わず》かな不安を抱《いだ》いていた。

──糞《くそ》、犯人さえ解《わか》りゃ、俺がサンシャインの屋上までぶっ飛ばしてやるんだが……。

部下がそんな物騒《ぶっそう》な事を考えているとは知らず、トムは自分の腹をさすりながら口を開く。

「ともあれ、今日は割と早く終わったなぁ。回収も順調だったし、送金が終わったら、景気づけに露西亜寿司《ロシアずし》にでも行くか？」

上機嫌《じょうきげん》な上司《じょうし》の言葉に、ヴァローナが首を振りながら言葉を返した。

「拒否に近似する提案です。既知《きち》の知り合いが存命する店内で栄養摂取《せっしゅ》をすることは、緊張《きんちょう》、羞恥《しゅうち》の理由から極力避けたいです」

「そう言うない。同じロシア人仲間なんだろ？　……まあ、どうしてもっつーなら、モーパラの池袋《いけぶくろ》牧場あたりですき焼きでもたらふく食うか……。静雄《しずお》はなんか食いたいもんあるか？」

「俺《おれ》はなんでもいいっすよ」

「どうすっかなぁ。たまにゃ明治通りの沖縄《おきなわ》料理屋にでも行くべぇか」

たわいもない会話をしながら、日の暮れ始めた町をゆっくりと歩いていたトム一行《いっこう》。

そんな彼らの前に、一つの影が立ち塞《ふさ》がった。

髪《かみ》の毛を金髪《きんぱつ》に染めた、やや細身の少年だ。

「ん？　なんだ兄ちゃん？　俺らに何か用か？」

チャラついていそうな外見から、静雄に昔やられた御礼参りか何かかと思い、適当にあしらおうとトムが口を開いたのだが――

少年は、沈痛な面持ちで、頭を深く下げながら言葉を紡《つむ》ぐ。

「……仕事の邪魔《じゃま》しちまったらすいません。……一個だけ、平和島《へいわじま》静雄さんにどうしても謝らないといけない事があって……」

「あぁ？」

それまでトムの後ろで他人事《ひとごと》のように見ていた静雄が、首を傾《かし》げながら呟《つぶや》いた。

「なんだ？　お前」

「……俺の名前は、紀田正臣《きだまさおみ》……って言います」

「キダマサオミ？」

少年が口にした名前に、静雄は思わず眉《まゆ》を顰《ひそ》める。

──あれ？　どっかで聞いた事あるな。

──いつだっけか。

──確か、半年ぐらい前……。

静雄の脳裏《のうり》に、おぼろげな記憶《きおく》が蘇《よみがえ》ってくる。

冷たい雨に打たれる中──別の物にも撃たれていた記憶。

「……ん？」

かすかに記憶を過《よ》ぎるのは、脇腹《わきばら》や足など走る、強い衝撃《しょうげき》。

──「恨《うら》むんなら、指示を出して俺らにこの拳銃《チャカ》ぁ貸してくれた……」

怯《おび》えながら叫ぶ、下卑《げび》た男の声。

──「キダマサオミさんを恨むこったな！」

足がふらつき、近づいてくるアスファルト。

そんな感覚と光景が、静雄の脳裏に蘇った瞬間《しゅんかん》──

「ああ」

と、声を上げたのは、静雄《しずお》ではなく、上司《じょうし》であるトムの方だった。

「お前、黄巾賊《こうきんぞく》の……」

その言葉を聞いて、正臣《まさおみ》は死を覚悟《かくご》したかのような決意で、拳《こぶし》を強く握《にぎ》りしめながら頷《うなず》いた。

場合によっては、次の瞬間《しゅんかん》に首が叩《たた》き折られる事すら想像しつつ——

それでも、少年はその口を開き、力強く自分の存在を名乗り上げた。

「静雄さんを拳銃《けんじゅう》で撃《う》った連中の……黄巾賊のリーダーだった、紀田正臣《きだまさおみ》です」

♂♀

帝人《みかど》のアパート

「おかしいなぁ……」

竜ヶ峰帝人《りゅうがみね》は、部屋のパソコンの前で小さな溜息《ためいき》を吐《つ》きながらそんな言葉を呟《つぶや》いた。

彼が開いているのは、ダラーズの掲示板《けいじばん》の管理ページだ。

ダラーズの中に、聖辺《ひじりべ》ルリのストーカーが存在している。

その噂《うわさ》の真偽《しんぎ》を確かめるべく、帝人はダラーズのコミュニティサイト上のルリに関するページを管理者権限で開き、様々な情報を閲覧《えつらん》していたのだが――

何か妙《みょう》な事があるのか、首を傾《かし》げながらパソコンの画面を眺《なが》めている。


その初日からパソコンとにらみ合ってる状況の自分に苦笑しながらも、後悔の気持ちは欠片《かけら》も無かった。

基本的に3年間しかない、貴重《きちょう》な高校生活。その中でも更《さら》に貴重な夏休み。

家族からの仕送りの中に入っていた味噌《みそ》焼き煎餅《せんべい》を咥《くわ》えながら、帝人はほんの少しだけ故郷の町に想いを馳《は》せる。

――去年は早めに実家に帰ったけど、今年はお盆《ぼん》ぐらいからって言ってあるし……。

――できる事なら、それまでに……一区切りをつけておきたいな。

――どこまで行ったら区切りになるのかなんて解《わか》らないけれど……。

――やれるところまで……やらないと……。

彼にそう決意させるのは、故郷の思い出の中に浮かぶ、一人の幼馴染《おさななじ》みの姿。

親友である少年との記憶《きおく》は、やがて園原杏里《そのはらあんり》が加わり、男女三人で過ごした来良《らいら》学園での一年間へとシフトしていく。

他《ほか》の男子や女子とボーリングやカラオケなどに行く事もあったが、昼食や下校時など、学校での基本的な生活は殆《ほとん》ど正臣《まさおみ》と杏里《あんり》と過ごしていたような気がする。

杏里が他《ほか》の女子生徒と行動しなくても良いのかと心配になる事もあったが、それ以上に正臣も含めた三人で過ごす時間が楽しく、杏里にそうした話を切り出すことを忘れさせた。

だが、今は——その三人の輪から、正臣の姿が消えている。

正臣が戻ってくるまで、帝人《みかど》の中で時間は止まったままだ。

彼が戻ったその時に、三人はお互いの秘密を打ち明け、再び同じ時間を歩む事ができる。

少なくとも、帝人はそう信じていた。


そんな帝人に異変が生じたのは、五月の連休の事だった。

ある事件に巻き込まれた彼は、そこで様々な衝撃《しょうげき》を受ける。

彼が望んで止《や》まなかった『非日常』の暴力によって、彼の世界がほんの少しだけ歪《ゆが》められた。

帝人は、正臣と会話する事ができるチャットについて、意図的に見る事を避けていた。

ネットで繋《つな》がる事ができるという事実にかまけ、決意が薄《うす》らいではならないと考えたのだ。

初めて『バキュラ』と名乗る正臣と会話した時の感動を、帝人は忘れかけている。

ゴールデンウィークの事件は、それほどまでの衝撃を彼に与えたのかもしれない。

だが、帝人が信じている事は変わらない。

正臣と杏里、三人が揃《そろ》った時、再び自分達は前に進めるに違いない。

その想いは、決して変わってなどいない。

彼の中で変わったのは——

自分を含めた三人の居場所を、帰るべき場所を、自分の手で守らなければならない。

あるいは、創《つく》り出さなければならない。

そう考えただけなのだ。

たったそれだけの事で——

竜ヶ峰《りゅうがみね》帝人の歯車は、それまでと全く違う方向に転がりだした。


暫《しばら》くネットで作業を続けた後、帝人は小さく溜息《ためいき》を吐《つ》く。

——……そういう事か。

一体何に気付いたのか、更《さら》に何かの作業を続け、いくつかのファイルをネット上の何処《どこ》かからダウンロードし始める帝人。

そして、次の瞬間《しゅんかん》——


「……？　あれ？　……ッッ!?」

パソコンの画面上に映し出された数枚の写真を見て、帝人はその表情を凍《こお》り付かせた。

更に、それに付随《ふずい》していた文章ファイルを見て、顔面を蒼《あお》く染めていく。

「嘘《うそ》だ……」

数秒の間、カタカタと震《ふる》えた後――

少年は慌《あわ》てて携帯電話を取りだし、一つの短縮番号に電話をかける。

「……。……。……あッ！　もしもし！　僕だけど……」

『どうしたんですか、帝人先輩《みかどせんぱい》？　随分《ずいぶん》声が上ずってますけど』

携帯から聞こえてくる青葉《あおば》の声に、帝人は普段と違う、焦燥感《しょうそうかん》に満ちた声を吐《は》き出した。

「悪いんだけど……今すぐ、人を集めてやって欲しい事があるんだ」

♂♀

東京《とうきょう》のどこかで、一人の男が呟《つぶや》いた。

「ダラーズは、何も変わってないさ」

その横に立っていた女が何かを呟くが、男はそれを軽やかに無視し、手にした二つのナイフを器用にジャグリングしつつ言葉を続ける。

「もっとも、噂《うわさ》によると帝人君は少し変化があったらしいけれど……。どんな風に成長したのか、直接この目で見るのが楽しみだよ」

男が微笑《ほほえ》むのと同時に、彼の腰《こし》にあった携帯電話が着信音を響《ひび》かせる。

「はい、もしもし。何か変わった事でもあった？」

携帯電話越しに、上機嫌《じょうきげん》のまま会話を紡《つむ》ぐ男だったが——

不意に目から笑顔を消し、口元だけを無理矢理にやつかせながら言った。

「へえ、シズちゃんと紀田《きだ》君がねぇ……」

「なんでまだ息してるんだろうね、シズちゃん」

♂♀

「お前、去年ぐらいによく町中《まちなか》でナンパしてた奴《やつ》だよな」

「……」

「そうか……てめえが、あの時の糞野郎《くそやろう》どもが叫《さけ》んでた名前の奴か」

首をコキリと鳴らしながら、静雄が一歩前へと踏み出した。

「おい、静雄《しずお》……」

トムが何かを呟きかけるが、静雄の顔を見て肩《かた》を竦《すく》めながら口を閉ざす。

「許してくれとは言わないし、言い訳もしねえ」

それだけを呟き、正臣《まさおみ》は静かに歯を食いしばる。

――あ、これ死ぬよな確実に俺《おれ》。

指先がピリピリと震《ふる》え出すのを感じ、正臣《まさおみ》はより強く拳《こぶし》を握《にぎ》りしめた。

――大丈夫《だいじょうぶ》だろうと思ってたけど、本気で駄目《だめ》かも俺。

殴《なぐ》られた瞬間《しゅんかん》に自分の首の骨が折れるか、あるいはそのまま首が千切《ちぎ》れてしまうのではないかと覚悟《かくご》し、頭の中に走馬燈《そうまとう》すら浮かび始める。

――ごめんな、サキ。悪ぃな、杏里《あんり》、帝人《みかど》。

だが――

そんな正臣の額《ひたい》を人差し指でグイ、と押しながら、窘《たしな》めるような調子で静雄《しずお》が呟《つぶや》いた。

「俺は年上だぞ。敬語ぐらい使え」

「……え？」

首を後ろに反《そ》らされつつ、キョトンとした目で相手を見上げる正臣。

「セルティから聞いてるよ。あのチンピラどもが適当ぶっこいてただけだろうが」

「セルティ？」

首無しライダーの本名を知らない正臣は、訝《いぶか》しげに首を傾《かし》げるが、すぐに気を取り直して静雄に対して訴えかける。

「でも、そもそも原因が俺にあるのは確かなんだ！　俺がもっとしっかりしてれば、あんたが撃《う》たれる事も……」

　そんな正臣の前に、スゥ、と静雄の右手が現れる。

　親指と中指を触《ふ》れ合わせ、影絵の狐《きつね》によく似た形の手を、正臣の額《ひたい》近くに寄せ――

「敬語使えっつってんだろうが」

　と、軽いノリでデコピンを叩《たた》きつけた。


「どぼッ」

　効果音のような呻《うめ》き声をあげつつ、地面に転がる正臣。

　明らかにデコピンされた後のリアクションとは異なるのだが、行使者が静雄である事を考えると、暴徒鎮圧《ちんあつ》用のゴム弾《だん》を撃ち込まれたぐらいの威力はあるのかもしれない。

　地面に倒れる正臣に、静雄は腕《うで》を組みながら語り始めた。

「もうあのチンピラどもは吹き飛ばしたし、黄巾賊《こうきんぞく》の連中に対する恨《うら》みもねぇんだが……。それじゃお前の気がすまなさそうだしな。今のデコピンでケジメって事にしとけ」

　淡々と呟く静雄の前で、トムがしゃがみ込みながら呟いた。

「……怒ってないみたいだったから、俺も口出さなかったけどよ……」

　軽い脳震盪《のうしんとう》を起こして目を回している正臣を見て、呆《あき》れ半分で溜息《ためいき》を吐《つ》くトム。

「もう少し加減とかできないのかよ」

「つかしいな……そんな威力《いりょく》あっかな……？　俺《おれ》の力っつっても、デコピンだぞ……？」

首を傾《かし》げつつ、自分の額《ひたい》や左手にデコピンを何発か打ち続ける静雄《しずお》。バチン、ドスンと、明らかに通常のデコピンとは違う音を響《ひび》かせるが、静雄本人にとっては首を傾げる程度の威力しかなかった。

「疑問を発言します。デコピンとは如何《いか》なる武術の奥義《おうぎ》でしょうか。これまでに読了《どくりょう》した如何なる書物の知識の中にも存在しません。指の動きから推測、指弾《しだん》の一種と考察します」

「お前、しっぺとかも知らなさそうだな……」

そんな会話が背後で紡《つむ》がれる中、ようやく視界がハッキリとし始めた正臣《まさおみ》に、ドレッドヘアの男が心配そうに問いかける。

「大丈夫《だいじょうぶ》か？」

「う……すんません」

「悪く思わないでやってくれ。あいつはあいつなりに手加減したつもりなんだ。……こういう時、本当は手加減無しで殴《なぐ》られた方がケジメとしてスッキリするのかもしれねぇが……ほれ、あいつに本気で殴られたら死ぬかもだろ？」

「……そうですね」

苦笑いをしながら呟《つぶや》きつつ、どこか釈然《しやくぜん》としない気持ちが正臣《まさおみ》の中に湧《わ》き上がった。

——って、いいのか？

——静雄《しずお》って、撃《う》たれたんだよ……な……？

——こんな程度で……俺《おれ》……。

頭の中で様々な感情が入り乱れる正臣。

そんな彼の胸中を察したのか、ドレッドの男が伸びをしながら呟いた。

「ま、ケガがねえならいいや。ところで坊主《ぼうず》、お前、腹減ってねえか？」

「え？」

「なんかあった時は、とりあえず腹いっぱいにするのがいいんだよ。奢《おご》ってやるから来いよ」

——ええと……この人……。

——確か、いつも静雄と一緒《いつしよ》にいる……。

訝《いぶか》しげに相手の顔を眺《なが》めていると、男は自分の首筋《くびすじ》をさすりながら口を開く。

「俺は静雄の上司《じようし》で田中《たなか》ってもんだ。トムでいい。なーんか面倒臭《めんどうくさ》そうな悩み方してるっぽいが、吐《は》き出したいもんがあるなら吐き出しちまった方がいいぞ？　うちの社員の事でもやもやされたまんまだと、こっちも寝覚めが悪いんでな。美味《うま》いもん食って、それでチャラって事にしようじゃねえか、お互い」

「そんな、俺、謝りに来たのになんでそんな……」

「もちろん、ただで奢るとは言わねえよ」

「えッ」

ゆっくりと立ち上がった正臣に、トムは苦笑しながら言った。

「お前はあれだ、黄巾賊《こうきんぞく》のリーダーだったんだろ？　ぶっちゃけ、今、あの辺がどんな事になってるのか……知ってる限りでいいから、教えてくれね？」

♂♀

杏里《あんり》のアパート

「よしよし」

そんな言葉を口にしながら、独尊丸《どくそんまる》の喉《のど》を指先で軽く撫《な》でる杏里。

独尊丸はそのままごろりと床《ゆか》に転がり、手足を広げて腹を見せる。杏里が掌《てのひら》で優しく腹を撫でると、『ナウー』と嬉《うれ》しそうに鳴き、そのまま身体《からだ》をよじらせた。

キャリーバッグの中にあった猫用トイレなどを全《すべ》て設置し終えた後、杏里は特にすることもなく、ずっと猫と戯《たわむ》れている。

幼い頃に飼《か》っていた猫の事を思い出し、独尊丸と思い出の中のペットを重ね合わせながら、過去を懐《なつ》かしむ杏里《あんり》。

小さい頃から、友達のように飼《か》い続けていた三毛猫《みけねこ》。

古物商《こぶつしょう》の店舗《てんぽ》『園原堂《そのはらどう》』と併設されていた自宅の記憶《きおく》。

楽しかった記憶など何一つ無いが、それでも、母と飼い猫の思い出は彼女にとって安らぎの一つだった。


もっとも、その猫もやがて――杏里の父親が蹴《け》り殺してしまったのだが。


――でも、やっぱり聖辺《ひじりべ》ルリさんみたいな有名な人も、大変なんだ……。

彼女から感じた『異形《いぎょう》の気配』について、杏里はさほど気にしてはいなかった。

セルティ以前に、自分自身が人間ではない存在なのだ。

しかし、仲間意識などがあるわけでもなく、そもそも聖辺ルリ自身がそれに気付いているのかどうかすら解《わか》らない。

そんな事よりも、杏里にとっては彼女がストーカーに追われているという事の方が遙《はる》かに気になる事だった。

――ストーカー……。

――美香《みか》ちゃんみたいな人なのかな。

──それとも、贄川《にえかわ》さんみたいな人なのかな……。

半年前、自分を襲《おそ》った贄川春奈《はるな》の事を思い出し、少しだけ悲しい気分になる。

──どうして、ああいう行動ができるんだろう……。

──私には、よく分からないけど……。

そこまで考え──ルリから感じた気配の事を思い起こし、ふと、怖くなる。

自分が帝人《みかど》を心配しているのは──本当に、普通の事なのだろうか？

ただの人間ではない自分の勘《かん》や心配など、当てにならないのではないだろうか？

元々自分が普通ではないという事は知っている。

その感性が、本当に正しいのかどうか──その自信が持てないのだ。

張間《はりま》美香と一緒《いっしょ》に過ごしていた時と同じように、帝人と正臣《まさおみ》と一緒にいる頃は、彼らが一つの基準となっていた。

だが、そのうちの一人である帝人の様子がおかしいのだ。

かつて──紀田《きだ》正臣の様子がおかしくなり、黄巾賊絡《こうきんぞくがら》みのトラブルが起こった時のように。

だが、あの時とは違う。

あの時は、正臣の様子がおかしくなった時に、自分の傍《そば》には帝人が居た。

しかし、今は誰もいないのだ。

自分が帝人がおかしいと思っているのは、本当に正しい事なのだろうか？

もしかしたら、普通の人間ならば、今の帝人《みかど》こそ普通だと言い切るのではないだろうか？　疑問を持てど、答えてくれる人間はいない。

「……」

三人で過ごした時期を懐《なつ》かしみながら、いつしか猫《ねこ》を撫《な》でる手が止まっている事に気付く。

ニーニーと鳴き、自分から腹を動かしている子猫を見て、杏里《あんり》は静かに微笑《ほほえ》んだ。

『罪歌《さいか》』は猫には全く興味が無いようで、頭の中に響《ひび》く『愛の言葉』はいつもと何も変わらなかった。

人間への愛を囁《ささや》き続ける罪歌の言葉を聞きながら、少女は思う。

自分も罪歌と完全に同化してしまえば、帝人や正臣《まさおみ》がどう変わろうと、今まで通り受け入れる事ができるのだろうか？

かつて、折原臨也《おりはらいざや》という男が言った言葉が頭の中に蘇《よみがえ》る。

——「本当に平穏《へいおん》で幸せな毎日を手に入れたいなら、その刀で君の知り合いを全《すべ》て切ってしまえばいいじゃないか」

——違う……。

——「君が女王となって、それこそ平和な世界でも手に入れられるだろうに」

——そんなのは……絶対に違う……！

否定と共に強い嫌悪《けんお》を抱《いだ》きつつ、静かに唾《つば》を飲み込む杏里。

沈鬱《ちんうつ》な空気の中、独尊丸《どくそんまる》だけがのびやかに床《ゆか》を転がっている。

そんな猫の無邪気《むじゃき》な様子に毒気《どつけ》を抜かれ、杏里はクスリと笑いながら全身の緊張《きんちょう》を解いた。

――……あれ？

――そういえば、このアパート……ペットってOKだったかなあ……。

別の不安を思い浮かべながら、杏里は再び猫の腹をなで始めた。

「よしよし……」


贄川春奈《にえかわはるな》に、マスクを被《かぶ》った謎《なぞ》の襲撃《しゅうげき》者。

かつて二度に亘《わた》り不審《ふしん》者に襲《おそ》われた事のある杏里のアパート。

そんな彼女の部屋を見張る、三人目の不審者の影にも気付かぬまま――

園原《そのはら》杏里は、一時の安らぎに己の心をたゆたわせ続けた。


猫との安らぎの中に、帝人や正臣との思い出を重ね合わせながら。

♂♀

池袋《いけぶくろ》　サンシャイン通り

「あの……どうせなら露西亜寿司《ロシアずし》でいいっすか。自分の分の金は自分で出しますから」

そんな紀田正臣《きだまさおみ》の言葉で、静雄《しずお》達はヴァローナを説得して露西亜寿司へと向かう事になった。

「俺《おれ》、サイモンにも一つ御礼を言わなきゃいけねえ事があって……」

「なんだよ、サイモンとも知り合いなのか？」

静雄の問いに、正臣よりも早くトムが答える。

「そりゃ、黄巾賊《こうきんぞく》のリーダーだったんだからよ、それなりに顔も広いだろうよ」

「……」

「……さっきから気になってたんだが、黄巾賊に嫌《いや》な思い出でもあんのか？　だったら悪ぃな。もう触《ふ》れねえよ」

トムは無言のまま目を伏せる正臣に気を遣《つか》ってそう言ったのだが、そんな空気を読まずにヴァローナが口を開いた。

「疑問が存在します。黄巾賊の存在時期は西暦にして遡《さかのぼ》る事一〇〇〇年を軽やかに凌駕《りょうが》します。その指導者が現代社会に存命しているとは思えません。それとも、この少年は首無しライダーと小異な魑魅魍魎《ちみもうりょう》的存在ですか？」

「……お姉《ねえ》さん、なんか言葉使いがミステリアスで色っぽいっすね」

――首無しライダーか。

――考えてみりゃ、あの首無しライダーって、帝人《みかど》とどういう知り合いなのかな。

――臨也《いざや》の糞野郎《くそやろう》は、『自分で帝人君に聞いて見たら？』としか言わねえし。

忌々《いまいま》しい人間の顔を思い出して思わず歯ぎしりしかけるが、下手《へた》にその名前を出せば自分よりも遥《はる》かに激動しそうな人間が横にいる事を思い出し、自動的に冷や水を浴びせかけられる。

――やれやれ。

――こんな考え方はしたくねえけど、平和島《へいわじま》静雄にさえケジメをつけとけば、色々と精神的にも動きやすくなるか。

――……。

――いや、静雄以前に、杏里《あんり》や帝人にバッタリ出くわしたら何て言やいいんだ。

そんな事を考え、深い溜息《ためいき》を吐《は》き出そうとした時――

「警告が存在します。前方を向いて歩行したまま拝聴《はいちょう》して下さい」

ヴァローナが鋭い調子の声を小声で吐き出し、思わず息を呑《の》み込んでしまう正臣。

「？」「……？」「なんだよ」

三人がそれぞれ疑問の顔を向けると、ヴァローナは厳しい口調《くちょう》のまま言葉を続けた。

「前方を向いて下さい」

先刻まで妙《みょう》な日本語としか思えなかった彼女の言葉が、真剣味のある声と組み合わさって妙な緊張感《きんちょうかん》をもって正臣《まさおみ》の肌《はだ》を震《ふる》わせる。

「尾行されています。距離が少しずつ接近。敵意《てきい》は不明ですが、警戒《けいかい》を要望します」

「……推測ですが、尾行者は一人ではありません」

♂♀

新羅《しんら》のマンション
『とりあえず、幽平《ゆうへい》君のマンションの周りをそれとなく回ってくるよ。ついでにルリちゃんのマンションの周りも見て来る。今は幽平君のマンションにいるとは言え、ストーカーはルリちゃんの家に忍《しの》び込むかもしれないからな』

セルティはヘルメットを首に載《の》せつつ、玄関《げんかん》のドアに手をかける。

「……それはいいんだけど、心配な事が一つあるんだ」

『なんだ？』

ヘルメットを横に傾《かし》げるセルティに、新羅は少しだけ言いにくそうに呟《つぶや》いた。

「君がマンションの周りをうろうろしてたら……その……多分警察は君の事をストーカーと思うんじゃないかな……？」

そんないつも通りの会話を終え、セルティが出て行ったほんの数分後――

玄関のチャイムが鳴り、新羅《しんら》は訝《いぶか》しげにドアの方に目を向けた。

普段ならば、セルティが忘れ物でもしたのかと思う所だが――彼女は確かに合い鍵《かぎ》を持って出ていった筈《はず》だ。青葉《あおば》の一件があってから、新羅がいる時も一応鍵はかけるようにしており、セルティは合い鍵を影で作ったライダースーツの袖《そで》に染みこませる形で持ち運んでいる。

ストーカーの話が出たばかりという事もあり、新羅はやや慎重《しんちょう》に扉《とびら》に向かう。

覗《のぞ》き穴の向こうには、宅配業者の格好をした男が立っている。

新羅のマンションは高級ではあるのだが、築《ちく》年数が古い為《ため》、防犯用のエントランスも宅配ボックスもいまだに設置されていない。

「宅配でーす」

扉の奥から聞こえる声に、新羅は安堵《あんど》しながら扉を開く。

念には念を入れ、まだチェーンは付けたままだ。とりあえず伝票にサインだけして、外に荷物を置いておいて貰《もら》おうと考える新羅。

「はいはい、今ハンコを……」

新羅《しんら》が白衣のポケットに手を入れた瞬間《しゅんかん》――

扉《とびら》の隙間《すきま》から、ニュウ、と歪《いびつ》な鉄の塊《かたまり》が覗《のぞ》き込んだ。

黒く無骨《ぶこつ》なフォルムの、大型チェーンカッター。

新羅がそれに気付いた時は既《すで》に遅く――

バチリ、という音と共に、チェーンの一部が挟《はさ》み切られ、勢い良く鎖《くさり》が跳《は》ね上がる。

「……」

扉がゆっくりと開かれ、姿を見せた配達員がニヤリと笑う。

「君……宅配便の人じゃないね？」

冷や汗《あせ》をタラしつつ、困ったように肩《かた》を竦《すく》める新羅に――

目の前の男は身体《からだ》を素早く捻《ひね》り、そのまま勢い良く新羅の側頭部にハイキックを叩《たた》き込んだ。

脳味噌《みそ》が揺さぶられ、顔面の血管が切れたかのように感じる新羅。

――あ、やば、い……

――これ、静雄《しずお》に張り手された時と……同じ……

──気絶……──

──おや、なにか構えてるよこの人。

──もしかして……二発……目……？

────あれ？　もしかして死……ぬ……？

意識がスローモーションになる新羅の前で──

宅配便の配達人を装った男は、そんな新羅の身体に再び蹴《け》りを叩《たた》き込んだ。

────セル……ティ

♂♀

──ええと、幽平《ゆうへい》君のマンションは……と。

セルティは白バイに目をつけられぬよう、細い道を選んで幽平のビルへと向かっていた。

同じようなマンションが数棟並んでいる区画に来た時、明確な場所を確認しようと携帯電話を取りだした。

ナビを起動させ、幽平のマンションの場所を調べていると──

画面が突然消え、着信音が鳴り響《ひび》く。

地図と入れ替わりに現れた番号を見て、セルティは通話ボタンを押す前に一瞬《いっしゅん》首を傾《かし》げた。

──ん？　帝人《みかど》君からじゃないか。

──なんでこのタイミングで。

もしや、杏里《あんり》が自分の事で悩んでいると気付いたのだろうか？　セルティに相談した事を知った帝人が自分にコンタクトを取ろうとしているのでは？

そう思って、一瞬取ることを躊躇《ためら》ったのだが──

──あれ……？

──でも、メールじゃなくて、電話……？

喋《しゃべ》る事ができないセルティにわざわざ電話をかけるとは、何か緊急《きんきゅう》の用件なのではと考え、素早く通話ボタンを押し、携帯をヘルメットの横に押し当てた。

『もしもし！　セルティさんですか！』

ヘルメットの中に帝人の声が反響《はんきょう》し、セルティの謎聴覚《なぞちょうかく》にはっきりとその声を伝達させる。

『僕の声が聞こえてるなら、携帯のマイク付近を一回叩《たた》いて下さい！』

セルティが指でトン、と通話マイクの穴の側を叩くと、安堵《あんど》と焦燥《しょうそう》が半々といった声が聞こえてきた。

『良かった。聞こえているという前提で話をします！　今、セルティさんは自分のマンションに居ますか⁉』

――なんだろう。

――うちに来て、何か相談事だろうか？

しかし、その予想はセルティ自身がすぐに打ち消した。

どう考えても、帝人の声から伝わる緊迫感《きんぱくかん》はそんなレベルのものではなかったからだ。

『もしも外に出てるなら、すぐに戻って下さい！』

「？」

『セルティさんなら大丈夫《だいじょうぶ》でしょうけど……新羅《しんら》さんが危ないかもしれないんです！』

♂♀

夜　池袋某所《いけぶくろぼうしょ》

「……あーあー、それ見た事か」

電話で誰かからの報告を受けていた黒コートの青年は、通話を終えた後、苦笑しながら独《ひと》り言を呟《つぶや》いた。

「ヤクザすら絡《から》まない、チンピラ相手のゴタゴタでこのザマだよ。新羅も災難《さいなん》だね」

男は座っていた椅子《いす》をギシリと揺らして立ち上がり、窓の外に見える景色《けしき》に目を向けた。

池袋《いけぶくろ》の駅に近い、とある高層マンションの最上階。

池袋駅を中心とする町の光景を眺《なが》めながら、男はニイ、と口元を歪《ゆが》めると、御馳走《ごちそう》を目の前にした子供のような感情を声の中に含ませ——独《ひと》り言を吐《は》き出した。

「やっぱりみんな、俺《おれ》がいないと駄目《だめ》なんだから」

チャットルーム

餓鬼【今日は人が少ないですねえ】
しゃろ【なんかすっかり新参《しんざん》の人達ばっかりって感じっすわ】
クロム【もしかして、私達がずっと喋《しゃべ》ってるから、古参《こさん》の人達が入りづらいんじゃ】
しゃろ【そりゃ考え過ぎでしょ】
しゃろ【バキュラさんも、今日はこないんでしょ?】
サキ【そうなんです。忙しいみたいで】
餓鬼【なるほど。私も携帯電話からなんで片手間の参加ですいませんね】
しゃろ【え、マジっすか】
しゃろ【携帯からこの早さでチャットに参加ってマジすげえ。リスペクトに値しますよ】
サキ【凄《すご》いです】
餓鬼【買いかぶりですよ】
しゃろ【つーか、なんか面白《おもしろ》い話とかねっすか。こっちはもう毎日が退屈で。立ちっぱなしの仕事だし、妹は真面目《まじめ》に働けだのなんだの五月蝿《うるさ》いし。胸もぺったんこな癖《くせ》にエラソーで】
サキ【胸の大きさは関係ないと思います】

餓鬼【セクハラってやつですね】
クロム【ありますよ、面白《おもしろ》い話】
しゃろ【ちょ、まw　こんなんで訴えられたら洒落《しゃれ》にならねっすわw　そもそもこんなん妹に見られたらその時点で頭かち割られっちまいますしw】
餓鬼【どんな話です】
しゃろ【ん？　おお、なんかあるんすかクロムさん】
クロム【例の、聖辺《ひじりべ》ルリのストーカーの話なんですけど……やっぱりダラーズの内部に犯人がいたらしいんです。さっき、私の友人から聞いた話なんで信憑性《しんぴょうせい》はわかりませんが】
クロム【あ、だからここだけの話って事でお願いしますよ。聖辺ルリファンクラブの掲示板《けいじばん》とかに転載《てんさい》とか絶対しないでくださいね】
餓鬼【了解《りょうかい》しました】
サキ【言いません】
しゃろ【どっちみち検索《けんさく》とかで出てきちまうでしょー、このチャット】
内緒モード　クロム【これでどうです？】
内緒モード　餓鬼【おや】
内緒モード　餓鬼【こんなこともできるんですね】

内緒モード　しゃろ【うお、なにこれ】
内緒モード　サキ【ナイショモードですね。バキュラさんと時々使ってます】
内緒モード　クロム【今チャットに参加してる全員をナイショ話メンバーに指定しました】
内緒モード　クロム【これで検索とかには引っかかりません。っていうかログ残りません】
内緒モード　しゃろ【本格的ぃ】
内緒モード　サキ【よっぽどの事なんですね？】
内緒モード　餓鬼【で、ストーカーについて何が解《わか》ったんですか？】
内緒モード　クロム【はい……聖辺ルリのストーカー、いるでしょう】
内緒モード　クロム【なんでも、芸能事務所のブラックリストに載《の》ってた人だそうで】
内緒モード　餓鬼【おや。でも、週刊誌には、そういう人は全部アリバイがあったと……】
内緒モード　クロム【そこです。それが重要なんです】
内緒モード　クロム【その、聖辺ルリに付きまとってたブラックリストの人達】
内緒モード　クロム【グルだったんですよ！】
内緒モード　サキ【グル？】
内緒モード　しゃろ【ん？　どゆこと？】
内緒モード　クロム【ストーカーは一人じゃなかったんですよ】
内緒モード　クロム【同一犯のしわざと見せかけて、それぞれ別の人間が動いてたんです】

内緒モード　餓鬼【ははあ、だから、アリバイがあったわけですね】
内緒モード　餓鬼【一つの事件のアリバイがなくても、他《ほか》の事件の時にアリバイがある。と】
内緒モード　クロム【そうなんです】
内緒モード　クロム【でも、面白《おもしろ》いですよね】
内緒モード　クロム【この噂《うわさ》が流れてるのも、ダラーズのサイトらしいんですよ】
内緒モード　クロム【なんだか、内輪《うちわ》もめしてるみたいで面白いですね。ダラーズって】
内緒モード　餓鬼【自浄《じじょう》作用なのかもしれませんね】

甘楽さんが入室されました。

内緒モード　クロム【おや】

甘楽【どーもー！　みんなのアイドル甘楽ちゃん、ただいま凱旋《がいせん》ですよーっと！】
甘楽【あれあれあれぇ？　みなさん、発言がだいぶ前で止まってますねぇ】
甘楽【もしかして、みんなで内緒《ないしょ》モードに潜《もぐ》ってラブラブ乱交パーティですか!?】
甘楽【きゃッ！　セクハラ！　セクハラですよう皆さん！】
甘楽【って。あれれー？　なんだか知らない名前の人達ばっかりですよ？】

内緒モード　クロム【……誰ですか？　このテンション高い人……】
内緒モード　餓鬼【ああ、私を紹介《しょうかい》してくれた人から聞きました】
内緒モード　餓鬼【このチャットで、一番の古株だそうです】
内緒モード　サキ【というか、管理人さんですよ。ここの】
内緒モード　しゃろ【殴《なぐ》りてえー】
内緒モード　クロム【本当ですか？　うわー、なんか痛いし、ネカマっぽい人ですね……】

・　・　・

NA-9-35 Ryohgo Narita

DRRR!! X8

四章『迷走＠Stalkers』

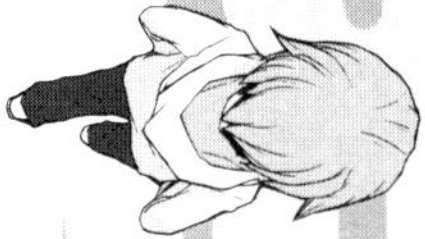

たわいもない——
たわいもない事件になる筈《はず》だった。

時に殺人や誘拐《ゆうかい》などの悲劇を招くストーカー事件。

口が裂《さ》けても『たわいもない事件』だなどと表現してはならないのだが——

芸能人へのストーキング行為などありふれた事件であり、聖辺《ひじりべ》ルリに手を出す前に身柄《みがら》を押さえれば全《すべ》てが終わる。

心のどこかで、セルティはそんな事を考えていた。

どこかで、甘《あま》く見ていたのかもしれない。

油断していたのかもしれない。

ヤクザや暴走族、あるいは警察に追い回されたりする事も珍《めずら》しくない状態が続き、昨日《きのう》はとうとうヘリコプターやサブマシンガンなどという物まで相手にするハメになった。

だからこそ、ストーカー程度は大した事件ではない――

そんな誤解を、彼女の中に生み出してしまった。

もしも、園原杏里《そのはらあんり》が贄川春奈《にえかわはるな》に襲《おそ》われた直後だったら。

ニュースで、ストーカー事件などを見た直後だったら。

ストーカーの異常性に事前に気付くことができていたのならば――

いくつもの過程は考えられるが、起こってしまった結果を覆《くつがえ》す事はできない。


そして、セルティにとっての『結果』は――

今、彼女の前で血にまみれながら力無い吐息《といき》を漏《も》らしていた。

♂♀

家に戻り、玄関《げんかん》の扉《とびら》を開けたセルティの前に広がったのは、彼女にとって信じがたい光景だった。

――しん……ら？

――「君の黒とのコントラストでいい感じだよね！」

と、新羅《しんら》が自慢《じまん》げに言っていつも身につけていた白衣。

その白衣に返り血がついている事もたびたびあったが――

廊下に倒れる新羅の白衣を染めているのは、紛れもなく新羅自身の血液だ。

「――――――――――」

絶叫《ぜっきょう》を上げたつもりだった。

新羅の名を叫《さけ》んだつもりだった。

だが、当然ながら首の無いセルティが空気を震《ふる》わせる事はなく、慌《あわ》てて新羅に駆《か》け寄ってその身を抱《だ》き上げるのがせいいっぱいだった。

そこでようやくセルティの姿に気付いたのか、眼球だけをゆっくりとセルティに向ける新羅。

「……あ……せ……る……ティ？」

頭と口から血を流している新羅。どう見ても喋《しゃべ》っていいような状況ではない。

だが――それでも、新羅は笑っていた。

セルティの顔を見て、安心したように微笑《ほほえ》んだのだ。

もしかしたら、自分が安堵《あんど》したというよりも、ショックを受けたセルティの様子を見て、彼女を安堵させるために微笑んだのかもしれない。

「大丈夫《だいじょうぶ》……命に別状はない……っぽいけど……骨……何本か……やられ……。ああ、静雄《しずお》に殴《なぐ》られたりしてるから、ある程度大丈夫かと思ったんだけど……しつこく……何回も……何回も、蹴《け》られて……ね……」

『もう喋《しゃべ》るな！　今救急車を呼ぶ！』

「いやいや、救急車……は……まずい……よ……。ていうか、どうやって……呼ぶの」

——ッ！

考えてみれば、セルティが電話をしても会話ができない。新羅《しんら》に喋らせるわけにもいかない。

だが、電話をかけるだけで逆探知して来てくれるのではないだろうか？　声が不自由な人の為《ため》にFAXでも来てくれると聞いた事があるような気がする。

——紙、紙はどこだ！　そうだ、私の影を紙状にして……無理だ！

——ああ、新羅！　死ないでくれ新羅！　私を置いていかないでくれ！

強い混乱に陥《おちい》っているセルティに、新羅は薄《うす》く目を閉じながら呟《つぶや》いた。

「父《とう》さんか……エミリア義母《かあ》さんに……連絡……」

新羅は力を振り絞《しぼ》って目を開くと、セルティのヘルメットを見て一際《ひときわ》優しく微笑《ほほえ》んだ。

「セルティ……綺麗《きれい》な心が台無しだよ。もっと……笑って……おく……れ……」

そして、そのまま意識を闇《やみ》に閉ざす。

——やめろ！

——これから死ぬような事を言うな！

セルティは影で新羅の身体《からだ》を包み込み、優しく宙に持ち上げる。

そのまま階段から飛び降り、影を蜘蛛《くも》の巣状に張り巡《めぐ》らせながらゆっくりと落下した。

駐車場《ちゆうしやじよう》にいたシューターも新羅《しんら》の様子に驚いたようで、小さな嘶《いなな》きを響《ひび》かせる。

セルティはそんなシューターと新羅を影で繋《つな》ぎ、一日前にヘビを運んだ時と同じ要領でシューターの本体を変形させていく。

極力新羅の身体《からだ》を揺らさぬよう——ソバ屋の配達用バイクなどに付けられる出前品運搬機《うんぱんき》のような装置を組み付け、細心の注意を払《はら》い、最速の動作で駐車場を後にする。


——くそ、どうして……どうして！

——私はバカか！　ストーカーに対して無神経すぎた！

——私は……なんて無力なんだ！

——あれだけ闇《やみ》医者の新羅と一緒《いつしよ》にいたのに……応急手当て一つできない……！

——私は……新羅の何を見ていたんだ……！

犯人の姿も解《わか》らぬ今、彼女は自分自身への怒りを膨《ふく》らませつつ夜の町を疾走《しつそう》する。

後悔と怒りの感情に支配されつつも、ただひたすらに、新羅の無事を祈《いの》りながら。

♂♀

池袋《いけぶくろ》某所《ぼうしょ》

徒橋喜助《あだばしきすけ》は、自分の横を勢い良く通り過ぎていく黒バイクを見送りつつ——シャア、シャア、と、不気味《ぶきみ》な哄笑《こうしょう》を溢《こぼ》し続けた。

彼はおもむろに携帯電話を取りだし、どこかのアドレスにメールを送る。

自分の仕事はそれで終わったとでも言うかのように、充足した顔つきで妄想《もうそう》に耽《ふけ》る。

歩行によって足の裏が刺激され、より鮮明《せんめい》な一つのビジョンを脳に浮かび上がらせる徒橋。

それは、崩壊《ほうかい》のビジョン。

聖辺《ひじりべ》ルリという一つの『幻想』が、自分の中で跡形《あとかた》もなく崩壊する姿を望んでいた。

視界の中で。

　肌《はだ》の表面で。

　　足の下で。

　　　爪《つめ》の間で。

　　　　舌《した》の上で。

　　　　　鼓膜《こまく》の震《ふる》えの裏側で。

　　　　　　魂《たましい》の鼓動《こどう》のリズムに合わせ——

崩壊《ほうかい》。

聖辺《ひじりべ》ルリのあらゆる要素が粉々《こなごな》に砕《くだ》け、自分自身の一部として組み込まれる。

そんな荒唐無稽《こうとうむけい》な光景を想像し、心の底から望みながら、彼は確かな『幸福』を感じていた。

徒橋喜助《あだばしきすけ》は、聖辺ルリの事を愛していた。

愛というよりは、信仰と言っても良いかもしれない。

生命保険会社の社長の息子《むすこ》として、裕福《ゆうふく》な暮らしを送っていた喜助。

だが、幼少の頃からの乱暴な性格が災《わざわ》いし、周囲から避《さ》けられる存在として育ってきた。

父親が時折、怪しげな会合に出かける事を知った彼は——最初は浮気相手とでも会っているのだろうと思い、実の父を強請《ゆす》るつもりで後をつけた。

だが、そこで彼が見た物は——当時モデルとして売り出していた少女——聖辺ルリを生贄とする、語る事すらおぞましい光景だった。

——おぞましい。

確かに、それが初めてその光景を覗《のぞ》き見た時の衝動《しょうどう》だった。

しかし、同時に彼は気が付いた。

人間離れした空気を纏《まと》う少女が、ただの人間に過ぎない——しかも、喜助にとって良く見慣れた父親の手によって、傷つけられ、肉と心を削《けず》り取られていく光景。

おぞましいと感じると同時に、彼は、確かに興奮していたのだ。

単なる歪《ゆが》んだ性的欲求だけではない。

彼女を全《すべ》て自分の物にしたいという独占欲が、自分の内に激しく湧《わ》き上がったのだ。

できる事ならば、父親ではない。

自分自身の手で、あの女神《めがみ》のような少女を殴《なぐ》り、穢《けが》し、心を抉《えぐ》り、存在全てを崩壊させたい。

徒橋喜助は、その瞬間《しゅんかん》、生まれて初めて他者を愛したと言ってもよかった。

そして、愛に塗《まみ》れた憧《あこが》れの目で、聖辺ルリを追い続け――父親が『殺人鬼《さつじんき》ハリウッド』に殺された時、喜助は即座に理解した。

自分の父親を殺したのが、聖辺ルリに他《ほか》ならぬという事を。

彼女の内に眠《ねむ》る、人間を超えた異形《いぎょう》の力に他《ほか》ならぬという事を。

全てを理解した瞬間、憧れは信仰に変わる。

ただし――彼は信仰の対象はルリその物ではなく、そのルリを破壊した時に生じる達成感と開放感だった。純然たる快楽そのものこそが、徒橋喜助にとっての『神』だったのである。
彼にとってルリは、神聖なものを生み出す聖母のようなものなのだ。

そんな彼をダラーズのサイトへと導いたのは、一人の男。

父の葬儀《そうぎ》の直後、彼は独自に聖辺ルリへの接触を図り続け――何度か補導され、複数の芸能事務所の間で要注意人物として回状が配られた。

だが、それから数ヶ月経《た》ったある日、彼の元に一人の男から連絡があった。

聖辺《ひじりべ》ルリと父親を引き合わせたという、元凶《げんきょう》にして導き手である男――澱切陣内《よどぎりじんない》。


彼の手によって、徒橋《あだばし》はゆっくりと社会の裏側に足を踏み入れ、澱切から様々な情報を提供された結果、現在では、聖辺ルリのストーカー同士のコミュニティを統率《とうそつ》するに到っている。

会員同士だけが情報交換できる、ダラーズのサイトの中でも殆《ほとん》ど存在に気付かれていない社交場だ。極《ごく》少数の会員以外は閲覧《えつらん》する事もできず、新しい会員は、ダラーズの通常のコミュニティで『聖辺ルリの裏写真を売ります！』などといった宣伝文句などを書き、その反応を見る事で少しずつ自分の『同類』を嗅《か》ぎ分けていく事によって探し出した。

表《おもて》のコミュニティは『レッドカーペット』というハンドルネームの男が独自に自治活動を行っている為《ため》、あまり目立つ事はできない。そこで、怪しげな宣伝文句に引っかかった人間だけを最初の裏サイトに誘導し、そこから更《さら》にアングラな空気のサイトに呼び込み、人間をふるいにかけていく。

聖辺ルリの為《ため》なら犯罪も辞《じ》さない。寧《むし》ろ、聖辺ルリを殺す事すら辞さない。

そんな人間が最終的に十人近くも集まるとは、徒橋にとっても想定外だった。徒橋と同じように芸能事務所の間でブラックリストに載《の》っている者も数人含まれており、危険な匂《にお》いをコミユニティの中に充満させていた。

あるいは、それだけの人間を狂わせる空気を聖辺ルリが持っているという事なのか――

考えてみれど答えは出ず、徒橋は自分の欲望に忠実に行動を開始する。


互いのアリバイ工作を行いながら、少しずつ聖辺ルリを追い詰めていく。

全員が信じているかどうかは知らないが、コミュニティのメンバーは全員聖辺ルリに『異形《いぎょう》』の力がある事を知っている。だが、『殺人鬼《さつじんき》ハリウッド』の秘密を知っているのは自分一人だ。

それが彼の優越感を刺激し、一際《ひときわ》強い狂気に駆《か》り立てる。

壊《こわ》す。

聖辺ルリを壊す。

自らの手で。

普通に考えて『殺人鬼ハリウッド』を肉体的に壊す事など不可能だろう。

しかし、徒橋は考えた。

ルリの身体《からだ》と心を壊した結果、殺人鬼ハリウッドが生まれたというのなら、その殺人鬼の心を更に壊してしまえばよいのではないかと。

濈切から与えられた一枚の写真は、彼女の現在の事務所に送りつけた。

時間をおいて、今度は出版社やインターネットに流す予定だ。

本当は今日にでもその準備を進めたかったのだが、別にやることができたのだ。

聖辺《ひじりべ》ルリと、その恋人である羽島幽平《はねじまゆうへい》。

彼らがストーカーに悩み始めた事で、どうやら知人か親類に相談にいったようだ。

首無しライダーの同居人という事で一応警戒《けいかい》はしたものの、白衣を着ただけの優男《やさおとこ》に過ぎなかった。死なない程度に痛めつけた後、耳元で『聖辺ルリは、俺《おれ》の物だ』と囁《ささや》いた。

記憶《きおく》がまともに残っているのならば、事情はすぐに聖辺ルリの耳に入る事だろう。

今頃は、彼女に関わった他《ほか》の関係者もコミュニティの仲間に襲撃《しゅうげき》されている事だろう。

——無念だなああ。

——できる事なら、猫《ねこ》も俺がヤりたかったなあああ。

だが、首無しライダーについて、澱切《よどぎり》から直接リクエストを受けたからには仕方がない。聖辺ルリを完全に崩壊《ほうかい》させる為《ため》には、完全に愛する為には、まだあの男の協力が必要だ。

そう理解しつつも、徒橋《あだばし》の心中《しんちゅう》には尚《なお》も歪《ゆが》んだ欲求が渦巻《うずま》いている。

——猫。

——聖辺ルリも抱《だ》きあげた猫。

——磨《す》り潰《つぶ》してぇなあああ。

——ルリの分まで愛してやりてえなあああ。

羽島幽平の飼《か》い猫を持ち帰ったのは来良《らいら》学園の女子高生で、どうやら一人暮らしらしい。

どんな関係かは知らないが、猫を預かっただけの女子高生を壊し、猫を殺せば、聖辺ルリの心に与えられるダメージはどれほどのものだろうか？

そちらの担当《たんとう》になった仲間の事を心底羨《うらや》みながら、この欲求不満はルリ本人を破壊する際に纏《まと》めて解消しようと考え、シャア、シャア、と、不気味《ぶきみ》な哄笑《こうしょう》を池袋《いけぶくろ》の町に響《ひび》かせる。

刹那《せつな》――彼の携帯電話から、聖辺ルリの歌声が聞こえてきた。

徒橋はゆっくりとその歌に聴き入りながら、いつも通りゆっくりと通話ボタンを押し込み、ルリの歌を消し潰すという快感に浸《ひた》る。

だが、そんな彼の快感を邪魔《じゃま》する形で、携帯電話から悲鳴のような声が聞こえてきた。

『話が、話が違うじゃないか！』

「？」

声に聞き覚えがある。

満切ではない。

今しがた、徒橋が嫉妬《しっと》していた相手――

猫と女子高生も『破壊』を担当《たんとう》する筈《はず》だった、コミュニティのメンバーからだ。

元サラリーマンの男で、常に背広で行動している男だが――そんな彼の声は焦燥《しょうそう》に満ちており、徒橋《あだばし》に懇願《こんがん》とも怒りとも取れる声で叫びかける。

『は、は、ハメたのか俺《おれ》を！　なんだ⁉　なんなんだあの覆面の連中は、、、、、！』

「覆面《ふくめん》……？」

『あいつら、俺を、を、を、待ち伏せしてたんだ！　あの女子高生のアパートに火、火、火をつけようとしたら！　いきなり襲《おそ》いかかって来……。……ああぁああぁあ来たぁあぁあぁあ』

「おい、どうした？　おい！」

携帯電話に怒鳴《どな》りつけるが、あとは悲鳴しか聞こえず、やがて通話自体が唐突《とうとつ》に途絶《とだ》えた。

「……」

何かが起きている。

それは確実だった。

もしや、あの猫《ねこ》の為《ため》に聖辺《ひじりべ》ルリがボディガードでも雇《やと》ったのだろうか？

あるいは、別の関係者か？

いくつかの推測は成り立つが、それらを一旦脇《いったんわき》に追いやり、徒橋《あだばし》はニイ、と口元を歪《ゆが》ませる。

今の電話から解《わか》る、彼にとって最も重要な事実は——

女子高生と猫が、まだ無事だという事だった。

シャア、シャア、と、不気味《ぶきみ》な笑いを響《ひび》かせ、徒橋は近場の駐車場《ちゅうしゃじょう》に向かって歩み始める。

自分の車に乗り込み、直接女子高生のアパートへと向かう為に。

彼は、仲間が危機に晒《さら》されているにも関わらず、心の底から喜んでいた。

仲間が減った結果として、より深く、より色濃《こ》く——聖辺ルリを愛する事ができるのだと。

♂♀

サンシャイン通り　露西亜寿司《ロシアずし》近辺

「後を付けてるって、なんだよ。チンピラか？」

前を向いて歩きながら、小声でヴァローナに問いかけるトム。

「結論を出しかねます。ただ、職業軍人や暗殺者といった類《たぐい》の職人とは違います。限りなく素人《しろうと》ですが、警戒《けいかい》に越したことはありません」

ヴァローナの真剣な声を聞いて、正臣《まさおみ》も緊張《きんちょう》した面持ちで前を向いたまま周囲の音などに集中し、静雄《しずお》も片眉《かたまゆ》を顰《ひそ》めながら左右に視線を往復させた。

日は殆《ほとん》ど暮れているとはいえ、繁華街《はんかがい》の真ん中であり、いつも通りの人混みだ。

トムは面倒《めんどう》そうに眼鏡《めがね》を直し、首をコキリと鳴らして呟《つぶや》いた。

「……静雄《しずお》にやられた連中の御礼参《おれいまい》りか、借金回収された恨《うら》みを俺《おれ》にぶつけようとしてんのか……。どっちにしろ、こんな周りに人が多い中じゃ何もしてこねえだろ。露西亜寿司《ロシアずし》の大将《たいしょう》に頼んで、裏口から抜けさせてもらおうぜ。そんで表《おもて》で見張ってる奴《やつ》をこっそり……」

小声で今後の行動について語るトムだったが——そんな彼の言葉は、ヴァローナの声によって中断させられる。

「来ます」

「は？」

トムが呆《ほう》けた声をあげた瞬間《しゅんかん》——

ヴァローナが勢い良く振り返る。

そこには一人の男が手に何かを持って接近しているところで——急に振り向いたヴァローナに驚いたようで、ビクリと身体《からだ》を震《ふる》わせた。

男が戸惑《とまど》ったのはほんの一瞬《いっしゅん》の事だったが、ヴァローナにとってはそれで十分だった。もっとも、仮に男が全く動じなかったとしても、まだ彼女の行動の方が一手分《いってぶん》先んじているのだが。

「おうわ……ぼぁうあッ!?」

身体の芯《しん》に巻きつくような鋭い蹴《け》りが、男の脇腹《わきばら》を強く打ちすえる。

太ったその男の手から転がり落ちたのは、小さな薬液瓶《やくえきびん》だった。

蓋《ふた》は既《すで》に開けられていたようで、地面に落ちた瓶から液体が溢《あふ》れ、男自身の靴先《くつさき》に掛かる。

「ひ、ひぁうぁぁあ」

悲鳴を上げ、痛む脇腹を押さえながら必死に靴を脱《ぬ》ごうとする男。

靴先にかかった液体が泡立《あわだ》っている所からみて、恐らく硫酸《りゅうさん》かなにかの類《たぐい》だろう。

「おいおい、町中で酸ぶちまくとか、洒落《しゃれ》になってねえだろ……」

トムが呆《あき》れながら呟《つぶや》き、静雄がこめかみをピキリと震わせる。

「てめぇ……その変な瓶をどうしようとしてたんだ……？　あぁ……」

そのまま、静雄が一歩前に出て太った男を片手で摑《つか》みあげようとしたのだが――

正臣《まさおみ》の視界の隅《すみ》に、そんな静雄の背に近づいてくる男の姿が見えた。

背の低い男で、右手には鋭いアイスピックが握《にぎ》られている。

――おいおいおいおいおい!?　マジか!?

「危ねえ！」

言うが早いか、正臣は静雄の背中に回り込む。

アイスピックの一撃《いちげき》が来る前に、前蹴《げ》りを撃《う》ち込もうとする正臣。

だが、次の瞬間《しゅんかん》、その行動は無意味なものとなった。

凶器《きょうき》を持った男に、横から駆《か》けてきた少年が懐《ふところ》からスタンガンを取り出し――不意をつかれた男の脇腹に思い切り押しつけたからだ。

「――――――――――ッッッッッッッッッッッボボッ！」

腎臓《じんぞう》に近い位置に高電圧のスタンガンを押しつけられた男は、全身の筋肉をバチンとハジけさせ、アイスピックを握《にぎ》ったまま地面の上をのたうち回る。

それを確認した謎《なぞ》の少年は、ニヘラと笑いながら何も言わずに駆《か》け出した。

――は？

――誰だ⁉

正臣《まさおみ》は、わけが解《わか》らぬまま、その駆け去っていく少年を見送る所だったのだが、彼の視界に入ってきた『ある物』が、心臓の鼓動《こどう》の強さを数段階跳《は》ね上げた。

それは――謎《なぞ》の少年が首に巻いている、サメの牙《きば》をモチーフにした柄《がら》のバンダナだった。

ゾワリ、と、正臣は自分の全身の毛が逆立《さかだ》つのを感じ取る。

恐怖ではない。純粋な衝撃《しょうげき》が、正臣の身体《からだ》を駆け抜けたのだ。

――あいつ……。

――ブルー……スクウエア……？

頭の中を整理するよりも早く、正臣は静雄《しずお》達の方に向き直り、

「すいません！　俺《おれ》、今日はこれで失礼します！　お話はまた、いつか必ず！」

と言って頭を下げ、そのままバンダナの少年を追って駆け出した。

「え？　お、おい」

背の低い男からアイスピックを毟《むし》り取っていたトムの声を振り切り、正臣は改めてこの町にやってきた理由を思い出す。

──なんであいつらが静雄を助ける⁉
──善意？　何かを企《たくら》んでる⁉　仲間割れ……？
──そもそもバンダナが同じだけか……？　別人だったらどうすりゃ……。
──くそッ！　そんな場合じゃ……ねえ！
頭の中に次々と浮かぶ疑念を打ち消しながら、正臣は全力でその少年を追い続けた。
求めた先に、必ず答えが待っているとは限らない。
それでも、彼は走らざるを得なかった。

──ブルースクウェアの野郎《やろう》ども……。
──今度は一体……何を企《たくら》んでやがる……⁉

♂♀

杏里《あんり》のアパート

メールの着信音に気付き、杏里《あんり》は一旦独尊丸《いったんどくそんまる》と戯《たわむ》れるのを止《や》めて携帯を取った。

――セルティさんからだ。

猫《ねこ》の様子が気になったのだろうか？

そんな暢気《のんき》な事を考えながら本文を見た杏里だったが――


『新羅怪我《しんらけが》したストーカー来た杏里《あんり》ちゃん気を付けて』


「!?」

余程焦《あせ》って書かれたであろうメール本文を見て、全身を凍《こお》り付かせる杏里。

『セルティさんは無事なんですか!?』

と返信をした後、慌《あわ》てて窓の外に目を向ける。

今の所、おかしな様子は感じられない。

先刻何か外の方で物音がしたような気もするが、気に止めてもいなかった。

暫《しばら》く外の様子を眺《なが》めていると、再びメールの着信が響《ひび》き、やはりまだ混乱しているのか、句読点の無い文章が送られてきた。

『私は大丈夫《だいじょうぶ》新羅を今病院につれてきたところ杏里ちゃんも気を付けて』

──何があったんだろう……。

──岸谷《きしたに》先生、大丈夫だといいけど……。

そんな事を不安に思いつつ、もしや独尊丸を狙《ねら》っているのではないかと気付き、再び窓の外を確認する杏里。

何故《なぜ》、そのストーカーとやらは簡単にこちらの日常を壊《こわ》す事ができるのか。

対象を愛している筈《はず》なのに、何故傷つける事ができるのか。

美香《みか》とは違ったタイプのストーカーの行動に疑問を覚えつつ、杏里はハッと気付き、俯《うつむ》きながら考え込む。

──傷つけないと愛せない……。

自分の内に湧《わ》き上がる『愛の声』に耳を傾けながら、彼女は自分の足元に向かって独《ひと》り言を呟《つぶや》いた。

「罪歌《さいか》と……同じなのかな」

♂♀

池袋某所《いけぶくろぼうしょ》

ブルースクウェアの一員と思《おぼ》しき少年を追いかけ、町の中を疾走《しっそう》する正臣《まさおみ》。

向こうも追われている事に気付いたのか、正臣の方をちらちらと振り返りながら走り続けていた。

思い出されるのは、かつて正臣を襲《おそ》った、自業自得《じごうじとく》の悲劇。

――足を止めるな。

ブルースクウェアに対して圧倒的な恐怖を感じた事により、大事な人間を助けられなかった。

自分が引き起こした抗争なのに、その中心に飛び込む事ができなかった。

――足を……止めるな！

久方ぶりの全力疾走に、正臣の足は少しずつ悲鳴を上げる。

――くっそ、体育の授業って、結構重要だなオイ……！

高校を辞《や》めた事の弊害《へいがい》の一つを実感した正臣は、それでも止まる事なくブルースクウェアの少年を追い続けた。

そして、少年は繁華街《はんかがい》からだいぶ離れ、人気《ひとけ》の無い場所に来た所で立ち止まる。

「……なんすか、あんた」

首に巻いていたバンダナで口を覆《おお》いながら、正臣に問いかける少年。

正臣は少年から2メートルほど離れて立ち止まり、膝《ひざ》を押さえながら深呼吸した所で口を開いた。

「事情はよく分からないが、さっきの事は礼を言うぜ、ありがとよ」

「……礼を言う為《ため》に、ここまで追っかけてきたって雰囲気《ふんいき》じゃねえっすよ？」

「ああ……違ってたら悪いんだけどよ……。お前……ブルースクウェアか？」

「！」

ブルースクウェアという単語に、僅《わず》かに反応する少年。

「ビンゴみたいだな」

「誰だ、手前《てめえ》」

こちらに対する警戒《けいかい》を増し、敵意《てきい》を膨《ふく》らませながら呟《つぶや》く少年に対し、正臣は呼吸を整え、強い意志の籠《こ》もった目つきで問いかける。

「黄巾賊《こうきんぞく》の次は、ダラーズか？」

「……」

「何を企《たくら》んでやがる。手前《てめえ》らのボスは誰だ？　泉井《いずみい》の野郎《やろう》が院から出てきたのか？」

矢《や》継《つ》ぎ早に問いかける正臣《まさおみ》に、ブルースクウェアの少年はバンダナの下でニイ、と口元を歪《ゆが》め——挑発《ちょうはつ》するような調子で呟《つぶや》いた。

「手前、黄巾賊《こうきんぞく》の関係者か？」

「……だったらどうした」

「もう手前らの時代は終わってんだよねえ。それに、さっきのは上に言われてバーテン服の奴《やつ》を助けただけで、手前を助けたわけじゃねえんだなあ、これが」

「それを聞いて安心したよ。貸し借り無しなら安心してぶん殴《なぐ》れるから、喧嘩《けんか》にならねえうちに質問に答えといた方がいいぞ」

手首を軽くぶらつかせつつ、目つきを徐々《じょじょ》に鋭くする正臣。

「俺《おれ》の方は、ブルースクウェア《お前ら》に恨《うら》みがあって仕方ねえんだからよ」

「おお、おお、怖《こえ》ぇなあオイ。やれるもんなら——」

尚《なお》も笑う少年の視線が、正臣の顔から僅《わず》かにずれる。

そして、少年の言葉の続きは——

正臣の背後で警棒《けいぼう》を振り上げていた、別の少年が呟《つぶや》いた。

「やって……みろやぁッ！」

勢い良く警棒が振り下ろされ、正臣は———

♂♀

都内某所《ぼうしょ》　杏里《あんり》のアパート近辺

「おい、あの放火野郎《やろう》は見つかったか？」

「逃げ足だけは速ぇなぁ、あの野郎」

そんな会話を紡《つむ》ぎつつ、数人の少年達が細い路地をうろついている。

顔にサメの歯をモチーフにしたバンダナや目出し帽《ぼう》を装着しており、誰かを捜《さが》して路地の裏を走り回っていたようだ。

現在は走り疲れたのか、歩《ほ》を緩《ゆる》めながら周囲に視線を向けている。

この周辺の道は繁華街《はんかがい》からはだいぶ離れており、路地裏という単語が似合うこの道には、二十三区内だというのに人通りは殆《ほとん》ど見られ無い。

「青葉《あおば》の奴《やつ》はなんて？」

「あいつもこっちで探してる筈《はず》なんだけどな……」

「おい、車来たぞ。道の端《はし》に寄れ」

そんな事を言いながら、細い道の端に寄る少年達だったが――

細い路地に入ってきたその車は、ヘッドライドを消して徐々《じょじょ》に速度を落としていく。

「？」

車は少年達の直前で止まり、エンジンが完全に停止する。

何かおかしい。

路地の真ん中に車を止める事自体が異常な事だ。

目出し帽《ぼう》を被《かぶ》っている自分達がわざわざ道の端《はし》に寄ったのだから、普通ならば通り過ぎていくのではないだろうか？　何故《なぜ》、わざわざ怪しげな集団である自分達の前に止まる必要が？

そうしたいくつかの疑問を頭の中に渦巻《うずま》かせる間に——少年達の目の前で、車から一人の男が降りてくる。

細身の男だが、街灯の明かりで年齢《ねんれい》や表情などはよく分からない。

だが、男の口の辺りからシャア、シャア、と不気味《ぶきみ》な音が漏《も》れているのを聞いて、少年達は相手の纏《まと》う不穏《ふおん》な空気を感じ取った。

「なんだよ、手前《てめえ》」

少年の一人が問いかける。

すると——細身の男は、躊躇《ちゅうちょ》なく少年達に歩み寄り、肩《かた》を竦《すく》めながら言葉を返した。

「君達さぁ、ちょぉっと道を聞きたいんだけどなぁ」

「道？」

唐突《とうとつ》にそんな事を言われた少年達は、一瞬《いっしゅん》顔を見合わせる。

こんな日出し帽を被《かぶ》ったギャング風の面子《メンツ》に道を尋《たず》ねる人間などいるのだろうか？

明らかに怪しいと、視線を男に戻すのと——先頭にいた少年のこめかみにハイキックが叩《たた》き込まれるのは、全く同時の事だった。

悲鳴を上げる暇《いとま》すらなく、意識を失って崩《くず》れ落ちる少年A。

呆気《あっけ》にとられて硬直《こうちょく》する少年達の前で、男——徒橋《あだばし》喜助《きすけ》は、シャア、と一声笑った後、楽しそうに口を開いた。

「なあ、俺《おれ》に道を示してくれよ」

「聖辺《ひじりべ》ルリを、気持ち良く、キモチヨク愛する為《ため》の道をよぉ」

♂♀

池袋《いけぶくろ》　某所《ぼうしょ》

「……ったく、手間かけさせやがって」

そう呟《つぶや》いたのは、頭から血を流している正臣《まさおみ》の方だった。

警棒《けいぼう》の直撃《ちょくげき》こそは避《さ》けたものの、かすった時に皮膚《ひふ》を少し斬《き》ってしまったようだ。

彼はハンカチで顔の血を拭《ぬぐ》いながら、目の前に転がる二人のブルースクウェアのメンバーに目を向けた。

「しかし、参《まい》ったな。両方気絶とかありえねーだろ……」

決して弱い相手ではなく、喧嘩《けんか》慣れした正臣《まさおみ》とは言え、素早く一人を気絶させなければ二人がかりでやられてしまっていたかもしれない。

だが、二人目まで気絶させてしまったのは想定外の事態であり、話を聞く事は困難になった。

――もたもたしてたら警察とか来ちまうだろうしなあ。

――しょうがねえ。ちょっと借りるぜ。

正臣は少年の一人のポケットから携帯電話を取りだし、メールの発着履歴《りれき》を閲覧《えつらん》する。

想像以上に後ろめたい気分になるが、相手のやり取りを探《さぐ》るには仕方ない。

ブルースクウェアがダラーズに潜入《せんにゅう》して何を企《たくら》んでいるのか、せめてそれだけでも確認しておかなければ。

――こんなんで、帝人《みかど》の奴《やつ》の助けになるとは思わないけどよ……。

そんな事を考えながら、メール履歴の内容を見て――

次の瞬間《しゅんかん》、正臣は全身を凍《こお》り付かせた。

MIKADO　RYUGAMINE

メール履歴の中に——まさに、自分が借りを返そうとしている親友の名を見つけたからだ。
しかも、送信履歴ではなく——ごく最近の受信履歴の中に。

♂♀

竜ヶ峰《りゅうがみね》帝人の元に、ブルースクウェアのメンバーが何人かやられたという連絡が入った時——少年は悲しげな表情を浮かべ、それでも指は事務的に指示を打ち込み続けた。

『園原杏里《そのはらあんり》さんの家の傍《そば》に人数を集めて、警戒《けいかい》を続けて下さい。くれぐれも、園原さん本人には気付かれないように』

帝人は、徒橋《あだばし》達の動きを知っていた。

ダラーズのサイト内で、ストーカー達の動向に気付いた帝人は、そのやり取りされたデータを管理人権限で取得した。合法とは言えず、ウイルスによるハッキングに近い危険な裏技《うらわざ》を使い、帝人は躊躇《ためら》わずにその情報を入手した。

そして、今日の夕方過ぎに取得したデータは――『聖辺《ひじりべ》ルリの知人と思われる人間達のデータ』と称して、セルティのマンションの写真や静雄《しずお》の顔写真などが含まれていたのである。

データと共に、彼らを数人で襲撃《しゅうげき》するという話が持ち上がっていたのだ。

白昼《はくちゅう》堂々とそんな真似《まね》をするはずがない、という常識を、帝人《みかど》はすぐに討《う》ち払《はら》う。これまで覗《のぞ》いてやり取りを見るだけで、彼らが異常であるという事は十分に理解していたからだ。

セルティには即座に警告の電話を入れた帝人だが――

ダラーズの創始者《そうししゃ》としての自分を隠《かく》している杏里《あんり》には、連絡を送らなかった。

変に心配をかける前に、自分達の手で、ダラーズの手で彼女を守る。

そういう名目で、彼は杏里に連絡をしなかった。

静雄についても心配は要《い》らないと思ったものの、何人かをストーカーの阻止《そし》に差し向けた。

だが、それは結局は自分自身への言い訳に過ぎず――

竜ケ峰《りゅうがみね》帝人は、杏里の確実な安全よりも、ダラーズの『理想』を優先したのである。

その事に気付いている者は、帝人自身も含めて誰も存在しなかった。

ただ一人、黒沼青葉《くろぬまあおば》を除いて。

♂♀

——馬鹿野郎《やろう》。

——帝人……。

——何やってんだよ……。

——お前、何やってんだよ、帝人ぉ！

心の中で叫びながら、その衝動《しょうどう》を全身の筋肉に伝え、正臣《まさおみ》はひた走る。

向かう先は、杏里の家のある方角。

走る。

走る。

走る。

自分の内に湧《わ》き上がる衝動を、不安を、怒りを、全《すべ》て足の裏から地面に向けて叩《たた》き出し、身体《からだ》を前へ前へと空気の中に軋ませる。

メールのやり取りから、帝人が彼らに様々な指示を出している事を知った正臣。

ブルースクウェアがダラーズに入り込んだのは知っていた。

帝人にまでその魔手《ましゅ》が伸びる前になんとかせねばと思い、この池袋《いけぶくろ》にまでやって来たというのに——そこで突きつけられた現実は、ブルースクウェアが最初に寄生したのが竜ヶ峰帝人《りゅうがみねみかど》だったという真実だった。

——帝人……。

ブルースクウェアのリーダーは、黒沼青葉《くろぬまあおば》という少年らしい。

だが、彼らに指示を出しているのは、紛《まぎ》れもなく帝人本人だった。

黒沼青葉にそそのかされているのか、あるいは折原臨也《おりはらいざや》が裏で絡《から》んでいるのだろうか。

様々な推測は成り立つが、最終的に指示を出しているのが帝人という事に変わりはない。

——お前、自分が何やってるのか解《わか》ってるのか……!?

帝人はどうやら、ブルースクウェアを手駒《てごま》として、ダラーズの内部にいる不良やチンピラと

いった類《たぐい》の面々を排除《はいじょ》して回っているらしい。

——糞《くそ》……。

原因は分かっている。

五月の連休に起こった、あのＴｏ羅丸《とらまる》との抗争《こうそう》事件だ。

——畜生《ちくしょう》……。

——こんな事になるなら……あの時に俺《おれ》が声をかけてやってれば……。

だが、今更《いまさら》過程について思索《しさく》してもしょうがない。

——自分は安全な所からメールで指示して、王様にでもなったつもりかよ……。

——ゲーム感覚だろうとなんだろうと……

——もう、お前がこっち側に来ちまってる事には変わりねえんだぞ！

正臣《まさおみ》は、今すぐにでも帝人の家に乗り込み、殴《なぐ》りつけてでも帝人の事を止めたかった。

しかし、そうも行かない事情ができた。

——杏里《あんり》が危ないって、どういう事なんだよ。

最後に届いたメールを見て、杏里の名前が出たことに驚き——

どうやら杏里が誰かに狙《ねら》われているらしいと知り、正臣は考えるよりも先に駆《か》け出していた。

——帝人……お前、一体何と戦ってんだよ！

——畜生……。畜生！

彼が怒りをぶつけるのは、自分自身。

自分の臆病《おくびょう》さが許せず、その自分を乗り越える為《ため》に、彼は自分を責めながら走り続けた。

——俺は……なんで……！

——畜生……ッ！

♂♀

杏里《あんり》の自宅側

「……くそ……。危ない所だった」

サラリーマンのような格好をした男が、杏里のアパートの裏で一人呼吸を整える。

――なんとかここまで戻って来たが、見張りはいないようだ。

――慌《あわ》ててどこかに走っていったが、何かあったのか？

――くそ……ライターとオイル缶《かん》を一本落っことしてきちまったな。

――もう奴《やつ》らに拾われてるか……。あのライター、高かったんだが……。

――まあいいさ。予備の火種《ひだね》はまだまだある。

――とっとと仕事を済ませて、泣き叫《さけ》ぶルリ様の顔でも布団《ふとん》の中で想像しよう。

――猫《ねこ》と女子高生が焼け死ねば大きなニュースになるだろうなぁ。

――ルリ様との繋《つな》がりが報道されれば、ルリ様はますます壊《こわ》れて下さるだろうなぁ。

――なんと畏《おそ》れ多い。興奮してしまう！

歪《ゆが》んだ事を考えつつ、彼は通勤鞄《かばん》からオイル缶を取り出し、杏里の部屋の裏側にその中身を撒《ま》き始めた。

火を点《つ》けた後に素早く表《おもて》側にも回り、女子高生が脱出した所でガソリンを頭から浴びせかけ、そのまま猫《ねこ》ごと火を放つ。

――完璧《かんぺき》なプランだ。

男は笑う。

どちらかというと完璧に警察に捕《つか》まるプランではあったが、彼の想像力は既《すで》に欠如《けつじょ》していた。

完全犯罪や確実性云々《うんぬん》以前に――

彼は、自分の行為が犯罪だという認識すらなかったのだから。

――これで、ルリ様はより美しくなるぞ。

油を撒《ま》き終え、火を点けようと懐《ふところ》からマッチを取り出した所で――

彼の鼓膜《こまく》を、状況に全くそぐわない音が震《ふる》わせる。

「ニー」

「、、」

「えッ」

突然背後から聞こえた、緊張感《きんちょうかん》の欠片《かけら》もない声。

それが子猫《ねこ》の鳴き声だと気付いた瞬間《しゅんかん》、彼は慌《あわ》てて背後を振り返る。

すると、そこには一人の少女の姿があった。

「なッ……えッ、あれ？」

「何を、しているんですか……」

少女の手には、ペット用のキャリーバッグが抱《かか》えられており、その隙間《すきま》から顔を出した猫がこちらを向いて無邪気《むじゃき》な声をあげている。

「……ッ！」

それがルリが可愛《かわい》がっている幽平《ゆうへい》の飼《か》い猫、独尊丸《どくそんまる》だと気付いた瞬間——男は懐《ふところ》からガソリンの入ったペットボトルを取り出した。

「や、やや、やあ、ルリ様の為《ため》に、ちょっと焦《こ》げてくれないか？」

焦《あせ》りながらも異常な事を呟《つぶや》き、躊躇《ためら》う事《こと》無くペットボトルの中身を少女に向かってぶちまけようとした。

だが——そのペットボトルに銀色の輝きが染《し》みこみ、男の手から捻《ひね》り落とされる。

「ひッ……？」

そこで、男は気付く。

目の前の少女が、いつの間にか鋭く光る日本刀を手にしているという事に。

更《さら》に、その少女の目が、夕焼けのように赤く紅《あか》く輝いているという事に。

「な、なんだそれ？　に、にに、に、日本刀なんて反則じゃないか、おい？　そんなもん人に向けちゃ駄目《だめ》だとか、お母《かあ》さんに言われなかったのか？」

目の前の男が、怯《おび》えながらそんな言葉を口にする。

杏里《あんり》は無表情で男を見つめながら、ゆっくりと『罪歌《さいか》』を男に近づけた。

何故《なぜ》、自分が焼け死ぬ事がルリの為になるのか全く理解できない。

それ以前に、どんな理由があろうと——初対面の人間と猫を殺そうとする事《こと》自体、まともな人間の思考とは思えない。

——こんな人間でも愛する事ができるなんて、罪歌はなんて凄《すご》いんだろう。

あくまでも客観的にそんな事を考えながら——

杏里は躊躇う事なく、ストーカーの耳に罪歌の切っ先を染みこませた。

「うごッ……あ？　……！？　や、やあががががぁぁぁ？」

恐らく今、男の耳の傷痕《きずあと》から『声』が浸食しているのだろう。

杏里にとってはすでに聞き慣れた愛の言葉の奔流《ほんりゅう》だが、初めて聞く者にとっては世界の全《すべ》てが『声』に塗り替えられるかのような衝撃《しょうげき》を受ける。それほどまでに圧倒的な声の雪崩《なだれ》が、男の精神に『罪歌』の存在を刻み込んでいった。

耳を切られただけにも関わらず、『声』の衝撃だけで意識を失いつつある男に、杏里は冷《さ》めた表情のまま、瞳《ひとみ》に僅《わず》かな怒りの色を見せながら言葉を紡《つむ》ぐ。

「……聖辺《ひじりべ》ルリさんの事は忘れて……岸谷先生を襲った事について、警察に自首して下さい」

杏里《あんり》は、知らなかった。

目の前の男は確かにストーカーなのだが、新羅《しんら》を襲《おそ》った犯人とは別であるという事を。

それ以前に、ストーカーが複数いる事すら、彼女にとっては知りようのない事実だったのだ。

だからこそ、彼女は安堵《あんど》してしまった。

もうこれで、ストーカーの事件は解決したのだと。

故《ゆえ》に——彼女の心に、決定的な隙《すき》が生まれてしまった。


シャア、と、空気が擦《こす》れる音が杏里の背後に響《ひび》き渡る。


杏里は一瞬《いっしゅん》、独尊丸《どくそんまる》がクシャミでもしたと思ったのだが——

音がしたのは、明らかにキャリーバッグと別の方向だ。


「!?」

彼女の全身に悪寒《おかん》が駆《か》け抜け、慌《あわ》てて振り返ろうとしたのだが——

そんな彼女の脇腹《わきばら》に、鋭い蹴《け》りが叩《たた》き込まれた。

鋭い金属音が走り、杏里の身体《からだ》がフワリと宙に持ち上がる。

「ッ……！」

これまで、何度か襲撃者《しゅうげきしゃ》を撃退《げきたい》してきた事のある杏里だが――この瞬間《しゅんかん》に受けた衝撃《しょうげき》は、贄《にえ》川春奈《かわはるな》や植木バサミを持った覆面《ふくめん》の襲撃者の膂力《りょりょく》を大きく上回っていた。まともに相対《あいたい》していればあっさりと刀でさばけたのだろうが、完全に不意をつかれたその一撃《いちげき》を避《さ》ける事は叶《かな》わず、杏里の身体はあっさりと横に吹き飛ばされた。

悲鳴を上げる間もなくアパートの壁に叩きつけられ、肺の中の空気が一気に絞《しぼ》り出される。

キャリーバッグが宙に投げ出されて、中に独尊丸を入れたまま地面の上を転がった。

殺気を感じた罪歌《さいか》が一瞬早く刃《やいば》で脇腹をガードしていなければ、肋《あばら》など軽く折られてしまっていた事だろう。

だが――刃を出したにも関わらず、男の足が切れたような様子はない。

「驚いたなあ……驚いたなあ……おい」

杏里《あんり》に蹴《け》りを叩き込んだ乱入者は、靴先《くつさき》についた刀傷《とうしょう》を見ながら、目を見開いて言葉を紡《つむ》ぐ。

「安全靴じゃなきゃ、斬《き》られてたなぁ……。なんだ、お前？　人間じゃないのか？」

「……」

杏里は声を出せる状態ではなかったのだが、その紅《あか》い瞳《ひとみ》を見て、男――徒橋喜助《あだばしきすけ》は、楽しそうに語り続ける。

「やっぱり、ルリちゃんが人間じゃないから、集まるのかぁ？　人間じゃない奴《やつ》が……」

杏里《あんり》の目に怯《おび》えている様子もなく、あっさりと人間ではないと言い切った徒橋《あだばし》。

彼は杏里に止《とど》めをさそうと、鉄の仕込まれた安全靴《ぐつ》をゆっくりと持ち上げた。

しかし——


「フシャアッ！」


落ちた衝撃《しょうげき》で蓋《ふた》の開いたキャリーバッグから独尊丸《どくそんまる》が飛び出し、徒橋に対して威嚇《いかく》の声をあげてから、逃げる形で反対方向に駆《か》け出した。

「おっと……逃げるなよぉ……」

徒橋はもはや杏里には興味がなくなったとでもいうかのように、彼にとっての最重要課題である『聖辺《ひじりべ》ルリに抱《だ》きしめられた猫《ねこ》』の後を追い始める。

まだ衝撃《しょうげき》による痺《しび》れが取れない杏里の目の前で、徒橋は勢い良く姿を消し——

後には、叫び声をあげようにも喉《のど》が上手《うま》く開かない杏里と、その横で半分意識を失いながら『大丈夫《だいじょうぶ》ですか、母《かあ》さん』と呟《つぶや》く、目を充血で真《ま》っ赤《か》にした男だけが残された。

「じゃ、俺《おれ》らはこれからまた、園原《そのはら》さんのアパートに向かうっす」

そんな事を言いながら、顔にブルースクウェアのバンダナを巻いた少年達が、目出し帽《ぼう》にゴーグルを付けた少年に頭を下げる。

♂♀

――あいつが……黒沼青葉《くろぬまあおば》って奴か。

仲間から敬語を使われている少年を確認し、物陰から静かに睨《にら》み付ける正臣《まさおみ》。

杏里のアパートの傍《そば》まで来た時、たまたま彼らの姿を見かけた正臣は、近くにあった建物の塀《へい》を乗り越え、その裏側に隠《かく》れて様子を窺《うかが》う事にしたのだ。

――この通りって確か、前に杏里が切り裂《さ》き魔《ま》に襲《おそ》われた所だよな……。

ブロック塀の陰に貼《は》り付き、透《す》かしブロックと呼ばれる通風口から道路の様子を窺う正臣。

見つかれば不法侵入で訴えられそうな状況だが、そんな事を気にしている状況ではない。

――よし、あの青葉って奴が一人になったら、とりあえずとっつかまえて話を聞こう。

――いや、待て……思わず隠れちまったが、先に杏里の家に行くべきか？

――でも、今下手《へた》に杏里のアパートに向かうと、連中に見つかっちまうしな……。

数秒迷った結果、杏里《あんり》の無事を確認する方が先だと判断し、見つからないように杏里のアパートに向かおうと試みる。

だが、次の瞬間《しゅんかん》──通りの角から猫《ねこ》の鳴き声が聞こえて来た。

まだ子猫であるそのスコティッシュフォールドは、同種の子猫と比べても速い足取りで、野性味すら感じさせる動きでアスファルトの上を駆《か》けていく。

「お、なんだ？　可愛《かわい》いじゃねえか」

「あれ？　この猫ってよ……」

ブルースクウェアの少年達が、そんな事を呟《つぶや》きながら自分達の間を走り抜ける猫を見送ったのだが──

僅《わず》か数秒後、そんな可愛らしい猫とは一八〇度異なる存在が正臣《まさおみ》の視界の中に現れた。

──ッ!?

細身《ほそみ》だが一目で筋肉質と解《わか》る男が、目をギラつかせながら通りに現れ──

猫を見送っていた少年達の背後に駆け寄り、高々と飛び上がりながら、少年達の一人の首筋《くびすじ》に回し蹴《げ》りを叩《たた》き込んだ。

「邪魔《じゃま》あだあ」

徒橋《あだばし》の不気味《ぶきみ》な声と共に、少年の身体《からだ》が蹴り飛ばされる。

目出し帽《ぼう》の少年を巻き込みながら地面に倒れ、バンダナの少年は即座に意識を失ったらしく、そのままピクリとも動かなくなる。

下敷きになった目出し帽《ぼう》の少年が身体を揺するが、目を覚ます様子はない。

「なッ……なんだぁ！　テメエ！」

残っていた数人の少年達が徒橋の前に立ち塞《ふさ》がる。

その内一人は伸縮型の警棒《けいぼう》を取り出しており、二人で挟《はさ》み撃《う》ちにするように陣取《じんど》った。

「邪魔だなあ。邪魔だなあああ、手前《てめえ》ら」

興奮した調子で叫《さけ》ぶ徒橋は、少年達に恐れる事無く近づき――

警棒を持った少年が武器を振りかぶると同時に、鋭い前蹴りを相手の鳩尾《みぞおち》に突きこんだ。

振り下ろす暇《ひま》など存在しなかった。

客観的に見ていた足が伸びたような錯覚《さっかく》を覚える。

身体をくの字に折り曲げ、顔に巻いたバンダナの間から胃液を噴《ふ》き出し転げ回る少年。

「なッ……」

思わず仲間の方に意識を向けた少年を見て、徒橋がその隙《すき》を逃《のが》す筈《はず》もなく――

その一撃《いちげき》一撃で聖辺《ひじりべ》ルリが苦しむと想像しつつ、恍惚《こうこつ》とした笑みで彼の愛《人体破壊》を実行した。


――やべえな。

——静雄《しずお》や門田《かどた》さん程じゃねぇけど、相当強いぞアイツ。

あっという間に地面に転がされた少年達を見て、正臣《まさおみ》は思わず息を呑《の》む。

あれが杏里《あんり》を狙《ねら》っているという敵《てき》だろうか？

だが、正直言って真正面から挑《いど》んで勝てる相手とは思えない。

——警察に通報して……杏里を避難《ひなん》させるか？

イザという時は、杏里を逃がすまでに自分があの暴漢《ぼうかん》の前に立ち塞《ふさ》がらねばならないと考えつつ、その場から離れようとしたのだが——

そんな正臣の視界の中で、一つの影が走り出す。

最初に別の仲間の下敷きとなった、目出し帽《ぼう》にゴーグルをつけた少年だ。

彼は気絶した仲間を道の端《はし》まで寝かせた後、勢い良く襲撃者《しゅうげきしゃ》に向かって駆《か》け寄り——

格闘技の見よう見まねをしただけに思える、力のまるで入っていないローリングソバットを襲撃者の背中に打ち込んだ。

ポスン、と力無い音が響《ひび》き、襲撃者は首を傾《かし》げながら背後を振り返る。

——なんだそりゃ⁉

——まるで素人《しろうと》じゃねぇか！　あの青葉《あおば》って野郎《やろう》！

正臣は知らなかった。

黒沼青葉は、喧嘩そのものはさして強くないという事を。

ヨシキリと呼ばれる喧嘩《けんか》担当のメンバーがこの場に居れば状況は違ったのかもしれないが、ブルースクウェアの面子《メンツ》にとっては不幸な事に、今日は現場に来ていない。

結果としてこの場で最も喧嘩慣れしているのは、当の襲撃者か正臣のどちらかという状況だ。

そして、正臣は――


徒橋《あだばし》はゆっくりと振り返り、自分に何かしたらしい少年の姿を睨《ね》め付ける。

自分よりも頭一つ分背が低い少年を見て、徒橋はシャア、といつもの笑いを漏《も》らした。

「お前……聖辺《ひじりべ》ルリちゃんに背丈《せたけ》が似てるな。まあ、もちろん胸はねぇけど」

「？」

「よし、お前、今から、ルリちゃんな」

「……？　……ッ⁉」

首を傾《かし》げる少年の喉《のど》を、徒橋の大きな掌《てのひら》が摑《つか》み絞める。

「……ッ！　……！」

「返事しなくていいぞお。男の声が聞こえると、お前がルリちゃんだと思って壊《こわ》せないだろ？」

不気味《ぶきみ》な事を言いつつ、喉を強く絞め上げる。

必死に藻掻《もが》く少年の喉から手を離し、入れ替わりに後頭部に手を当て――

咳《せ》き込もうとする少年の頭を、横にある塀《へい》に思い切り叩《たた》きつけた。

ゴーグルにヒビが入り、少年の鼻柱が折れそうになる。

「ああ、お前が本当にルリちゃんならいいのになぁあぁ」

恍惚《こうこつ》の色を目に浮かべつつ、何度も何度も顔を塀に叩きつける。

最初は手加減しているようで、見た目ほどのダメージは無さそうだったが——徒橋《あだばし》は徐々《じょじょ》に力を強め、興奮と共に叩きつけるペースを上げていく。

目出し帽《ぼう》に血が滲《にじ》み始めたのを見て、徒橋は更《さら》に興奮し、このまま顔面を叩き潰《つぶ》そうかと、一際《ひときわ》大きく振りかぶった瞬間《しゅんかん》——

「警察呼んでる暇《ひま》すらくれねえのかよ、この……サド野郎《やろう》！」

背後に迫っていた男の声と共に、徒橋の股下《またした》が思い切り蹴《け》り上げられた。


それほど足が広げられていたわけではないが、襲撃者《しゅうげきしゃ》の膝《ひざ》の間を擦《す》り抜け、正臣《まさおみ》の爪先《つまさき》が思い切り股間《こかん》に突き刺さる。

「ッッッ!?!?!?!??!!?~~~~~~~~~~~~~~~~~~~~~~~~~~ッ!?!?!!」

何が起こったのか解《わか》らぬまま、その場に蹲《うずくま》る襲撃者。

内臓を直接握《にぎ》りつぶされたかのような痛みが下腹部《かふくぶ》を襲《おそ》い、意識自体が飛びそうになるのをかろうじて耐えている状態だ。

――やったか？

放っておけば黒沼青葉《くろぬまあおば》が殺されると判断した正臣は、警察に連絡する手を止めてそのまま塀を駆《か》け上がり、襲撃者に対して背後から思い切り蹴り上げたのである。

不意打ちとなる一撃《いちげき》で、勝負はあっさり決まったと思われたのだが――

「がぁあああぁッ！」

襲撃者の精神力が痛みを上回ったのか、ふらつきつつも鋭いローキックを正臣の足元に叩き込んだ。

「うおおあああああ!?」

川の濁流《だくりゅう》に足を取られたかのように、半回転しながら地面に転がされる正臣。

「お前も……ルリちゃんの知り合いかぁ？」

激怒しているものかと思ったのだが――襲撃者は、わけの分からない事を言いながら正臣に笑みを浮かべていた。

腿《もも》をガクガクと震《ふる》わせつつも、襲撃者は正臣の腹を右足で押さえ込む。

「お前を殺せば、ルリちゃんすげえ悲しむよなあ？」

「何をわけの解らねえことを！　ルリちゃんってどのルリちゃんだよ……！」

腹を押さえられている為《ため》、襲撃者にだけ聞こえるような小声でうめく正臣。

「ああ……ああ……違うならいいやぁ……」

首を振りながら、尚《なお》もシャア、シャアと笑い、徒橋《あだばし》は言い放つ。

「関係ない奴《やつ》が自分のせいで死んだらぁ、それはそれで優しいルリちゃん悲しむからさぁあ」

——よくわかんねえけど、なんかグスリでもやってんのかこいつ⁉

——つーかヤバいぞマジで！

焦《あせ》る正臣《まさおみ》の上で、男は足に徐々《じょじょ》に体重をかけ始める。

——くそ、やっぱりブルースクウェアの連中なんざ見捨てりゃ……良かった……。

——なんで助けに来ちまったんだろう……な……。俺《おれ》……。

その理由は、自分でも解《わか》っていた。

ここで他人を見捨てたら——二度と、帝人《みかど》や杏里《あんり》の前に、そして沙樹《さき》の前にすら胸を張って顔を出せないような気がしたからだ。誰かと何かを約束しているわけでもないのだが、敢《あ》えて言うならば、彼自身の矜持《きょうじ》が勝手にそういう制約をつけたのかもしれない。

——バカだな俺……さっきの静雄《しずお》の時といい……自殺志願者かよろろロロロ……

正臣の胃液が逆流しそうになった所で、男の背中あたりからパシャリという音が鳴り響《ひび》いた。

「？」

「？」

正臣も襲撃者も音の正体が分からず、一瞬《いっしゅん》きょとんとしたのだが——

次の瞬間《しゅんかん》、男の身体《からだ》から青白い炎《ほのお》が燃え上がり、暗い路地を不気味《ぶきみ》な色に照らし出した。

「ッあああぁあああぁぁぁあがあぁぁッ⁉」

背中から耳にかけて炎があがり、青い炎が徐々《じょじょ》に黄色と赤に変化していく。

そのまま襲撃者《しゅうげきしゃ》は自分の服を脱《ぬ》ぎながら走り出し——何処《どこ》かへと姿を消してしまった。

当然ながら追撃《ついげき》する体力の余裕《よゆう》などなく、正臣は自分が無事だった事に安堵《あんど》の息を吐《は》きながら、何が起こったのかを確認する。

——ッ！

——こいつ……。

そこで目にしたのは、息も絶え絶えといった様子で、アスファルトに四つん這《ば》いになっている目出し帽《ぼう》の少年の姿だった。ゴーグルには細かいヒビが入り、まともに前も見えていない状態だろう。

彼の側《そば》にはライターオイルの缶《かん》が転がっており、手にはジッポーライターが握《にぎ》られている。

——こいつ……。

——なんの躊躇《ためら》いもなくあの男を燃やしやがったのか……？

正当防衛とはいえ、人間にオイルを撒《ま》いて火を点《つ》けるなど、まともな神経でできるとは思えない。知り合いで一人それができる人間を知っているが——オタクであるという事を抜きとしても、やはりまともであるとは言い難い類《たぐい》の男だった。

——まあ、遊馬崎《ゆまさき》さんは門田《かどた》さんがちゃんと頭押さえてるからいいけどよ……。

──こんな奴《やつ》が野放しで、帝人《みかど》を利用しようとしてるってのか……。

「お前が黒沼青葉《くろぬまあおば》だな」

正臣《まさおみ》は四つん這《ば》いになっている少年を睨《にら》み付け、その襟首《えりくび》を掴《つか》みあげる。

「とりあえず、杏里《あんり》の無事を確認するまで一緒《いっしょ》に来て貰《もら》うぜ。杏里を守ろうとしてたってんなら礼は言うけどよ、帝人を利用して何か企《たくら》んでんなら、それなりの覚悟《かくご》はしとけ」

鋭い目つきで、脅《おど》すように言い放つが──

その声を聞いて、目出し帽《ぼう》の少年はゆっくりと正臣に顔を向ける。

信じられないといった調子で、まるで、砂漠の蜃気楼《しんきろう》でも見上げるように。

「？」

首を傾《かし》げ、相手の反応を待つ正臣だったが──

彼は、この『状況』に対してあまりにも無知だった。

先刻、周囲のブルースクウェアのメンバーの態度から、ゴーグルの少年が黒沼青葉だと判断したのだが──正臣は知らなかった。

ブルースクウェアの仲間達は、黒沼青葉に対して敬語など使わないという事を。

知らなかった。

正臣はただ、知らなかっただけなのだ。

その目出し帽の少年が、黒沼青葉ではないという事を。

ブルースクウェアの少年達が敬語を使う相手は、現時点ではただ一人であり――

その『ただ一人』の少年が、正臣の顔を見て、一言だけ呟《つぶや》いた。

「――――……正臣？」

それは、紀田《きだ》正臣が、最も聞きたかった声でもあり――

目の前の目出し帽の下からは、最も聞こえて欲しくない声だった。

――え……。

――みか……ど……？

想像すらしていなかった声。

聞き間違いであってほしいと願うが――

呆然《ぼうぜん》とする正臣に襟首《えりくび》を掴《つか》まれたまま、少年はゆっくりと自分の目出し帽とゴーグルを脱《ぬ》ぎ去り――その下から、血に濡《ぬ》れた懐《なつ》かしい顔が顔を出す。

「正臣《まさおみ》……？　夢じゃ……ないよね？」

「帝人《みかど》……？　嘘《うそ》……だろ？」

襟首《えりくび》から手を離し、思わず膝《ひざ》をつく正臣。

何か言わなければならない。

そう思ったものの、全く想定外だった再会によって正臣の脳味噌《みそ》は真っ白になっていた。

「お前……そんな……なんだよ、それ」

零《こぼ》れ零れに、純粋な疑問だけが口の中から吐《は》き出された。

帝人はハンカチで自分の顔を拭《ぬぐ》い、時々『痛ッ』と反射的に呟《つぶや》いた。恐らく鼻か頬骨《ほおぼね》のどちらか、あるいはその両方にヒビが入っているのだろう。

「お、おい……大丈夫《だいじょうぶ》か!?　病院……そうだ、救急車……」

慌《あわ》てて呟《つぶや》く正臣だが、そんな彼の鼓膜《こまく》に、遠くから近づいてくる車の音が鳴り響《ひび》いた。

一台のワゴン車が道端《みちばた》に止まり、その後部座席から、額《ひたい》にバンダナを巻いた童顔の少年が顔を出し、帝人の元に駆《か》け寄ってくる。

「帝人先輩《せんぱい》！　大丈夫ですか！」

心配そうに叫《さけ》ぶ彼に続いて長身の少年が顔を出し、他《ほか》に倒れていたブルースクウェアの少年達の様子を見に行った
「ああ……僕はなんとか。でも、他のみんなが思いっきりやられてて……」

「顔だけ見ると、帝人先輩も相当なもんですよ……。……それで、こちらは？」

敵意《てきい》が無い事に気付いているのだろう。どうやら正臣の事を『敵』とは判断しなかったようで、訝《いぶか》しげな目で見ながら帝人に向かって尋《たず》ねかける。

「……正臣……。紀田《きだ》正臣君。僕の友達だよ」

その名前を聞いて、少年は僅《わず》かに目を細めて呟いた。

「ああ、貴方《あなた》が……」

少年の声には、いくつかの感情が込められていた。だが、ほんの一瞬《いっしゅん》だけ口元に笑みを浮かべたのを正臣は見逃さなかった
だが、そんな事は今はどうでも良いと、正臣は青葉《あおば》の肩《かた》を借りて立ち上がった帝人に声をかけた。

「お、おい……帝人……？」

そのままあっさりと車に向かおうとしていた帝人だが——

正臣の方を振り返り、少しだけ悲しげな表情で呟いた。

「ごめん……正臣。もう少しだけ、もう少しだけ待って欲しいんだ」

「は？」

悲しげな表情ではあったのだが、悲愴感《ひそうかん》は感じられない。小学校の時、借りていたゲームソフトを返すのを忘れていた、といった時と同じような雰囲気《ふんいき》だ。

「待つって……何言ってんだよ、お前」

何か話をしなければならない。

それは解《わか》っているのに、何から話せば良いのか解らない。

混乱する正臣《まさおみ》を見て、帝人《みかど》は――笑った。

昔と同じように、笑った。

小学校の時と同じように、笑った。

池袋《いけぶくろ》で再会し、『紀田《きだ》君なの⁉』と尋《たず》ねてきた時と同じように、笑った。

笑った。笑った。笑った。笑った。

い、い、い、い、い、い、い、い、い、い、い、い、い、い、い、い、い、い、い、
いつも通りの、昔の帝人と何も変わらない笑顔。

だからこそ、正臣はその笑顔を見て凍《こお》り付き、言葉の続きを吐《は》き出す事ができなくなってしまった。


――本当に……。

――帝人……なのか？

顔面から血を流し、骨に何箇所かヒビが入っているかもしれない状況で、いつもと同じように笑う少年。無邪気《むじゃき》さすら感じさせるその笑顔に、正臣の背筋《せすじ》に冷たい汗《あせ》が浮かび上がる。

家の屋根も吹き飛ぶような台風の中を、雨合羽《あまがっぱ》も纏《まと》わず、いつも通りの笑顔で歩いている。

そんな不気味《ぶきみ》さを、今の帝人の笑顔の中に感じたのだ。

黙《だま》り込む正臣《まさおみ》に、帝人《みかど》はやはり『いつも通りの笑顔』を浮かべたまま、声をかけた。

「もう少しなんだ」

「え？」

「もう少しで、造れそうなんだ。……正臣と園原さんの帰ってくる場所を」

ギチリ、と、正臣は自分の背骨が軋《きし》む音を感じ取る。

それを合図として、冷たい怖気《おぞけ》が足元から背中へと駆《か》けのぼった。

だが、彼はそれでも帝人と何か会話をしなければと、車の方に一歩だけ歩み寄る。

「お、おい……帝人……？」

しかし、帝人はそれ以上立ち止まる事はなく、正臣に背を向けたまま呟《つぶや》いた。

「だから……それまでは、待って欲しいんだ。きっと……園原さんと正臣を助けてみせる。だから、それまでは……まだ、会わない方がいいと思う」

決定打だった。

正臣はそれ以上何も尋《たず》ねる事ができず、その場に呆然《ぼうぜん》と立ち尽くす事しかできなかった。

「ストーカーは？」

「一人は目を真《ま》っ赤《か》にして逃げていきました。もう一人……多分帝人先輩《せんぱい》達をやった奴《やつ》だと思いますけど、車で逃げたみたいです。とりあえず、今の所は杏里先輩は安全かと」

「そう……良かった」

車に乗り込んだ後——帝人は窓から顔を出し、呆然と立ち尽くす正臣に向かって、思い出したように口を開いた。

「ごめん、正臣、一つ……いや、二つだけお願いがあるんだ」

「頼み……？　な、なんだよ！　水くさいじゃねえか！　何でも言ってくれよ！」

——言ってくれ。

——今の状況、お前は望んでないんだろう？

——だから……俺《おれ》に『助けてくれ』って言ってくれよ！

そんな我《わ》が儘《まま》な希望を頭に描く正臣だったが——

帝人は、やはり、やはりいつも通りの笑顔で口を開く。

「この後、園原《そのはら》さんに会うんだろうけど……園原さんには、僕の事は内緒《ないしょ》にして欲しいんだ。ここに居た事も……僕が園原さんを助けようとした事も」

「は……？」

「それともう一つ……その猫《ねこ》を、園原さんに返しておいて欲しいんだ」

帝人の視線に会わせ、正臣が自分の足元に目を向けると——

「ニイ」

人なつっこい顔をした子猫が、いつの間にか正臣の足元に寄り添い、『遊んでよ』とでも言うような態度で靴《くつ》の上をコロコロと転がった。

一体、どれほどの時間、正臣《まさおみ》は立ち尽くしていたのだろうか。

実際には帝人《みかど》達を乗せた車が走り去るまでなので、時間にすれば一分にも満たなかったのだろう。だが、正臣の感覚では数時間経過したような、あるいはそのまま何日も眠《ねむ》りについてしまったかのような『喪失感《そうしつかん》』に包まれていた。

帝人達の車が視界から消えたのと——杏里《あんり》が路地の陰からフラフラと現れたのはほぼ同時の事だった。

「……杏里」

力無く呟《つぶや》いた正臣の顔を見て、杏里は眼鏡《めがね》の奥で目を見開き、足を縺《もつ》れさせながらこちらに駆《か》け寄ってくる。

「紀田《きだ》君……!? どうして……どうしてここに!?」

ほぼ半年ぶりとなる再会に、杏里は驚きを隠《かく》さずに大声を上げた。

正臣はぼんやりと『ああ、杏里の大声なんて初めて聞いたかも』と思いながら、状況を誤魔《ごま》化《か》すような言葉を紡《つむ》ぐ。

「……あ。……ええと……いや、たまたま通りがかってさ」

とても信じられるような言い訳ではなかったが、杏里にとってはそんな事はどうでも良いらしく、笑顔と疑問を織り交ぜながら正臣に問いかけた。

「紀田君……今までどうして……」

だが、その問いを最後まで呟《つぶや》く前に、正臣の足元にいた独尊丸《どくそんまる》が声をあげた。

「ニャウ」

「！　独尊丸……。紀田君、もしかして紀田君が猫を助けてくれたの……？」

そこで杏里は、正臣が何箇所か怪我《けが》をしている事に気が付いた。自分もまだ先刻の後遺症《こういしょう》が残っており万全というわけではないが、正臣の服の腹には靴跡《くつあと》までついており、どう見ても『たまたま猫を拾った』という状況ではなさそうだ。

何が起こったのか聞く前に、とにかく御礼だけでも言おうとした杏里だったが――

「ありが……」

「悪い、杏里！」

「えッ？」

正臣に言葉を遮《さえぎ》られ、杏里は目を瞬《しばた》かせる。

「事情は今度絶対説明する！　だから、まだ……まだもう少しだけ待っててくれ！」

何かの決意に満ちた表情で、それまでの喪失感《そうしつかん》を討《う》ち払《はら》う正臣。

言葉の意味が解《わか》らないといった調子の杏里を見て、正臣は思う。

――ああ、さっきの俺《おれ》、今の杏里みたいな顔してたのかもな。

――御免《ごめん》。本当に御免な、杏里《あんり》。

――だけど……今のままじゃ、杏里と話す資格なんかねえ。

友人と話す事に資格などいる筈《はず》もないとは思いつつも、またも彼自身の矜持《きょうじ》が自分の欲望の邪魔《じゃま》をする。それでも、間違った判断ではないと信じて、正臣は真剣な目つきで杏里に向かって言い放った。

「俺《おれ》は……必ず杏里達の前に戻る。その時、絶対ちゃんと説明するから……御免！」

正臣はそのまま杏里達に背を向け、夜の町を駆《か》け出した。


「え……？　紀田君？　紀田《きだ》く……ッ!?」

後を追おうとした杏里だが、自分の意思でその足を止めた。

彼女の手の先から、僅《わず》かに罪歌《さいか》の刃《やいば》が覗《のぞ》いており――

心の中で、一際《ひときわ》強い『愛の声』が鳴り響《ひび》いたからだ。

――『斬《き》りましょう』『斬りましょう？』『斬りましょう！』
――『愛しましょう！』『愛しましょう？』『愛しましょう』
――『あの子の事も、帝人《みかど》君の事も、みんなみんな大好きなんでしょう？』
――『だから、二人とも――――』

「……ッ！」

杏里は強く頭を振って、身体《からだ》から飛び出しかけた罪歌を無理矢理《むりやり》体内に押し戻す。

──違う……。

──そんなのは……違う……。

自分を含めた世界の景色《けしき》を、『額縁《がくぶち》の奥』に追いやる事で、自分の心を護《まも》り続けてきた杏里。

しかし──帝人や正臣は、その額縁の外──こちら側に確かに入り込んでくる。

だからこそ、少女は不安だった。

彼らを客観的に見る事ができなくなった時。

本当に彼らを自分の世界の一部であって欲しいと願った瞬間《しゅんかん》、罪歌の魔《ま》の手が彼らの手に伸びる事になるのではないかと。

自分の心の奥の罪歌の声を聞き続ける杏里は、その声を聞いているからこそ、怖くて仕方なかったのだ。

もしも自分が誰かを愛してしまった時──自分自身がその罪歌の『声』の一部と成りはてて、大事な人間達を傷つけてしまうのではないかと。

自らを寄生虫と考える彼女にとって、宿主《やどぬし》を失う事こそが、何よりの恐怖なのだから。

そんな不安に襲《おそ》われる杏里《あんり》を気遣《きづか》うかのように——

独尊丸《どくそんまる》が杏里の足元にすり寄って、暢気《のんき》な声でニイ、ニイと泣き続けた。

♂♀

池袋某所《いけぶくろぼうしょ》　ワゴン車内

「ねえ、青葉《あおば》君、頼みがあるんだけどさ」

「なんですか？」

肩《かた》を竦《すく》めながら尋《たず》ねる後輩《こうはい》に、帝人《みかど》は静かに呟《つぶや》いた。

「暫《しば》く、家を出て漫画喫茶《きっさ》とかを転々とすることになると思うから、連絡方法をちょっと変える事になると思う。後でそのあたりの打ち合わせをしておこう」

「家を出る？　どうしてまた」

「……正臣《まさおみ》、下手《へた》したら家に乗り込んでくるかもしれないからさ。……ダラーズの『整理』が落ち着くまでは、なるべく話さない方がいいかなと思って……」

帝人《みかど》は車の外に視線を送りながら、いつも通りの笑顔の中に、少しだけ寂《さび》しそうな色を混ぜて呟いた。

「正臣も園原《そのはら》さんも、できるだけ巻き込みたくないんだ……これは、ダラーズの中だけで解決しなきゃいけない問題だからね」

「園原さんと正臣を誘《さそ》う時には、ダラーズをもっと……」

そこから先は口にせずに、帝人は静かに目を伏せ、微笑《ほほえ》んだ。

正臣や杏里との過去を懐《なつ》かしんでいるのか、それとも、未来の自分達を想像して微笑んでいるのか、あるいはその両方か。

「……」

青葉はそんな帝人の笑顔の中に薄《うす》い狂気を感じつつ、無言のまま自らも目を閉じた。

これから起こりうる様々な未来を予想し——彼もまた、静かに笑う。

もっともそれは、帝人の笑顔とは正反対の、悪意に満ちた微笑みだったのだが。

♂♀

池袋某所

来良《らいら》学園の校舎を遠くに眺《なが》める事ができる、池袋《いけぶくろ》駅側のとある公園。

正臣《まさおみ》は公園の街路樹によりかかりつつ、一人で暫《しばら》く考え込んでいた。

夜も更《ふ》け、人通りも少なくなってきた所で、正臣は携帯電話を取りだし、まずは沙樹《さき》に電話をかける。

そして、今日は帰りが遅くなると伝えた後、正臣は別の番号に電話をかけた。

「……よう。谷田部《やたべ》か？」

『!?　将軍っすか!?』

谷田部と呼ばれた男は、驚きと歓《よろこ》びが入り交じった声を携帯電話越しに響《ひび》かせる。

「将軍はやめろって」

苦笑しながら、正臣はかつての仲間に語りかける。

「なあ……。今、池袋にいるんだけどよ……。久しぶりに、ちょっと会えねえか？　できれば、他《ほか》の面子《メンツ》も呼んでさ……」

『他の面子って……黄巾賊《こうきんぞく》の初期メンバーっすか？』

「ああ。俺《おれ》に言いたい事も山ほどあるだろうからよ……。ぶん殴《なぐ》られるの覚悟《かくご》で、相談したい事があんだよ。……いや、お前らを利用したい、って正直に言った方がいいかな」

『何を水くさい。将軍の我《わ》が儘《まま》には慣れてるっすよ！　それに俺ら、知ってるんすからね！

あの法螺田《ほらだ》って野郎《やろう》、逮捕《たいほ》される前に将軍がキッチリとシメたらしいじゃないっすか！』

懐《なつ》かしい仲間の声を聞き、自然と頬《ほお》を綻《ほころ》ばせる正臣。

半年前までは、二度と組まないと決めていた仲間。

話す事すら避《さ》けた相手なのに、今は何故《なぜ》か昔よりも自然に会話する事ができる。


——なあ、帝人《みかど》。

——お前がそっち側に落ちちまったんなら……。

——絶対に、俺がお前を引き上げてやる。

ぶん殴ってでも引き戻す。ついさっきまでは、そう思っていた。

しかし、実際に帝人に会って、自分の考えの甘《あま》さを痛感した。

帝人はゲーム感覚でダラーズを操っているわけでも、青葉《あおば》という後輩《こうはい》にいいようにされているわけでもない。そして、殴った程度で引き戻せるような状態ではなくなっていた。

助けを求められたわけでもないのに、勝手に相手を救おうと考える。自分の今の心が、善意の押しつけである帝人と同じようなものだという事は、自分でも理解していた。

だが、それに気付きつつも、正臣はその決意を翻《ひるがえ》そうとはしなかった。

——ああ、俺はお前を勝手に助けるぞ。お前がどんなに泣いて嫌《いや》がってもだ。

――俺《おれ》がどうしようもなく我《わ》が儘《まま》だってのは、昔から知ってるだろ？

♂♀

正臣《まさおみ》と帝人《みかど》、杏里《あんり》と正臣。それぞれが刹那《せつな》の再会を果たすも、いまだに三人が揃《そろ》う兆《きざ》しは見られず、それぞれの抱《かか》える理想と不安がお互いの間の溝《みぞ》となる。

池袋《いけぶくろ》の町の中に、小さな不穏《ふおん》の芽を覗《のぞ》かせたまま――

少年少女は、いまだに自分達の帰る場所を見つけられずにいた。

エピローグ＆ネクストプロローグ『表ニ裏ニ狭間 臨也凱旋＠Möbiusloop』

チャットルーム

内緒モード　罪歌【ほんとうに　ありがとうございました】
内緒モード　餓鬼【いいっていいって】
内緒モード　餓鬼【まあ、こっちが先に内緒《ないしょ》モードの使い方覚えるとは思わなかったけど】
内緒モード　罪歌【すみません】
内緒モード　餓鬼【なんで謝るんだい（笑）】
内緒モード　餓鬼【ところで、気になってたんだけど】
内緒モード　罪歌【なんでしょう】
内緒モード　餓鬼【杏里《あんり》ちゃんのハンドルネームさ、それ何て読むんだい？】
内緒モード　罪歌【さいか、です】
内緒モード　餓鬼【どういう意味なの？】
内緒モード　罪歌【ええと　かあさんからきいた　おとぎばなしのなまえです】
内緒モード　餓鬼【ああ、そうなのか……変な事を思い出させちゃったかな？】
内緒モード　罪歌【いいえ　きにしないでください】
内緒モード　餓鬼【おっと、御免《ごめん》ね、ちょっと同僚《どうりょう》に呼ばれたから、そろそろ行くよ】

内緒モード　罪歌【おつかれさまです】
餓鬼【罪歌《さいか》さんと内緒話《ないしょ》をしていました】
餓鬼【それじゃ、他《ほか》の人もこないようですのでこれで】
餓鬼《がき》さんが退室されました。

♂♀

都内某所《ぼうしょ》　粟楠会《あわくすかい》本部
「赤林《あかばやし》さん。大丈夫《だいじょうぶ》ですか？」

「はいはい、今終わりましたよ……っと」

四木《しき》の声に答えながら、携帯電話をパタンと閉じる赤林。

「なにかの取引ですか？」

「まあ、そんな所ですかねぇ。で、四木の旦那《だんな》の御用ってのはなんですかい？」

飄々《ひょうひょう》とした態度で、同じ粟楠会の幹部である四木に問いかける赤林。

ヘラヘラした笑みが特徴的な赤林は、会議室の椅子《いす》に座ったまま飾《かざ》り杖《つえ》でコツコツと床《ゆか》を叩《たた》いている。一方、鋭い目つきが特徴の四木は立ったままで話を切り出した。

「ダラーズについて、何か解《わか》りましたか？」

「まあ、人並みにはねぇ」


ほんの数日前の事——

幹部会議の中で、ダラーズというチームについての話が持ち上がった。

ネット上に形成されるチームというが、その形態を真似《まね》たネット上のチームが麻薬《まやく》売買に手を出したりして、粟楠会の縄張《なわば》りを荒らしているという状態が時折あった。

そこで、その『ダラーズ』というチームが母体となっているのでは？　という疑いがあったのだが——

「ダラーズの件、とりあえず私に預からせて貰《もら》ってよろしいですかねぇ」

と、赤林が自ら名乗りをあげ、その件の担当《たんとう》となったのだ。


「具体的に、彼らは何か特殊な動きを？」

四木の問いかけに対し、赤林は淡々と状況を説明する。

「自浄《じじょう》作用っていうのかねぇ。『邪《ジャ》ン蛇《ジャ》カ邪《ジャ》ン』の連中に調べさせたんだけど、ダラーズの中でもカツアゲだの振り込め詐欺《さぎ》だのやってる連中をダラーズの中から追い出してるって話だよ。今、もっぱらの話題は聖辺《ひじりべ》ルリのストーカーみたいだけどねぇ」

「ああ……風本《かざもと》さんがキレてましたね。自分の部下がストーカー扱いされて、写真付きで噂《うわさ》が広まっていたとかなんとか……」

「私もねぇ、ダラーズと関係ないチャットでまでその写真を見かけて大笑いしましたよ」

「笑い事じゃないでしょう」

呆《あき》れたように呟《つぶや》きながらタバコをふかす四木《しき》に、赤林《あかばやし》は肩《かた》を竦《すく》めて言葉を続ける。

「おっと、確かにそうですねぇ。申し訳ない。……とにかく、今の所はダラーズに関しては問題無いとは思いますけどねぇ」

口ではそんな事を語りつつ、一つの不安要素を口にする。

「この先、自浄《じじょう》作用が進みすぎて、妙《みょう》な宗教団体みたいにならなきゃいいんだけど」

飄々《ひょうひょう》と報告する赤林に、四木は淡々と言葉を返した。

「ま、どうなろうと構いませんよ。問題が起きた時……赤林さん、貴方《あなた》にきちんと対処して頂けるのでしたらね」

「四木の旦那《だんな》こそ、気を付けた方がいいんじゃないですかい？」

「？」

目を細める四木に、赤林はある男について口にする。

「あの情報屋の若造は、貴方《あなた》の管轄《かんかつ》でしょう？」

「……」

沈黙《ちんもく》する四木を横目に、赤林は数時間前の事を思い出す。


右手首にヘビを模《かたど》ったリストバンドを巻いている『邪《ジャ》ン蛇《ジャ》カ邪《ジャ》ン』の連絡員。

そのリストバンドを触《さわ》りながら、連絡員は赤林への個人的な報告を口にした。

――「竜ヶ峰帝人《りゅうがみねみかど》について観察していたんですが、やはり、彼が率先《そっせん》して粛清《しゅくせい》活動を行っているようです。ブルースクウェアらしき存在が動いているのが気にはなりますが」

刑務所《けいむしょ》にいる部下に脅《おど》させ、法螺田《ほらだ》という男からダラーズのリーダーについて聞き出した赤林。どこにでもいるような高校生と聞いて、やはりネット上だけの存在と思っていたのだが、ブルースクウェアの残党と組んで同じダラーズのメンバーを狩っているという話を聞いて、妙《みょう》にその少年の事が気になっていた。

――「それと、直接は関係無いと思いますが……」

――「ダラーズのボスを見張ってた時、『屍龍《ドラゴンゾンビ》』の連中を久しぶりに見かけました」

――「奴《やつ》らも、もしかしたらダラーズを監視《かんし》していたのかもしれません」

――「それと、これも関係あるかは解《わか》らないんですが……」

──「臨也《いざや》を池袋《いけぶくろ》で見かけた奴《やつ》がいまして……どうも最近、何か焦臭《きなくさ》い動きがあるようです」

──「あいつもダラーズの一員だという噂《うわさ》は前々からありますから、何か関係があるのかと」

ダラーズ自体はまだクリーンと言えるのだが、寧《むし》ろダラーズの周辺で奇妙《きみょう》な動きが見受けられる。その事が気になり、赤林《あかばやし》にとってダラーズと竜ヶ峰帝人《りゅうがみねみかど》は『警戒《けいかい》』の対象となっていた。

そして、商売を抜きにして最も気になった報告が──

──「赤林さんが昔世話していた、眼鏡《めがね》のお嬢《じょう》さんがいたと思いますが……」

──「どうも、竜ヶ峰帝人と……恋人関係ではないようなのですが、それなりに仲が良いようだと噂《うわさ》になっています。実際、登下校を共にしている姿も確認しました」

という、赤林にとって極々《ごくごく》個人的な話だった。

園原杏里《そのはらあんり》は、彼の初恋の女性の娘《むすめ》であり、年の離れた妹のように気にかけている。

その少女が、ダラーズのリーダーと関係があるというのは、仕事を抜きにして、個人的に気になる要素だ。

赤林のような性格の人間でなければ、気が気ではなくなっている所だろう。

「……なんだか、池袋の表側も焦臭くなってきたねぇ」

独《ひと》り言のように呟《つぶや》いた赤林の声に、四木《しき》がめざとく反応する。

「何の話ですか？」

「いやぁ、個人的な事ですよ。それより、情報屋の方こそ大丈夫《だいじょうぶ》なんですかい？　ここしばらく行方《ゆくえ》知れずだったのが、不意に戻って来たそうじゃないですかい」

「……ええ、御存知《ごぞんじ》とは思いますが、一応……鎖《くさり》はつけておきましたよ。青崎《あおざき》さんは反対しましたがね」

鋭い槍《やり》を思わせる目つきで答える四木に、赤林は色眼鏡の下でクツクツと笑いながら呟いた。

「そりゃ反対するでしょうよ。青崎さんは、あの『鎖』を自由にするべきじゃないってずっと言ってましたからねぇ」

「私も、埋《う》めるかどうかはともかく……自由にする事には反対だったんですけどねぇ」

♂♀

練馬区《ねりまく》某所《ぼうしょ》　ネブラ医療《いりよう》研究施設

岸谷新羅《きしたにしんら》が意識を取り戻したのは、父親である森厳《しんげん》と、義母《はは》であるエミリアが所属する研究施設のベッド内だった。運ばれてから12時間経過しており、何度か危ない橋を渡ったそうだ。

最初は薄《うす》ぼんやりとした意識しかなく。周囲も新羅《しんら》が目覚めているという事には気付いていなかった。

――なんだろう。

意識は徐々《じょじょ》にハッキリしてくるのに、指先一つ動かせず、毛布と触《ふ》れ合う触覚《しょっかく》だけがぼんやりと身体《からだ》を支配していた。

頭がハッキリするにつれ、自分が身体を動かせない理由を思い出した。

――ああ、そうだ。変なのにやられたんだった。

――あんだけ派手《はで》にガスガス蹴《け》られちゃねえ。

――ん？　あれ？

――なんか、僕のおなかあたりに、柔《やわ》らかいものが乗っかってない？

――重くて柔らかい……。二つの山……。

――こ、これはもしかして……セルティ!?

そこで完全に意識が覚醒《かくせい》して、半ば無理矢理《むりやり》目を開く新羅。

全身から脈拍《みゃくはく》に合わせた痛みが木霊《こだま》するが、そんな事を気にせず視線を自分の臍《へそ》の方に向けたのだが――まず最初に見えたのは、純白のガスマスクだった。

「やっぱりだよ！　期待したらこの始末《しまつ》だよ！」

肺から空気を振り絞《しぼ》って叫《さけ》ぶ新羅。

その勢いで気管が急激に震《ふる》え、胸元が苦しくなって咳《せ》き込んでしまう。

身体が揺れた事に合わせ、白いガスマスクが蠢《うごめ》いたのだが――

――あれ？

――ガスマスクの位置がなんか変……。っていうか、父《とう》さんじゃない？

ようやく視界もハッキリしてきた所で、ガスマスクの主が父親ではなく――

森厳の再婚《さいこん》相手である、エミリア岸谷《きしたに》だと気が付いた。

顔からずれたガスマスクがたまたま新羅の方を向いていただけのようで、当のエミリアは気持ちよさそうに寝息を立てている。

どうやら看病《かんびょう》をしている間に眠《ねむ》ってしまったようで、新羅の胸板を枕にするように寝てしまっている。

――なんだ、エミリアさんか。

――セルティにしては胸が大き過ぎると思った。

――っていうか、肋《あばら》折れてるのに……重くて痛いんだけど……。

普通の男ならば、エミリアの大きな胸に触《ふ》れているという状況に興奮してもおかしくないのだが、義理の母であるという事と、彼女がセルティではないというガッカリ感から、新羅は頬《ほお》を染める事すらしなかった。

あまつさえ、とっととどいて貰《もら》おうとエミリアの身体を揺すり出す。

「義母《かあ》さん、起きて起きて！　セルティは何処《どこ》ですか？」

「……ウフフウ、森厳《しんげん》さん、それロンでございますです。ロイヤルストレートフラッシュです。脱衣《だつい》を要求しますです」

「何の寝言!?　……ッ！　アイタタタタ……」

痛み止めが切れかけているようで、全身のあちこちの骨や筋肉から悲鳴が上がり始める。

半分エミリアを起こすのを諦《あきら》めかけた所で――

部屋の扉《とびら》が勢い良く開き、セルティが中に飛び込んできた。

「わああ!?　セルティ!?　違うんだ！　これ、起きたらエミリア義母さんがこんな状態になってて……！」

ラブコメ漫画ならば嫉妬《しっと》に狂ったセルティに刺《さ》されてもおかしくない光景だ。寧《むし》ろ、漫画でなくても普通にセルティに刺されかけないと、新羅《しんら》は必死に弁解しようとしたのだが――。

セルティは新羅に駆《か》け寄り、エミリアの上から新羅の首筋に抱《だ》きついた。

「むぎゅふッ!?」

かなり無理な姿勢で抱きしめられ、新羅の全身が軋《きし》みをあげる。

だが、新羅は幸せそうな笑顔で頬《ほお》を染め、低下していた血圧を急上昇させていく。

『今、新羅の声が聞こえて……。良かった……本当に良かった……！』

ＰＤＡを見せつつ、新羅の頬をさするセルティ。

どうやらエミリアの事は眼中に無いようで、純粋に新羅の回復を喜んでいた。

『本当に心配したんだぞ！　新羅がもしも死んだらと思うと……私は自分の首の代わりに新羅の首を持って故郷に帰っていたかもしれない……』

「……それ、本気なのか冗談《じょうだん》なのか良く解《わか》らなくて怖いよセルティ」

苦笑いをしつつも、新羅は、心の底から歓《よろこ》び——

全身の骨が悲鳴を上げるのも構わず、腕《うで》を振り上げてたセルティの身体《からだ》を抱きしめ返した。

もっとも、その無茶により入院日数が５日伸びる結果となったのだが。


互いの無事を一頻《ひとしき》り歓《よろこ》び合った後、新羅は改めて一つの事を問いかける。

「結局、ストーカー騒《さわ》ぎってどうなったの？」

『……良く解らないんだが、一人が自首したのと、何人かが静雄《しずお》に叩《たた》きのめされたあげくに逮《たい》捕《ほ》されて、芋蔓式《いもづるしき》に犯人が捕《つか》まったらしい』

ストーカーが複数存在した事など、驚くべき内容がいくつかあったものの——セルティが一番気にしてたのは、まだ主犯の徒橋《あだばし》という男が捕まっていない事だった。

『どうやらそいつが、新羅を襲《おそ》ってこんな目に遭《あ》わせた奴《やつ》らしい……』

セルティは淡々とＰＤＡに文字を打ち続けるが、セルティの感情を読み取れる新羅は、少しだけ心配そうに問いかける。

「セルティ」

『なんだ？』

「つまらない事で人殺しになったりしちゃ駄目《だめ》だよ」

――お前が殺されかけたんだぞ！　つまらない事などあるか！

そう言いかけたセルティだが――新羅《しんら》の意図を察して、冷静に文字を綴《つづ》る。

『安心しろ。探し出すつもりだが、殺したりはしないさ』

そして、ゆっくりと立ち上がりながら――やや後ろめたそうに最後の言葉を打ち込んだ。

『ただ……傷つけないまま警察に突き出す自信もない』


これは、たわいもない事件となる筈《はず》だった。

だが、事件はセルティの中の思わぬ『弱さ』を露呈《ろてい》した。

対《たい》物質ライフルで撃《う》たれても、無数の妖刀《ようとう》に襲《おそ》われても、白バイの襲撃《しゅうげき》を除いては殆《ほとん》ど心を乱す事の無かったセルティだが――

新羅が襲われたという事実の前に、彼女は周囲の人間達が想像した以上に打ちのめされていたようだ。事実、新羅がここに運ばれ、意識を失ってから目を覚ますまでの間、セルティは何をする事もできず、影の鎌《かま》を出す事すら不安定な状態となった。

話を聞いた森厳《しんげん》は、『君の新羅への愛は、やはり通常の人間同士の恋愛感情とは少し違うものなのかもしれないな。良く言えば、君の愛は、人間以上に純粋なのかもしれん』と呟《つぶや》き、新羅の無事を確認した後で研究所の外に去っていった。

セルティは自分のそんな『弱み』と共に、心の中に湧《わ》き上がる一つの変化に気付いていた。

——初めてだ。

……人間を……心の底から殺してやりたいと思ったのは。

——だけど……本当に許せないのは、私自身の弱さだ。

新羅を守れなかったという事実に対する後悔と無念は、彼女の中に一つの楔《くさび》となって残り続ける事となる。彼女はその楔を抱《かか》えたまま、ネブラの研究医療棟《いりようとう》を後にした。

——新羅にああは言ったが……。

——本当に徒橋《あだばし》という奴《やつ》を目の前にした時……。私は理性を保てるのか……？

——うっかり影の鎌を刃止めせずに、そのまま身体《からだ》を両断してしまうんじゃないか？

——駄目《だめ》だ……。自分でも自信が持てない……。

そんな事を考えながら、セルティは夜の町を疾走《しっそう》する。

悩みながらバイクを駆《か》る自分自身の姿が——数日前から、何者かに観察されているとも知らぬまま。

♂♀

池袋《いけぶくろ》　高級車内　後部座席

「如何《いかが》ですか？　矢霧《やぎり》さん」

好々爺《こうこうや》という単語が似合いそうな初老の男が、軽やかな笑みと共に呟《つぶや》いた。

高級車の後部座席に座るその男は、隣《となり》に座る矢霧清太郎《せいたろう》に問いかける。

「なるほど、想像以上だ。テレビなどに映っている限りでは、衝動《しょうどう》に任せて暴れる類《たぐい》の怪物だと思っていたが……」

「個人的には聖辺《ひじりべ》ルリの方を買って頂きたかったんですが、ストーカー連中の方は不発に終わったようで、私としても頭を抱《かか》えている所なのですよ」

大仰《おおぎょう》に悲しみのジェスチャーをするものの、どこまでが本心なのかは解《わか》らない。

清太郎は実際に車の窓の外を通り過ぎていったセルティと、車載《しゃさい》モニターに映されたここ数日のセルティの映像を見つつ、清太郎は深く息を吐《は》き出しながら語り出した。

「確かに、私自身も聖辺ルリの異常性を見られると思っていたのだが……。いや、あの首無しライダーの状態は思った以上に私の好奇心《こうきしん》を刺激したよ」

「ほほう？」

「是非《ぜひ》とも、欲しくなったな」

「かつて首を手にしていた貴方《あなた》が、今度は身体《からだ》を欲しがるんですか？　浮気性が許されるのはそれこそ妖精《ようせい》だけですよ」

笑いながら言う澱切《よどぎり》に、清太郎は静かに呟いた。

「全部だ」

「はい？」

「今回の君のプロモーションに引っかかった、デュラハンの肉体に、妖刀《ようとう》に取り憑《つ》かれた少女。そして聖辺ルリ。更《さら》に言うなら、私の姪《めい》が持ち逃げしているデュラハンの首……その全てが欲しい、私はそう言っているのだよ」

清太郎は首をゴキリと鳴らし、モニターに映るセルティの身体を見て、トンボの羽をもぎる子供のような目で呟いた。

「身体の方は首を探すのを諦《あきら》めたそうだが……。ものの試しに、首と身体を引き合わせてみたくなった。もちろん、こちらで身柄《みがら》を確保した上でな」

「……これはこれは、浮気性ではなくハーレム主義者でしたか」

楽しそうに腹を揺らす澱切に、清太郎は鼻を鳴らして口を開く。

「下らんジョークはいい。君は私に協力できるのかできないのか、それだけ答えたまえ」

「努力は致しましょう。あのデュラハンも妖刀《ようとう》使いも、ストーカー事件の黒幕が私だと知れば、向こうからこちらを探しに来るでしょうからねえ」

「自分自身をエサに釣《つ》りをするとは、物好きな男だ」

呆《あき》れた調子の清太郎《せいたろう》に、澱切《よどぎり》は軽やかな笑みを絶やさず答え続ける。

「異形《いぎょう》を扱い、殺し、売り飛ばすには、自分自身をエサにするのが一番いいんですよ。徒橋《あだばし》君から私の名前が出れば、彼女は私を必ず追ってくるでしょう。追いすがるでしょう、追い詰める事でしょう。その時こそ、我々の腕《うで》の見せどころという奴《やつ》ですよ」

そこまで勢い良く喋《しゃべ》った所で、照れたように頭を掻《か》きながら呟《つぶや》いた。

「夕べから徒橋君の行方《ゆくえ》が解《わか》らなくなっているのが、ちょっとした計算違いなんですけどねえ」

「……」

「ま、犯人の検討はついているんですが……。どうも私に刺《さ》された事を根に持っているようでしてねえ。まだ若いのに過去に縛《しば》られるとは宜《よろ》しくないですなあ。ハハハ」

清太郎は、相手がどこまで冗談《じょうだん》なのか本気なのか解らず、隣《となり》に座る男の顔をじっと睨《ね》め付けたのだが——ふと、あることに気付いて訝《いぶか》しげに問いかける。

「しかし、君は以前新聞で見た時と顔が違うな。整形したのかね」

「ええ、まあ……。粟楠《あわくす》会と警察に追われているわけですからねえ。顔ぐらい変えないとやってられませんよ。ハハハ」

柔和《にゅうわ》な笑みを浮かべる男を哀《あわ》れむように眺《なが》めた清太郎は、それ以降この件について気にする事はなくなった。

ただし——これは、清太郎の預かり知らぬ事だが——

かつてヴァローナ達に粟楠茜の誘拐事件を依頼した男と、今、清太郎の横で喋っている男は、顔も声も全く違う別人だった。

更《さら》に言うならば——もしも清太郎が、数日前の澱切と徒橋の電話を聞いていたのならば——その声が、隣《となり》に座っている男の声と全くの別物だという事にも気付いた事だろう。

そんな事実など預かり知らない清太郎は、さして隣の男に警戒《けいかい》することもないまま、ガスマスクをつけた友人との会話を思い出した。

ほんの一日前——

彼の息子《むすこ》が大怪我《けが》をした瞬間《しゅんかん》に掛かってきた電話の内容を。

——『やってくれたな』

——「相変わらず勘《かん》の鋭い奴《やつ》だな。だが、私は何もしていないぞ？」

——『何が起こるか解っていて止めなかったのならば同罪だ。息子がこんな事になった以上、友人として君にできる事はただ一つ……思い切りぶん殴《なぐ》ってやる事だけだ』

——「友人のよしみだ。今度会った時、一発だけ殴《なぐ》らせてやろう。ただ、それ以上はお前といえども何もさせる気はないがね」


そのまま電話を切ってしまったが、今のところ再度連絡してくる様子はない。

だが、森厳《しんげん》の事を良く知っている清太郎《せいたろう》は、彼がそのまま引き下がるような男ではないという事も理解していた。その上で、彼は自分の欲望を優先し、澱切《よどぎり》との歪《ゆが》んだ取引に身を投じたのだ。

横に座る男よりも、寧《むし》ろ森厳の妨害《ぼうがい》を警戒《けいかい》していた清太郎は、不敵《ふてき》な笑みを浮かべながら親友の一手を予測する。

「奴《やつ》は手段を選ばない男だからな。何を仕掛けてくるつもりなのやら……」

♂♀

一日前　楽影《らくえい》ジム
実際、親友への電話を終えた森厳の行動は速かった。

躊躇《ためら》う事なく目的地を設定し、清太郎との電話を終えたその足で直接現地を訪れ——自信に満ちあふれた声をガスマスクの奥から響《ひび》かせる。

「とある事情から、長年の親友を一発殴《なぐ》る事になったのだが、私はハッキリ言って人を殴った経験などないのでな！　簡単に覚えられる必殺パンチを教えて欲しいわけだ！」

「帰れ」

突然ジムにやってきた白いガスマスクの男に、写楽影次郎《しゃらくえいじろう》は頬《ほお》を引きつらせながら呟《つぶや》いた。

だが、森厳もそれで諦《あきら》めはせず、懐《ふところ》からサイフを出して交渉を開始する。

「金ならある！　金ならあるんだ！　疑うのなら、札束《さつたば》で君の頬《ほお》を叩《たた》く事も厭《いと》わん！」

「俺《おれ》が嫌《いや》だよ！　つーかもうそれを必殺パンチにすりゃいいだろ。はい終了終了。帰れ」

「くッ……こうなれば、私も手段を選ばぬ男と呼ばれた身だ……」

「……何する気だよ」

警戒するインストラクターに顔を寄せ、森厳は耳打ちするような形で呟いた。

「君がこのガスマスクを被《かぶ》り、私になりすまして清太郎の奴《やつ》に全力のロシアンフックをお見舞いしてやるのだよ！　どうかね！　完璧《かんぺき》な作戦だろう！　報酬《ほうしゅう》は支払《しはら》う！　現金で10万！」

「……ちょっと魅力的《みりょくてき》に思えて来たな……グボッ⁉」

心が傾きかけた影次郎の頭に、鋭い手刀《しゅとう》が叩き込まれた。

「馬鹿な会話してないで、私はもう上がるから、後は頼むよ兄貴《あにき》」

見ると、男勝《まさ》りな雰囲気《ふんいき》の若い女が、影次郎《えいじろう》を蔑《さげす》みながらジムの外に出て行こうとしている。

「おい、美影《みかげ》ぇ！　お前、もうちょい兄貴《あにき》に対する敬意ってもんを……。つーか、飯《めし》は？」

「食ってくる」

ザンギリ髪《がみ》やシャツの隙間《すきま》から見える割れた腹筋などが特徴的で、顔や適度に膨《ふく》らんだ胸を見なければ男と間違えられても不思議ではない外観だ。良く言えばスポーティーな娘《むすめ》とも言えるのだが、『男勝り』と言った方がしっくりと来るだろう。

そんな女が出て行ったのを見送った後、影次郎は改めて溜息《ためいき》を吐《は》き出した。

「ったく、最近あいつ夜は早くあがりやがるんだよな。絶対男ができたんだぜ男。って、初対面のアンタにこんな話してもしかたねえか」

「ふむう……詳《くわ》しい事情は知らないが、一つだけいいかね？」

「なんだよ」

真剣な声を出すガスマスクの男に、影次郎は息を呑《の》みながら言葉の続きを促《うなが》したのだが――

「私になりすますのは、今のボーイッシュガールでも何も問題はないというか、寧《むし》ろ女性が私に変装して他人を殴《なぐ》るというプレイに倒錯《とうさく》的興奮を覚えるのだが……どうかね？」

「帰れぇ！」

「まあ待ちたまえ、実は息子《むすこ》が怪我《けが》をして入院していてな。見舞いに来た父親が若い女になっていたという事になれば、わりとサプライズで回復が早まるのではないかと思うのだが、ここは一つ人助けと思って……」

「か・え・れぇッ！」

♂♀

池袋《いけぶくろ》の格闘技ジムで、そんな漫才《まんざい》もどきのやり取りが行われた少し後——

背中から耳にかけて火傷《やけど》を負った徒橋《あだばし》が、這々《ほうほう》の体《てい》で自宅の前へと辿《たど》り着いた。

車を駐車場《ちゅうしゃじょう》に置き、背中の痛みに苛立《いらだ》ちを覚えながらマンションの入口へと向かう徒橋。

苛立ちの理由は、痛みだけが原因ではない。

聖辺《ひじりべ》ルリへの崇高《すうこう》な愛を、他者によって妨害《ぼうがい》されてしまった事。

更《さら》に言うならば、今しがた車内のテレビで流れた、聖辺ルリの事務所の記者会見も原因の一つだった。

何しろ、徒橋が今後マスコミに送ろうとしていたルリの『写真』が、彼が送るよりも先にテレビ画面に映ってしまっていたからだ。

『ネット上で、聖辺ルリの新作映画の撮影画像が流出！　アダルト映像を漁《あさ》った結果、マックス社長のコンピューターがウイルス感染したのが原因か！』

そんなテーマでニュースが流れ、あの衝撃《しょうげき》的な写真は、現在極秘制作中のホラーサスペンス映画のワンシーンという事にされてしまっていた。

──畜生《ちくしょう》……。何だそりゃ。

──どいつもこいつも……俺《おれ》とルリちゃんの愛を邪魔《じゃま》しやがって……。

苛立《いらだ》ちと欲求不満が募《つの》り、『誰でもいいから破壊したい』という思いが鎌首《かまくび》をもたげる。

ギリ、と歯を擦《こす》り鳴らした徒橋《あだばし》の視界の中──マンションの階段の前に立つ、一人の男の姿が目に映った。

まだ若い男のようだが、階段の灯《あか》りの影に立っており、顔などは良く解《わか》らない。

「……」

流石《さすが》に自分のマンションの前で事件を起こすのは不味《まず》いと判断するだけの理性はあったのか、必死に欲求を抑えながら、男の横を通り過ぎようとする徒橋。

だが──そこに立っていた男の方が、息を荒げる徒橋に声をかけてきた。

「よお。なんか火傷《やけど》してんな、お前。髪《かみ》の焦《こ》げた臭《にお》いがひでえもんだ」

「……？」

「その火傷、もしかしてライターオイルか火炎瓶《かえんびん》で焼かれたのか？　あれ、最初は熱くねえが、服に燃え移ってからがヤバイんだよなあ。……ところでそれ、誰にやられたんだ？　まさか、糸目のオタク野郎《やろう》じゃねえだろうなぁ？　ひゃッ……ハヒャヒハハハハッ！」

軽薄《けいはく》な調子で手をパンパンと叩《たた》き、わけの解らない事を口にする男。

徒橋は眉《まゆ》を顰《ひそ》め、単純に決意した。

――蹴《け》り壊《こわ》す。

背中の痛みに耐えながら、手加減の無い前蹴りを男めがけて叩《たた》き込み――

次の瞬間《しゅんかん》、派手《はで》な音と共に――徒橋の足が歪な方向に折れ曲がった。

「!?　ッ!?!?　がああッがあああがッ!?」

男の左手には硬質ゴムの太いハンマーが握《にぎ》られており――徒橋の前蹴りに合わせて、その足めがけてハンマーを勢い良く振り下ろした。それが、今の一瞬《いっしゅん》に繰り広げられた光景だ。

悲鳴をあげて地面を転がる徒橋を見て、男は恍惚《こうこつ》とした表情で笑う。

聖辺《ひじりべ》ルリの写真を蹴り破く時の徒橋と同じような微笑《ほほえ》みだ。

痛みに呻《うめ》きつつ、徒橋は街灯《がいとう》に薄《うす》く照らされる男の顔を睨《にら》み付ける。

まだ二十歳《はたち》になるかならぬかといった年頃で――顔の右半分から右腕《うで》の先までを覆《おお》う、色濃《こ》い火傷の痕《あと》が特徴的な男だった。

「ころ……す……」

呻《うめ》きながらも、必死でその男に手を伸ばす徒橋だったが――

後頭部に強い衝撃《しょうげき》を受け、彼の意識はあっという間に闇《やみ》の中へと吹き飛ばされてしまった。

悲鳴が消えたマンションの前で、一人の女が声を上げる。

「何を遊んでんだよ。少年院に逆戻りしたいのかい？」

ザンギリ髪《がみ》が特徴のボーイッシュな女——写楽美影《しゃらくみかげ》は、ハンマーを持った男相手に呆《あき》れ半分に問いかけた。足元に転がる徒橋《あだばし》は、彼女が頭部に放《はな》った蹴《け》りによって完全に昏倒《こんとう》している。

「うるせぇなあ……手前《てめえ》らに指図《さしず》される覚えはねぇよぉ。……ハハッ。ハハハハハハハハハ！ヒぃハハハハハハハハハハハッ！　ハハハハハハハハッ！」

一体何が可笑《おか》しいのか、狂ったように笑い続ける火傷《やけど》の男。

そんな彼の背後から、骨柄《ほねがら》のライダージャケットを纏《まと》った数人の男達が現れ、気絶した徒橋の身体《からだ》を抱《かか》え上げる。そのまま駐車場《ちゅうしゃじょう》に停めてあった一台の車に運び込むと、何事も無かったかのように駐車場から走り去った。

「まあいいさ。アタシらもとっとと行くよ」

笑い続ける火傷の男を促《うなが》し、美影達もまた駐車場を後にした。

マンションの入口に、ほんの僅《わず》かな徒橋の血痕《けっこん》だけを残したまま。

♂♀

チャットルーム

しゃろ【で、そのガスマスクのオッサンを追い出すのに30分も掛かっちまって】
クロム【災難《さいなん》でしたね】
サキ【白いガスマスクって凄《すご》いですね】
甘楽【本当にそんな人居るんですかぁ？　しゃろさん、話作ってません？ｗ】
しゃろ【いや、マジですって】
参【見たかったです】
参【居残り練習してれば良かったです】
狂【まさに現代の都市伝説。黒い首無しライダーと並ぶ怪人の双璧《そうへき》として、怪奇《かいき》ガスマスク人間として噂《うわさ》を広めるべきですわ。正体は恐らくガス人間。マスクを取ると体がガス化して空気の中に霧散《むさん》してしまうのです！】
甘楽【こわーい！】
クロム【ていうか、昔『ガス人間第一号』って映画ありましたよね】
甘楽【へー、クロムさんって映画とか好きなんですか!?】
クロム【まあ、一通りは】
しゃろ【ガス人間て凄《すご》い昔の映画だったような……】
甘楽【じゃあ、今度オススメの映画教えて下さいよう！】
クロム【そうですねぇ】

・・・

♂♀

池袋某所《いけぶくろぼうしょ》　高層マンション最上階

矢霧波江《やぎりなみえ》は、驚愕《きょうがく》していた。

全身を強《こわ》ばらせ、思わず手にしていた書類を取り落としそうになる。

会社勤めをしていた頃は冷徹《れいてつ》な女として有名な彼女だったが、思わず涙《なみだ》すら流しそうになっていた。

彼女の目に映るのは、机の上に並べられたノートパソコンと、小型のネットブック。

そして、その二台のキーボードで交互に指を滑《すべ》らせる一人の男の姿だった。

二つの画面には、それぞれ同じチャットルームが映し出されている。

片方のチャットルームでは【クロム】として、もう片方では【甘楽《かんら》】としてログインし、自分自身と会話を続け、あまつさえ鼻唄《うた》さえ歌っている一人の男を見て、波江は初めて目の前の男に同情しそうになってしまった。

——友達がいない奴《やつ》だとは思ってたけれど……。

——とうとう、チャットで一人会話まで……。

見なかった事にしようと考え、首を振りながら背を向けたのだが——

一人二役でチャットをこなしていた男——折原臨也《おりはらいざや》が、楽しげな調子で波江に語りかける。

「ははーん。さては友達がいない奴が変な事を始めた、って思ってるのかな？　波江さん」

「変な事じゃないわ。可哀相《かわいそう》な事よ」

「何とでも言えばいいさ。ネット上でいくつもの人格を持ってると、印象操作をするのに色々と便利なんだよ……っと」

それぞれのハンドルネームで退室の挨拶《あいさつ》と手続きを行い、ノートパソコンを閉じてから立ち上がる。

「それに、友達がいないなんて心外だな。俺《おれ》は世界中の人間を愛してるし、みんな友達であり恋人だと思ってるよ？」

「その一方的な愛の押しつけ、まるでストーカーの発想ね」

「えぇー？　君がそれを言う？」

肩《かた》を竦《すく》める臨也《いざや》に、波江は冷《さ》めた目つきで問いかける。

「そもそも、池袋《いけぶくろ》にこんな大きな部屋を借りてどうするつもりなのよ。あなた、今度こそあのバーテン服の奴《やつ》に殺されるわよ」

バーテン服と聞いて一瞬《いっしゅん》嫌《いや》な顔をするが、すぐに気を取り直し、臨也《いざや》は自分なりの言葉で説明を始めた。

「そうだね……。この町に戻ってきた目的は、悩める青少年達に安堵《あんど》のない生活の提供、かな」

「はあ？」

「安堵、っていうのは人の成長を止めるよ。例えば新羅《しんら》だ。どんなトラブルに巻き込まれても、最後にはセルティやシズちゃんが現れてなんとかしてくれるだろう、みたいな安堵を抱《いだ》いてるから、今回みたいな時に対処《たいしょ》できなくなって入院するハメになる。でも、俺《おれ》はこれからは友達にもガンガン厳しくしていこうと思うんだ。友情故《ゆえ》にね。新羅から入院したぞって電話が掛かってきても、『あ、そう』って言って電話を切ってやるつもりさ」

「厳しいっていうか、ただの嫌《いや》な奴じゃない。それに、そもそも、あんたなんかに電話しないんじゃないかしら？」

波江《なみえ》の指摘を黙殺《もくさつ》し、そのまま机に寄りかかり——部屋の中を見渡しながら口を開いた。

「もちろん、俺はこの部屋にいるみんなの事も友達だと思ってるよ？」

部屋には——様々な人間が存在していた。

本棚《だな》の横に佇《たたず》み、臨也に殺意の視線を向け続ける娘《むすめ》がいた。

背骨のプリントされた『屍龍《ドラゴンゾンビ》』の革《かわ》ジャンを身に纏《まと》う数人の男女がいた。

艶《つや》のある黒髪《かみ》を腰《こし》まで伸ばし、瞳《ひとみ》を紅《あか》く染めて微笑《ほほえ》む女がいた。

体中に包帯《ほうたい》を巻いた身長2メートルを超す大男がいた。

足を折られ、気絶したまま床に転がっている細身の男がいた。

部屋の入口付近に佇む、明らかにカタギとは思えないスキンヘッドの男が居た。

他《ほか》にも一癖《ひとくせ》も二《ふた》癖もありそうな男女が、それぞれ違う表情で臨也の言葉に聞き入っている。

そんな中、顔に火傷《やけど》の痕《あと》がある男が、凶的《きょうてき》な笑みを浮かべて臨也に語りかける。

「俺《おれ》は手前《てめえ》と友達になった覚えはねぇなあ……。俺はあれだ。遊馬崎と門田の野郎をぶち殺して、青葉の奴もぶち殺して、紀田正臣もぶち殺して、お前も最後にぶち殺せればそれでハッピーって思ってるだけだ」

「やめなよ、泉井《いずみい》」

横に立っていた写楽美影《しゃらくみかげ》が窘《たしな》めるが、火傷の男——泉井蘭《らん》はなおも呟《つぶや》き続ける。

「そうだ……遊馬崎《ゆまさき》……遊馬崎だよ……あのオタク野郎《やろう》……絶対にぶっ殺して……俺の顔と同じようにあのニヤケ面《づら》を丸焼きにしてやる……。ハハッ……ハハハハハ、ハハハハハッ！」

ブツブツと呟いてから唐突《とうとつ》に笑い出す泉井を、周囲の人間達は思い思いの目で見守っていたのだが——臨也は、そんな泉井にも笑顔を向けて口を開く。

「蘭君は相変わらず可愛《かわい》い名前なのに発想が過激だなあ。そういう所も人間らしくて実にいい」

そして、一瞬の間をおいて、部屋の中にいる全員に向けて両手を広げて言い放った。

「ようこそ、ダラーズへ。ダラーズは、君達を平等に歓迎するよ」

、、、、、、、、、、
臨也《いざや》はそのまま壁一面の窓ガラスに向き直り、外に広がる池袋《いけぶくろ》の町並みを感慨《かんがい》深げに見下ろした。本棚《だな》の影に立つ娘《むすめ》が「狙撃《そげき》されろ」と吐《は》き捨てたが、臨也はそんな呪詛《じゅそ》の声を無視し、机の上にあったモノを持ち上げる。

それを、バスケットボールのように片手で真上に放り投げ――

落ちてきた所をキャッチし、池袋の町に向かって掲《かか》げて見せた。

「君も懐《なつ》かしいだろ？　この町の空気が」

こうして、池袋の町に舞い戻った男は、実に上機嫌《じょうきげん》でセルティの首を掌《てのひら》の上で弄《もてあそ》び――

部屋の中にいる、愛する愛する人間達に向かって爽《さわ》やかな笑顔を浮かべて見せた。

「とりあず親睦《しんぼく》の証《あかし》として……みんなで鍋《なべ》でも食べようか？」

デュラララ!!×8

張間美香　折原九瑠璃　遊馬崎ウォーカー　サイモン・ブレジネフ　黒沼青葉　矢霧波江
矢霧誠二　折原舞流　狩沢絵理華　折原臨也
門田京平

発行
株式会社アスキー・メディアワークス

発売
株式会社角川グループパブリッシング

出演

竜ヶ峰帝人　紀田正臣　セルティ・ストゥルルソン　平和島静雄　羽島幽平
園原杏里　三ヶ島沙樹　岸谷新羅　田中トム　聖辺ルリ
ヴァローナ　唯我独尊丸

製作

イラスト＆デザイン
ヤスダスズヒト

装丁
鎌部善彦

編集
鈴木Sue　和田敦

原作　成田良悟

あとがき

どうも、お久しぶりの人はお久しぶりです。成田良悟です。

というわけで、『デュラララ!!』８巻をお送りさせて頂きました……！　一応事件自体は一区切りですが、帝人・杏里・正臣の三人に関しての長いプロローグみたいな感じになっております。

何か「キャラが一気に増えた、ごちゃごちゃしてわけわかんなくなるぞ！」と言われそうなラストですが、次巻からは一冊ごとにキャラクターを絞った話にしていく予定なので御安心下さい。……代わりに、それぞれの巻のメインの５～10キャラ以外は出番が無い（２～６巻までの美香&誠二状態）事になるかもしれませんが、その次の巻ではメインになったりするかもしれないので御安心を！……流石に『今回のデュラは法螺田メインの一冊！』とかはないと思いますが。でもアニメの法螺田が物凄く味のあるキャラになっていて、あのまま退場させるには実に惜しいなあと思い始める今日この頃です。

……そう、アニメです！

おかげさまで多くの方々から御好評を頂きまして、私自身も素晴らしいアニメにしていただき本当に感慨無量です……！　今月で終了を迎える放送局もあるのですが、バンダイチャンネルさんやムービーゲートさん、ＰＳ３やＰＳＰでの配信、アニマックスさんによるＣＳ放送、そしてもちろんＤＶＤなどでまだまだお楽しみ頂けますので、どうぞよろしくお願いします！

本当に、大森監督や声優さん達を始めとするアニメスタッフの皆さんには感謝してもしきれません。

『バッカーノ！』の時もそうですが、アニメには本当に色々なものを与えられた気がします。

キャラ設定の逆輸入などもその一つですが――渡草は張れて特に動かしやすくなった感じがあります。今回、最初は『ストーカーVS渡草』の一大叙事詩にする予定もあったのですが、いきなり逆輸入した設定をメインに一本書くのも気がひけるので、今回は脇を固める感じにさせていただきました。

ともあれ、メディアミックスという形で様々な人が関わるようになり、新しい視点で『デュラ』を見る事ができ、実に貴重な時間を過ごせたように思います。本当にありがたいことです！


さて……メディアミックスといえば、既に御存知の方も多いと思いますが――

PSPにて、『デュラララ!! 3way standoff』というゲームの発売が決定致しました！

DS版バッカーノの熱中日和さんが制作となりまして、本当にどんなゲームになるのか私自身も今から楽しみにしています！

そして――

スクウェア・エニックスさんより、『デュラ』のコミックアンソロジーが発売となります！

「Gファンタジー」を中心に、色々な漫画家さんがデュラララを描いてくださっており、多種多様な『デュラララ!!』をお楽しみ頂けるかと思います！

さらに――『デュラララ!!ノ全テ』の発売が決定致しました！

これは『デュラ』のアニメと原作を中心に、キャラクター紹介や用語解説など、様々な企画が目白押しの一冊となりますので、どうぞ御一読頂ければと……！

他にも色々な事があるのですが、こちらでは紹介しきれなくなってきましたので、『デュラララ!!』公式ＨＰや電撃の缶詰、電撃文庫マガジンなどで情報を随時御確認頂ければ幸いです！

今後の予定としましては、流石にここ数ヶ月で色々なものを１０００ページぐらい書いて身体と心が不安定になってきたので、ちょっと新刊までの間を空ける事になるかと思います（とはいえ、ＤＶＤの特典やその他色々な細かい仕事があるので休めるわけではないのですが）。

くッ……これで仕事の総ページ量は増えた筈なのに発刊数が減って、皆に『成田の筆の速さも落ちたもんだ』とか言われるのですよ！　デビュー当時の倍近く文章書いてるのに……！

という、どうでもいい話はさておき、予定では、秋頃に『ヴぁんぷ！Ｖ』を、その後『デュラ×９』や『バッカーノ！１７１１』、『５６５６Ⅱ』などと続いていければと思います。ＭＷ文庫用の原稿も書き進めてはいるのですが、ゆっくりなペースなのでまだ発売時期は未定です。

『デュラララ!!』のアニメから入り、この最新刊までお読み下さった新規読者の皆様には、是非『デュラララ!!』以外のシリーズもお読み頂ければ幸いです……！

ちなみに、今月発売の『とある科学の超電磁砲《レールガン》５　特装版』において、トリビュート小説を書かせて頂きました！　人様のキャラクターを動かす事に緊張しましたが、超電磁砲《レールガン》の原作版アニメ版並びに、『とある魔術の禁書目録《インデックス》』を読破している方がこの後書きをお読みの方の中にいらっしゃれば、是非こちらの方も御一読頂ければと思います……！

※以下は恒例である御礼関係になります。

いつも御迷惑をおかけしております担当編集の和田《ばびお》さん。並びに鈴木統括編集長を始めとした編集部の皆さん。毎度毎度仕事が遅くて御迷惑をおかけしている校閲の皆さん。並びに本の装飾を整えて下さるデザイナーの皆様。宣伝部や出版部、営業部などメディアワークスの皆さん。今回は本当にスケジュールが押してしまい申し訳ありませんでした……！

いつもお世話になっております家族、友人、作家さん並びにイラストレーターの皆さん。

大森監督や声優さん達を始めとしたアニメスタッフの皆さん、もう一つのメディアミックスとして、素晴らしい漫画を描いて下さっている茶鳥木明代さん、並びに編集の熊さん。

『夜桜』のＯＶＡが始動し大変お忙しい最中、スケジュールの合間を縫って素晴らしいイラストを仕上げて下さったヤスダスズヒトさん。今回は表紙に大興奮させて頂きました……！

そして、この本に目を通して下さったすべての皆様。

――以上の方々に、最大級の感謝を――ありがとうございました！

『ＤＱモンスターズジョーカー２で、デュラハーンを生みだそうとしながら』

成田良悟

●成田良悟著作リスト

「バッカーノ! The Rolling Bootlegs」（電撃文庫）
「バッカーノ! 1931鈍行編 The Grand Punk Reilroad」（同）
「バッカーノ! 1931特急編 The Grand Punk Reilroad」（同）
「バッカーノ! 1932 Drug Children Of Bottle」（同）
「バッカーノ! 2001 The Children Of Bottle」（同）
「バッカーノ! 1933〈上〉 THE SLASH～クモリノチアメ～」（同）
「バッカーノ! 1933〈下〉 THE SLASH～チノアメハ、ハレ～」（同）
「バッカーノ! 1934獄中編 Alice In Jails」（同）
「バッカーノ! 1934娑婆編 Alice In Jails」（同）
「バッカーノ! 1934完結編 Peter Pan In Chains」（同）
「バッカーノ! 1705 THE Ironic Light Orchestra」（同）
「バッカーノ! 2002【A side】 Bullet Garden」（同）
「バッカーノ! 2002【B side】 Blood Sabbath」（同）
「バッカーノ! 1931臨時急行編 Another Junk Railroad」（同）
「バッカーノ! 1710 Crack Flag」（同）
「バウワウ! Two Dog Night」（同）

「Mew Mew! Crazy Cat's Night」(同)
「がるぐる!〈上〉 Dancing Beast Night」(同)
「がるぐる!〈下〉 Dancing Beast Night」(同)
「5656! Knights' Strange Night」(同)
「デュラララ!!」(同)
「デュラララ!!×2」(同)
「デュラララ!!×3」(同)
「デュラララ!!×4」(同)
「デュラララ!!×5」(同)
「デュラララ!!×6」(同)
「デュラララ!!×7」(同)
「ヴぁんぷ!」(同)
「ヴぁんぷ!II」(同)
「ヴぁんぷ!III」(同)
「ヴぁんぷ!IV」(同)
「世界の中心、針山さん」(同)
「世界の中心、針山さん②」(同)
「世界の中心、針山さん③」(同)

本書に対するご意見、ご感想をお寄せください。

■

あて先

〒160-8326 東京都新宿区西新宿4-34-7
アスキー・メディアワークス電撃文庫編集部
「成田良悟先生」係
「ヤスダスズヒト先生」係

■

電撃文庫

デュラララ!!×8

成《なり》田《た》良《りょう》悟《ご》

発行　二〇一〇年六月十日　初版発行
二〇一〇年七月八日　再版発行

発行者　髙野　潔
発行所　株式会社アスキー・メディアワークス
〒一六〇-八三二六　東京都新宿区西新宿四-三十四-七
電話〇三-六八六六-七三一一（編集）
発売元　株式会社角川グループパブリッシング
〒一〇二-八一七七　東京都千代田区富士見二-十三-三
電話〇三-三二三八-八六〇五（営業）
装丁者　荻窪裕司（META+MANIERA）
印刷・製本　加藤製版印刷株式会社

ISBN978-4-04-868599-3 C0193

電撃文庫創刊に際して

文庫は、我が国にとどまらず、世界の書籍の流れのなかで〝小さな巨人〟としての地位を築いてきた。古今東西の名著を、廉価で手に入りやすい形で提供してきたからこそ、人は文庫を自分の師として、また青春の想い出として、語りついできたのである。

その源を、文化的にはドイツのレクラム文庫に求めるにせよ、規模の上でイギリスのペンギンブックスに求めるにせよ、いま文庫は知識人の層の多様化に従って、ますますその意義を大きくしていると言ってよい。

文庫出版の意味するものは、激動の現代のみならず将来にわたって、大きくなることはあっても、小さくなることはないだろう。

「電撃文庫」は、そのように多様化した対象に応え、歴史に耐えうる作品を収録するのはもちろん、新しい世紀を迎えるにあたって、既成の枠をこえる新鮮で強烈なアイ・オープナーたりたい。

その特異さ故に、この存在は、かつて文庫がはじめて出版世界に登場したときと、同じ戸惑いを読書人に与えるかもしれない。

しかし、〈Changing Times,Changing Publishing〉時代は変わって、出版も変わる。時を重ねるなかで、精神の糧として、心の一隅を占めるものとして、次なる文化の担い手の若者たちに確かな評価を得られると信じて、ここに「電撃文庫」を出版する。

1993年6月10日
角川歴彦